A FENDA

Carlos Fênix

Alagoinhas 2009

Sinopse

Stiven Gámbor é um ufólogo americano que nunca conseguiu provar a existência de vida fora da terra, mas agora ele está de posse da cópia do diário de bordo da família Gerard, supostamente desaparecida na região do Triangulo das Bermudas.

Centenas de anos atrás uma grande explosão em uma galáxia distante, faz com que uma civilização evoluída abandonasse seu planeta (Terania) em busca de um novo habitat compatível com o seu organismo.

O que estes dois acontecimentos têm em comum?

O que será revelado?

Estamos prontos para a verdade?

Mistérios, intrigas, traição e acontecimentos que poderão mudar toda a história de um planeta.

Prefácio? Não!

Não posso escrever um prefácio, pois ainda não estou apto para tal, mas deixo aqui um breve comentário para que sirva de início de aprendizagem a aqueles que, assim como eu, estão se iniciando no maravilhoso mundo das letras.

Espero que essas palavras possam ser úteis a alguém como fora para mim um dia.

Existem momentos na vida em que devemos caminhar em frente sem olharmos para trás, não para esquecer os erros que cometemos, mas sim para que não nos tornemos dependentes a fantasmas de autoflagelo.

Mas, também existem momentos em que só podemos enxergar um novo futuro se observarmos o passado e mudarmos o nosso presente, desenhando assim novo amanhã.

Quando me coloquei para escrever (A Fenda), tive que observar meu passado para reescrever meu presente e alterar meu futuro mergulhando de cabeça em um mundo maravilhoso onde a ficção e a realidade andam de mãos dadas. Um mundo onde a criatividade nos permite perceber que não existe limite para imaginação do ser humano.

Desejo que esta obra seja como um raio de sol transpondo as barreiras do inimaginável, aquecendo os corações de todos aqueles que precisam de uma gota de aventura e ficção para assim poder enxergar o mundo de uma forma melhor.

Dias contados

Agosto de 1360, um pequeno garoto deitado na grama ao lado da sua casa em Roma na Itália, observa o céu com seu amigo e fica imaginando! "— Será que há vida lá no céu—?!" Em seguida se vira para o lado e faz a mesma pergunta a seu amigo, Nefasto.

— Nefasto?

— O que foi Sinésio? — Pergunta nefasto. Ele está muito curioso com a expressão do amigo.

— Será que existe vida lá em cima? Ou as estrelas só existem para iluminar a noite! — Sinésio está totalmente envolvido com aquela dúvida. Olhando para o infinito céu noturno, iluminado por milhões de estrelas. Ele se questiona e pergunta mais uma vez ao amigo. — Será que estamos sós no universo, ou existe vida lá fora como tentou provar o grande Sócrates? — Nefasto não responde nada para o amigo. Ele não tem muito o que explicar apenas continua deitado, observando a imensidão do céu. Ambos estão com os olhos perdidos no vazio do espaço.

******

Nesse mesmo instante a milhões de quilômetros do planeta Terra, em um planeta não muito diferente, acontecem grandes explosões e terremotos, eles abalam esse planeta que já

7

sofrerá uma grande catástrofe com o impacto de um meteoro dizimando mais de 90% da sua população...

— Lorde Donny...

— Sim, senhor Kolins!

— Tenho más notícias para dar. — Disse um dos cientistas se aproximando do Lorde Donny. De cabeça baixa ele revela o grande motivo daquela decepção. — Sei que já sofremos com tantas catástrofes e sobrevivemos a todas, mas o senhor tem que ver isso.

— Tem má noticia? O que estar acontecendo? Porque todo esse desespero? — Pergunta Lorde Donny.

Com um pequeno aparelho eletrônico o cientista Kolins apresenta algumas pesquisas e relatórios de geologia que haverá sido encomendado há dias atrás, pelo próprio Lorde Donny.

— São os relatórios que o senhor encomendou meu Lorde. Detectamos grandes explosões no interior do planeta, meu Lorde. Para ser mais exato no núcleo.

— Como assim no núcleo? Você quer dizer no centro do planeta!?

— Sim Lorde Donny! Exatamente no centro do planeta. — Responde o Geocientista Kolins confirmando as palavras do Lorde Donny! — O que está para acontecer é muito sério! — Disse ele com uma expressão abatida e desesperada ao mesmo tempo. — Estamos com os dias contados. Temos que tomar providências o mais rápido possível, Lorde Donny.

— Não pode ser essas pesquisas devem estar erradas. — Disse Lorde Donny não querendo acredita no que seus olhos estavam lhe mostrando.

— As pesquisas não estão erradas, meu Lorde! — Responde o senhor Kolins olhando fixamente nos olhos do Lorde Donny. — Pudemos comprovar que o núcleo do planeta está mesmo comprometido. E essa não é a pior notícia. O que descobrimos através das pesquisas é que o planeta "**Terania**" é uma bomba relógio programada para explodir.

— Mas não pode ser. Isso não pode estar acontecendo. — Exclama Lorde Donny.

— Mas está acontecendo, senhor! Fizemos uma escala de tempo junto à previsão de explosão do núcleo e descobrimos que o planeta tem um tempo de vida de no máximo 15 ou 20 ciclos. — Disse o Geocientista Kolins, este sendo observado por todos os outros cientistas a sua volta. Todos estão com a mesma expressão de tristeza sentido que todos os seus esforços estão fracassando.

— Então, não podemos perder tempo, temos que informar imediatamente ao Imperador Arsenay. Ele precisa saber o que está acontecendo.

— Tem razão Lorde Donny! Também temos aqui... — Disse ele entregando um pequeno objeto que seria um projeto de imagens gráficas — as pesquisas que o senhor ordenou sobre possíveis planetas que sejam propícios para que a nossa raça possa explorar e assim sobreviver.

— Enfim uma boa notícia! Eu sabia que íamos precisar descobrir um novo planeta para nossa sobrevivência, mas não imaginei que fosse tão rápido.

Sem demora Lorde Donny solicita uma audiência com o Imperador Arsenay, que por sua vez concede a audiência sem demora. Ele sabe que toda e qualquer solicitação do Lorde Donny deve ser atendida de imediato.

Alguns minutos depois...

— Pode se apresentar, Lorde Donny. Estou à sua espera. — Disse o Imperador.

— Vossa majestade! — Disse Lorde Donny adentrando no grande salão imperial, curvando-se com a mão sobre a testa em respeito à imagem e presença imperial. — Desculpa meu Imperador, mas não trago boas notícias.

— O que pode nos abalar agora, Lorde Donny? Já sofremos tanto que não vejo mais nada que nos abale.

— Há uma coisa sim meu Imperador! — Responde Lorde Donny.

— O que pode ser tão grave, Lorde Donny?

— Estamos com sérios problemas no centro do nosso planeta, meu Imperador.

— Como assim no centro do nosso planeta?

— O núcleo do planeta está condenado, meu Imperador. — Disse Lorde Donny transmitindo a triste notícia que acabara de receber minutos atrás. — Junto com o núcleo se acaba a esperança de recuperarmos a nossa civilização nesse planeta.

— Mas não é possível Lorde Donny! Tem que haver alguma solução. — Disse o Imperador, demonstrando toda sua frustração por possuir tamanho poder de comando e ao mesmo tempo tão incapaz de solucionar aquele problema que assola seu império. — Nossa raça não pode ser extinta. Tem que haver um jeito para salvarmos a nossa espécie da extinção. — Disse o Imperador temendo o fim de sua espécie.

— Na verdade tem uma pequena chance, meu Imperador! — Comenta Lorde Donny.

— Então qual é essa chance, meu caro Lorde conselheiro? — Pergunta o Imperador Arsenay demonstrando certo alivio com aquela centelha de esperança.

— Antes de qualquer declaração tenho que ter certeza, meu Imperador. — Disse ele. — Preciso de algum tempo para revisar algumas pesquisas e de imediato o informo. — Lorde Donny se despede do Imperador Arsenay fazendo uma reverencia a sua presença imperial e se dirige o mais rápido possível ao centro de estudos e pesquisas interplanetário.

— Meu caro Lorde Donny. — Chama o Imperador antes que Lorde Donny cruze a porta de saída. — Lembre-se que o futuro de nossa raça está em suas mãos.

O conselheiro Donny volta imediatamente às pesquisas a fim de retornar a presença do Imperador trazendo uma boa notícia, ou seja, uma solução para aquele problema que parecia não ter mais solução.

Algum tempo depois...

— Imperador Arsenay! Como seu conselheiro, solicito uma reunião com a presença de todo o conselho teraniano. Este é o momento! Estou pronto para o comunicado.

— Assim seja senhor Lorde Donny. — Responde o Imperador que de imediato se aproxima de um pequeno objeto posto sobre o braço direito do seu trono, é um comunicador, ele a pega e entra em contato com a central de comunicações de castelo imperial. — Capitão Tarone reúna todo o Conselho teraniano, informe que é urgente.

— Sim, meu Imperador. — Responde o capitão Tarone responsável por toda segurança imperial.

Mais algum tempo depois...

— Meu Imperador! — Disse o capitão Tarone adentrando na sala de reuniões do conselho teraniano. — Informo que já estão aqui, Lorde Malver da Floresta Renascente, Lorde Kanss das Águas do Norte, Lorde Trulis do Bosque Encantado e a Governadora Trínia da Cidade Submersa. Só estamos no aguardo do Lorde Donny, mestre conselheiro da segurança do planeta.

Nesse momento Lorde Donny adentra no grande salão com uma expressão que não agrada o conselho.

— Não falta mais. Eu já estou aqui. — Disse Lorde Donny.

— Então, senhor Donny, qual o motivo dessa reunião? — Pergunta Lorde Malver demonstrando estar muito ansioso. — Espero que seja importante, pois estou com muitos problemas na minha região.

— Todos nós estamos com problema, Lorde Malver! — Responde Lorde Donny. — Já vou informá-los de tudo, mas primeiro peço que todos prestem atenção nesses gráficos...

— Sim! Estou vendo um gráfico do centro do planeta, mas o que tem os gráficos? — Pergunta a governadora Trínia.

— Olhem bem! — Disse Lorde Donny apontando para o centro do holograma sobre a mesa de reunião do conselho. — Esse é o centro do planeta há 50 ciclos atrás, antes do grande impacto. Agora esse é o centro do planeta hoje! — Disse ele com uma expressão de triste e preocupação. — Estão entendendo o que está acontecendo?

Nesse momento todo observam o gráfico holográfico com mais atenção e uma súbita expressão de pânico se forma nos rostos dos presentes.

— Pelo que posso ver o senhor está querendo nos dizer que estamos em cima de uma bomba, Lorde Donny? — Pergunta Trínia Governadora da Cidade Submersa. Antes de ser governante Trínia fazia parte da equipe de Geociências do planeta e por isso entende bem o que Lorde Donny está demonstrando aos presentes.

— Sim minha governante Trínia, é isso mesmo, estamos em cima de uma bomba relógio, estamos à beira da extinção. Se não tomarmos uma providência de imediato a nossa raça será extinta. — Nesse momento o pânico toma conta do conselho — Tenham calma senhores. — Disse alto e firme Lorde Donny.

— Eu! Ter calma? O caro Lorde nos informa que estamos à beira da extinção e pede calma?!

— Senhores, senhores..., eu já tenho uma possível solução para salvação de todo o nosso povo.

— Mas que solução pode haver em um momento desses, Lorde Donny? — Pergunta o Imperador Arsenay.

— Peço que vossa majestade e os demais Lordes me acompanhem. Tenho algo muito importante para mostrar ao senhor e ao Conselho.

— Para onde está nos levando, Lorde Donny?

— Ao grande Centro de Construções, meu Imperador.

Então todos atravessam a Cidade do Infinito até o grande centro de construções.

— Há quanto tempo eu não venho aqui, senhor Donny. — Comenta o Imperador Arsenay.

— Pelo que eu posso deduzir! Há muito tempo mesmo meu Imperador. — Responde Lorde Donny.

Ao entrar no centro de construções todos tem uma gigantesca surpresa, o Imperador fica paralisado no centro do imenso galpão de construções, observa e pergunta.

— O que é isso Lorde Donny?! — Pergunta o Imperador Arsenay boquiaberto olhando para frente e para cima.

— Essa, meu Imperador, é a Arsenay, a primeira nave de grande porte para transportar todo nosso povo para um lugar seguro.

— Como assim transportar? — Pergunta o Imperador Arsenay. — Há quanto tempo o senhor está construindo esta nave?

Então Lorde Donny começa a explicar a sua teoria.

— Após a grande catástrofe eu imaginei que pudesse haver um momento como esse que estamos vivendo. Então tomei a iniciativa de procurar um lugar que fosse compatível com o nosso mundo e a nossa raça, depois que encontrei há alguns ciclos comecei a construir a primeira nave que vocês estão vendo: a Arsenay um e depois dei continuação à segunda. Mas para transportamos todos precisaremos de mais 09 naves iguais a Arsenay.

— Mas, Lorde Donny, como poderá saber se o planeta é habitável e seguro para o nosso povo?

— Isso tudo já foi registrado, Lorde Malver! Enviamos pequenas naves exploradoras para coletarmos amostras desse planeta. Lá coletamos amostras de solo, do ar e água desse planeta, que é azul assim como o nosso. Também pudemos observar que este planeta está a mais de 1000 ciclos atrasado comparando com a nossa tecnologia. E isso nos dá uma vantagem muito grande sobre eles. Mas o mais interessante é que esse planeta tem uma expectativa de mais de 5 bilhões ciclos de vida.

— Outra coisa, a gravidade lá é 45% mais baixa que a do nosso planeta. Mas não mostrarei só com palavras, os senhores poderão ver tudo o que acontece lá; agora vamos retornar à sala de reunião imperial.

Após verem as gigantescas naves, todos ficaram impressionados e satisfeitos, principalmente o Imperador. Em seguida todos voltam para sala de reunião acatando ao pedido do Lorde Donny...

— Lorde Donny o que o senhor fez? — Pergunta o Imperador.

— Desculpa não ter avisado antes sobre as naves, Imperador, mas... — dizia Lorde Donny quando é interrompido por seu Imperador.

— Não precisa pedir desculpas, meu amigo. — Disse o Imperador com a mão sobre o ombro do Lorde Donny. — Eu sei que você só fez o melhor, sei que estava pensando no bem geral da nossa raça. Vou lhe contar um segredo... Disse ele se aproximando do ouvido do Lorde Donny. Tinha dúvidas se era você mesmo o Teraniano escolhido para esse serviço. Essa função tão importante que é proteger o nosso povo, Lorde Supremo de Defesa do Reino Teraniano. Agora tenho certeza fiz a escolha certa. Obrigado Lorde Donny por prolongar a nossa existência no universo.

— Não precisa agradecer meu Imperador só estava fazendo meu trabalho.

— Desculpa interromper, meu Imperador, mas como vamos levar e alimentar mais de 20 milhões de teranianos por todo espaço? E outra pergunta quanto tempo vai levar para chegarmos a esse planeta senhor Donny? — Pergunta Lorde Kanss.

— Foi bom o senhor tocar nesse assunto senhor Kanss. — Responde Lorde Donny já preparado para ser bombardeado por tantas perguntas. — Sobre o tempo esse seria de aproximadamente 40 luneas (Uma lunea corresponde a uma semana da terra), mas esse tempo foi reduzido para 12 luneas.

— Como pôde conseguir isso? Como pode reduzir esse tempo? — Pergunta o Imperador.

— Explico! Nossos engenheiros desenvolveram um motor hiper-propulsor que deixa a nave 03 vezes mais veloz. O que temos que nos preocupar nesse momento é em construir as naves que faltam. Também temos que produzir alimentos que possam nos suprir na viagem. Pelos cálculos da equipe de geologia temos 20 ciclos[1] para construir essas naves e produzir tudo que precisamos para nossa jornada rumo ao novo planeta.

— Já entendi Lorde Donny! Vamos começar a nos preparar agora mesmo! — Disse o Imperador Arsenay a suprema autoridade do império teraniano tomando a vez da palavra. — Agora senhores, reúnam todos os teranianos de suas regiões e informem o que aconteceu. Informe que a partir deste dia viveremos para essa viagem.

A reunião foi concluída e todas as cidades foram avisadas. Muitos teranianos não acreditavam no que ouviram, mas todos seguiam seus líderes sem questionar.

E o tempo passou...

Quinze ciclos se passaram. Todas as naves construídas, todos os recursos coletados e produzidos para aquela que seria uma viagem sem volta. Faltavam apenas 5 ou 7 ciclos até que o planeta começasse a explodir, mas de repente acontece uma grande explosão na região norte do planeta, e esta explosão abala toda sua estrutura.

---

[1] 20 ciclos correspondem a 30 anos na terra

— Meu Imperador! Estamos com um problema aqui na região das Águas do Norte.

— O que houve Lorde Kanss? — Pergunta o Imperador observando a expressão de pânico no rosto do Lorde.

— Houve uma grande explosão na região das Areias Negra[2] que afetou a barreira de proteção das águas e não podemos mais conter o seu avanço. A areia já invadiu quase 30% das águas meu Imperador.

— Lorde Kanss reúna seu povo e venha para a Cidade do Infinito, o seu caso não é o único. — Ordena o Imperador Arsenay. — Estamos reunindo todos os governos, não podemos fazer mais nada, todos os postos avançados foram destruídos.

— Meu Imperador! Vamos ter que abandonar o planeta antes do previsto! O centro do planeta estar com sua destruição acelerada! — Informa Lorde Donny.

— Capitão Tarone!

— Sim, meu Imperador!

— Coloque-me em contato com todo o povo Teraniano para um alerta geral. Vamos ter que abandonar o nosso planeta o mais breve possível. Temos que sair daqui antes que seja tarde.

---

[2] Areias Negra - local de impacto do grande meteorito, com destruição total, desertificando (areias negras e lavas) a região, tornando-a imprópria para a sobrevivência. E que de tempos em tempos invade outras regiões.

—Imperador Arsenay, Lorde Malver deseja se reportar ao senhor. — Disse o capitão Tarone mostrando o monitor em um canto da sala de comunicações do castelo imperial.

— Pode falar Lorde Malver. — Disse o Imperador.

— Estamos com problemas na Floresta Renascente. Explosões estão empurrando o deserto para a Floresta Renascente. O que devemos fazer? Está difícil conter tanta areia negra.

— Lorde Malver não há nada a ser feito. Reúna todos na Arsenay IV e tudo que pode transportar para abandonar o planeta.

******

Enquanto isso, na grande Cidade do Infinito, o povo é convocado e espera ansioso pelo pronunciamento do Imperador.

Da sacada, no ponto mais alto do castelo imperial dava para ter uma vista de quase 70% da Cidade do Infinito, a principal cidade do império teraniano.

Lorde Donny informa ao Imperador que já estar tudo pronto para grande pronunciamento então o Imperador Arsenay se apresenta na sacada onde seu povo o espera ansioso por informações de tudo o que está acontecendo e do que irá acontecer a partir daquele dia.

— Saudações povo Teraniano! — Disse o imperador toda extensão do seu império. — Temos registros de que nosso povo vive nesse planeta a mais de 5 milhões de luas. Durante todo esse tempo o planeta Terania é o nosso lar. Passamos por muitos momentos difíceis, grandes perdas, catástrofes que poderiam ter varrido a nossa espécie do universo. Mas estamos vivos, estamos aqui, E por tudo que passamos estamos aqui reduzidos a menos de 10% da nossa espécie, mas resistimos com louvor e a benção do nosso grande Deus Sued que nos abençoa e nos protege a todo o momento. E por alguma razão não fomos extintos. É com fé e a ajuda de Sued que partiremos do nosso planeta com um destino certo. Vamos para um lugar pouco conhecido. Mas nem por isso vamos desistir e deixar a nossa raça se extinguir; devemos nos manter firmes e fortes, temos que vencer este grande desafio para continuar existindo. Essa é a vontade de Sued.

— Então peguem tudo que puderem e que seja necessário para nossa longa viagem. E que o grande Sued senhor da razão e da sabedoria nos abençoe e nos guie.

A partida

Dois dias depois todos estão reunidos na grande Cidade do Infinito. Nove naves gigantescas estão estacionadas acima da cidade prontas para partir. Os tele transportadores recolhem os últimos remanescentes de uma civilização quase extinta.

— Grande Imperador! Toda frota estar pronta para partir, estamos só no aguardo das suas ordens.

— Têm certeza de que não ficou ninguém para trás? — Pergunta o Imperador Arsenay olhando por uma escotilha de observação da ponte de comando da nave imperial Arsenay 1!

— Temos certeza senhor. Não ficou ninguém.

Então o inevitável acontece. Explosões acontecem em vários lugares no planeta ao mesmo tempo. A região do Norte, próximo às águas foi devastada pela areia queimada, a Floresta Renascente desapareceu totalmente engolida pelas areia queimada e lavas dos vulcões.

— Meu Imperador. Temos que sair, com urgência da atmosfera do planeta, para não sermos destruídos.

— Ordene que todas as naves se afastem o mais rápido possível do planeta. — Após dar o comando Lorde Donny se dirige para escotilha principal da ponte de comando a fim de registrar na lembrança uma última imagem do seu planeta natal. Então todos os Lordes seguem com suas respectivas naves para de abandonarem o planeta. Todas as naves começam a levantar voo simultaneamente.

— Todas as naves afastem-se o máximo possível do planeta, o núcleo vai explodir. — Informa o capitão Tarone da Arsenay1, mas quando todas as naves estão se afastando se ouve um pedido de socorro.

— Precisamos de ajuda. Repito! Precisamos de ajuda. Chama uma voz no comunicador da nave.

— Quem está no comunicador, capitão Kuryag? — Pergunta à governante Trínia.

— Alguns Teranianos ficaram presos na sede da Ordem Azul. (Ordem azul local de treinamento de jovens cadetes teranianos).

— Temos que voltar! Ordena à governante.

— Mas senhora! Temos cerca de dois milhões de teranianos nesta nave, não podemos correr este risco. Poderemos ser atingidos na proximidade com o solo, as explosões estão aumentando a cada segundo.

— Temos que voltar capitão. Isto é uma ordem. Eu sou a responsável pelo meu povo e não vou abandoná-los para morrer.

— Mas senhora, isso é loucura.

— Loucura ou não temos que nos aproximar para usarmos o tele transporte. Entendeu Capitão?

— A senhora manda minha governante! — Responde o capitão Kuryag fazendo uma manobra arriscada para se aproximar do solo do planeta onde as explosões aumentam cada vez mais.

— Governante Trínia! — Chama uma voz no intercomunicado.

— Quem está falando? — Pergunta à governante Trínia.

— Aqui é o Imperador Arsenay! — Responde a voz. — O que acha que está fazendo governante Trínia?

— Salvando vidas teranianas meu Imperador. — Disse ela. — Temos 34 Teranianos ainda com vida neste planeta e não vou deixá-los morrer meu Imperador.

— A senhora não pode sacrificar sua nave governante Trínia!

— Eu sei, meu senhor, mas é um preço a ser pago, vidas, por vidas, meu Imperador.

— Tudo bem governante! A senhora sabe o que faz. Que Sued os proteja. — Responde o Imperador, ele sabe que não adiantaria nada debater com a governante Trínia. — As outras naves que estão na escuta devem se afastar do planeta o mais rápido possível.

— Minha governante, a nossa proximidade com o solo do planeta está muito perigosa, temos que agir rápido.

— Já conseguimos contato com teranianos presos no planeta para transportamos?

— Sim, minha senhora!

— Pode tele transportar todos para dentro da nave, rápido. — Disse ela, vendo alguns teranianos surgirem na cabine de tele transporte.

— Tele transporte com sucesso minha governante.

— Agora vamos sair daqui o mais rápido possível. — A governante Trínia sabe que todos em sua nave estão correndo riscos. Observado as explosões no solo do planeta o capitão Kuryag se afaste do planeta o mais rápido possível, a cada momento as explosões ficaram mais fortes e mais rápidas lançando pedaços de rochas em chamas no ar para todos os lados transformando a superfície do plante Terania em um mar de fogo.

— Senhora! — Disse o capitão com uma expressão de medo.

— O que ouve capitão, Kuryag?

— Fomos atingidos na lateral da nave. Temos que sair daqui o mais rápido.

******

— Meu Imperador, as naves estão fora de perigo.

— Ótimo Lorde Donny! — Agora me informe sobre a governante e como a nave dela está.

Nesse mesmo instante ocorre uma gigantesca explosão no planeta e outra, e outra, até que o planeta explode em milhões de pedaços, de todos os tamanhos, pedaços esses que são lançados por todo espaço. Na nave o Imperador deixa surgir uma expressão de tristeza ao ver seu planeta se destruindo em milhões de pedaços.

— Senhor Arsenay, perdemos o contato com a Arsenay V.

— Não pode ser! A governadora tem que conseguir escapar. Ou vamos perder muitos.

— Será uma tragédia sim, meu Imperador. — Comenta Lorde Malver.

— Sim, Lorde Malver! Será mesmo uma tragédia, mas temos que continuar ou a chuva de meteoros do planeta irá nos pegar e aí será o nosso fim.

— Vamos, temos que partir. Vamos ao nosso destino: o Planeta Azul do Sistema Solar RDZ59.

— Vamos em frente, todos tracem o curso e liguem o sistema de hibernação para 10 luneas. Só as esquadras ficaram em alerta! Os demais teranianos deverão hibernar. — Ordena o Imperador Arsenay. Suas ordens são seguidas por todos em todas as naves. — Quando o Imperador lamenta pensando que perdeu a nave da governante Trínia com seus milhões de teranianos, eis que repentinamente ele escuta um contato em meio à chuva de meteoros.

— Meu Imperador! Não acho que deveria ir sem a minha tripulação.

— Governante Trínia? Vocês conseguiram!

— Sim, meu Imperador. Estamos vivos, mas sofremos serias avarias em nossa nave. Teremos que parar, para alguns ajustes. O sistema de hibernação não funciona, talvez levemos um tempo maior para chegarmos ao Planeta Azul. Mas poderemos consertar as avarias e em alguns dias estaremos juntos outra vez. Temos muita gente para trabalhar, vamos consertar logo o sistema de hibernação para hibernar, os que não são necessários no conserto das avarias. Não se preocupe meu Imperador vamos conseguir. Já temos as coordenadas, logo estaremos lá.

— OK governante Trínia, fico feliz em escutar o som da sua voz. Que nosso grande Sued os abençoe e os proteja. —

Responde o Imperador Arsenay despedindo-se da governante Trínia.

— Capitão Kuryag! Vamos começar os reparos imediatamente.

— Sim senhora. — Responde o Capitão Kuryag, em seguida segue para coordenar os reparos da nave — Comando azul preparar para trabalhar a todo esforço possível; a prioridade é reabilitar o sistema de hibernação. Serão necessários 200 teranianos nesse trabalho, os demais já para os outros pontos de trabalho, temos muito que fazer.

De imediato começam os reparos. A nave Arsenay V foi muito avariada na explosão do planeta.

******

Dez dias se passaram desde a explosão e a partida do planeta Teraniano, dez dias de paz e tranquilidade até que...

— Senhor Arsenay estamos com um pequeno problema.

— O que estar acontecendo, senhor Donny?

— Estamos entrando em um cinturão de asteroides e não temos como desviar.

— Mas Lorde Donny! Como isto foi acontecer? Porque o sensor de aproximação não alertou?

— O cinturão tem uma espécie de campo magnético que confundiu o sensor e por isso não nos alertou. Agora temos um problema.

— Atenção todas as naves parem agora mesmo! — Ordena o Imperador.

— O que houve Imperador? — Pergunta Lorde Malver.

— A um problema a ser resolvido Lorde Malver.

— Que tipo de problema meu Imperador?

— Existe um cinturão de asteroides à frente. E estamos vendo o que podemos fazer.

— Será que não podemos contornar? Meu Imperador? — Pergunta Lorde Malver.

— Não dá Lorde Malver! — Responde Lorde Donny. — O cinturão de asteroides deve tem mais de 90 milhões de verions, de comprimento. — Calcula Lorde Donny.

— E então Lorde Donny o que vamos fazer? — Pergunta Lorde Malver.

— Vamos ter que abrir caminho por entre o cinturão. — Responde Lorde Donny. — Mandaremos uma esquadra abrir caminho pelos asteroides e vamos segui-los.

— Mas Lorde Donny. Para essa operação será preciso muitas naves da esquadra, pelo menos umas 200 naves e milhares de tiros. — Disse Lorde Malver.

— Mas esse é o único jeito, pois não podemos correr o risco de alterar a rota e contornar a órbita desse cinturão. Será desastroso para nossa frota. — Disse Lorde Donny.

— E qual será o comprimento deste cinturão? — Pergunta Lorde Malver.

— Já vamos saber, mandamos um Silk para investigar o grau de problema que estamos a enfrentar pela frente. Temos que ter certeza para não dar nada errado.

Algum tempo depois o Silk retorna.

— Atenção, capitão Tarone. Atenção, capitão Tarone!

— Tarone na escuta. Prossiga.

— Capitão, aqui é o oficial Trynel passando relatório da primeira hora.

— Relate Trynel, qual a posição em que estamos?

— Depois de 25 minutos de observação posso dizer que há 9.000.000 de verions[3] de comprimento para percorrer. Muitos obstáculos, mas não será impossível atravessar.

— Obrigado combatente Trynel. Capitão Tarone organize a esquadrilha para abrir caminho. — Ordena Lorde Donny.

— Capitão Tarone coordene essa operação pessoalmente com toda a sua atenção. — Disse o Imperador. — Não devemos nos descuidar nem um minuto.

— Sim, meu Imperador! — Responde o capitão Tarone já organizando a esquadra de naves que deverá abrir caminho pelo cinturão de asteroides. — Primeira esquadra. Siga o combatente Kaynã. As demais naves me sigam, temos que abrir uma grande passagem por entre os meteoros para que as naves da frota consigam sair do cinturão de asteroides.

— Senhor Arsenay, levaremos cerca de 20 horas para atravessar esses obstáculos, mas iremos conseguir.

— Todos conseguirão. Que Sued nos proteja.

Então cinco esquadras foram formadas com mais de 50 naves cada esquadra para assim abrirem caminho o mais rápido possível através do cinturão de meteoros. Muitas rochas foram destruídas. E dezesseis horas depois:

---

[3] Um verion corresponde a 150 metros

— Lorde Donny, aqui é o Major Tales, da primeira esquadra!

— O que houve Major?

— Temos um obstáculo maior que o esperado!

— O que houve Major? — Pergunta Lorde Donny.

— Existe um meteoro com aproximadamente 3.3 milhões verios de extensão. Teremos de explodi-lo. A frota deverá esperar a uma distância segura, pois não sabemos qual será o grau de impacto com tamanha explosão.

— Todos nós estamos na escuta, Major Tales. — Responde Lorde Donny.

— Aqui é o Imperador Arsenay, ordeno para que todas as naves parem e esperem até a segunda ordem.

— O capitão Tarone, minha esquadra vai precisar do grande eliminador para essa operação. — Informa o combatente Tales.

— O eliminador já está sendo enviado, combatente Tales! — Responde o Imperador após deixar sua nave afastada do local da explosão junto com as outras grandes naves da frota.

Nove grandes naves ficaram estacionadas no meio do cinturão de asteroides. Seus capitães nem imaginavam o perigo que estavam correndo.

A explosão do planeta Terania criou uma onda sísmica espacial, onda esta que viajara pelo espaço a uma velocidade num ritmo que estava sendo desacelerado devido à falta de gravidade e dimensão do espaço sideral, sendo assim a onda sísmica se propagava a uma velocidade inferior a velocidade das naves teranianas, as naves viajaram a velocidade da luz, mas com a parada no cinturão de asteroides a frota estava ameaçada por esta onda. A verdade é que a onda sísmica espacial estava a minutos de atingir o cinturão de asteroides afetado assim sua estabilidade.

Enquanto isto na nave da governadora Trínia:

— Senhora os reparos estão acelerados, e o sistema de hibernação está pronto para os testes.

— Então preparem aqueles que serão hibernados; Só podem ficar em alerta quem estiver escalado para a viagem. 1.950.000 teranianos irão dormir por 10 luas, essa medida poupará as nossas reservas de alimentos.

— Ok governadora, já podemos seguir viagem. — Disse o capitão Kuryag observando os monitores da nave. — Devemos seguir o sinal para encontrar a esquadra, pois os reparos externos já foram concluídos.

— Então capitão Kuryag, o que estamos esperando aqui nesse espaço sombrio? Liguem os propulsores e vamos encontrar nosso povo.

Na Arsenay I, o impasse continua sobre o uso do Eliminador, a arma mais poderosa do império Teraniano.

— Capitão Tarone será realmente necessário usarmos o eliminador[4]? — Pergunta o Imperador.

— Sim senhor, pois com nossas armas levaríamos horas, talvez dias para explodir esse grande meteoro.

[4] O eliminador é uma arma de laser super sônico. A arma mais poderosa do povo teraniano só a nave imperial é armada com tal instrumento de destruição

— Tem razão, não devemos mais postergar. Traga o eliminador, afastem todas as naves daqui e preparem o eliminador, programe e atire. — E o eliminador foi posto em direção a grande rocha espacial, preparado e pronto para ser usado.

— Cinco, Quatro, Três, Dois, Um e fogo. — Disse o capitão fazendo a contagem regressiva disparando o eliminador. Após a contagem uma grande explosão é provocada no centro do cinturão ao mesmo instante em que uma grande onda sísmica criada da explosão do planeta teraniano atingiu o cinturão alterando sua órbita e seu campo gravitacional, lançando centenas meteoros e meteoritos contra as naves que estavam estacionadas no cinturão de asteroide.

O pânico toma conta da frota que é pega de surpresa. 04 das 09 naves foram atingidas diretamente por grandes pedras espaciais e não tiveram nenhuma chance de escapar da chuva de rochas gigantescas.

— Lorde Donny, o que estar acontecendo? Todas as naves pedem socorro ao mesmo tempo? — Pergunta o Imperador tentando fazer contato com algumas naves sem conseguir resposta.

— Imperador! Estamos no meio de uma chuva de meteoros, já perdemos 04 naves da frota. — Responde ele com uma expressão desolada observando os destroços em chama das gigantescas naves.

— Por Sued, não podemos ficar aqui para sermos exterminados. Temos que dar um jeito de sairmos desta situação capitão Tarone. O que estar acontecendo aí? Temos que sair agora ou iremos todos morrer aqui. Precisamos fugir. Por favor, diga que o caminho já está aberto.

— O caminho foi aberto meu Imperador, mas só podem passar uma nave por vez.

— Então não vamos perder mais tempo. Temos que sair daqui. — O Imperador Arsenay sabe que se não retirar o restante das naves, ainda inteira, será o fim de sua fruta e da existência dos teranianos. — Vamos, siga em frente capitão. Passe as coordenadas agora para todas as naves, pelo amor de Sued.

— Imperador, aqui é Lorde Malver, estamos com sérios danos. — Disse ele o Lorde com uma voz angustiada e continua — Nossa nave foi seriamente avariada. Não temos condições de prosseguir. Estamos muito avariados. O casco da nave está com muitas aberturas. OH, meu Deus! Não vamos conseguir! Estamos perdidos...! Que Sued nos proteja...

O silêncio se apossa do comunicador deixando apenas a lembrança do último som da voz do Lorde Malver.

— Lorde Malver! Responda. Lorde Malver responda.

— Não adianta meu Imperador, a comunicação foi interrompida, perdemos o sinal da nave, eles se foram. — Nesse momento Lorde Donny pegando o comunicador da mão do Imperador e o amparando para que não caísse com o choque da triste notícia. — Agora só estamos recebendo o sinal de 04 naves.

— Temos que conseguir sair daqui. Temos que conseguir capitão. Como está a esquadra Senhor Donny?

— Tivemos muitas baixas, cerca de 80 Cruiser foram atingidos, mas o caminho está aberto! A onda sísmica já passou, podemos prosseguir.

— Então estamos fora de perigo? — Pergunta o Imperador.

— Sim meu Imperador! — Responde o capitão Tarone.

— Contate as naves restantes para saber das baixas.

— Lorde Kanss, o Chanceler Premier e a Governante escaparam, mas não temos contato com a governante Trínia.

— O capitão Buks acaba de pedir as coordenadas para a ponte, meu Imperador.

— Eles não foram atingidos pela onda de impacto? — Pergunta o Imperador com ar de surpresa e felicidade ambas as expressões na face pálida, ao mesmo tempo.

— Não senhor! Estão fora do cinturão. — Responde o capitão Tarone.

— Então perdemos cinco naves, Lorde Donny?!

— Não senhor Arsenay, na verdade foram seis, pois a Arsenay VII acabara de explodir.

— Por Sued, porque isto tudo está acontecendo? Perdemos milhões de vidas. O que falta acontecer agora?

— Senhor! Temos uma má notícia.

— OH! Não. O que houve agora?

— O impacto da onda sísmica alterou a estabilidade do cinturão de asteroides e nos tirou das coordenadas. — Disse o capitão Tarone revendo as coordenadas. — Isso nos atrasará em seis luneas. — Comunica o capitão Tarone deixando o Imperador ainda mais triste e com tanto acontecimento ruim.

— Mas iremos conseguir, pois o nosso povo não vai acabar aqui. Vamos prosseguir, temos que chegar ao Planeta Azul ou seremos extintos no espaço. — Disse Lorde Donny com muita certeza no que diz.

— Não é justo com o nosso povo. Devemos seguir em frente perdemos muitos, mas não devemos desistir. — O Imperador Arsenay é pura tristeza e sofrimento, a perda de mais de 20 milhões de teranianos foi sem dúvida um baque brutal para um ser tão forte e firme como o Imperador Arsenay.

— Vamos conseguir chegar lá, meu Imperador. Não vamos desistir. — Disse Lorde Donny, dando mais um sopro de esperança aos remanescentes do povo teraniano.

Aos poucos os teranianos foram se reabilitando emocionalmente e assim superando de mais uma grande catástrofe, após 45 longos dias no espaço frio e solitário eles tiveram a notícia que tanto esperavam.

******

— Imperador Arsenay aqui é a governadora Trínia. Estamos a 45 dias atrasados em relação à frota, mas estamos bem. — Disse a Governante Trinia de onde observa os destroços das naves em meio ao cinturão de asteroides. — Estamos passando por um cinturão de asteroides onde posso ver muitos destroços. O que houve? Tiveram muitos danos na frota?

— Sim governadora. Perdemos 06 naves. Foi uma tragédia o que houve, mas somos fortes, vamos resistir. E com o seu contato estamos mais confortados. Com toda a perda achávamos que você também tivesse sido devorada pelo espaço. Agora que sabemos que está viva, temos certeza que Sued não nos abandonou. Lorde Donny está passando as coordenadas para sua nave, e com fé em Sued nós veremos no Planeta Azul...

— Sim meu Imperador! Logo estaremos juntos.

A chegada

Cinquenta dias se passaram, até que um Cruiser passa a mensagem que todos os teranianos esperavam:

— Lorde Donny, detectei um planeta nas minhas leituras. — Disse o capitão revendo as leituras do painel de seu Cruise hiper espacial. — Um planeta não. — Comenta o Lorde se alto corrigindo. — 08 Planetas, meu Imperador. Eles giram em volta de uma estrela de fogo duas vezes maior que a estrela "Sis" que aquecia a antiga Terania. Com esses dados posso confirmar que essa é a constelação que estudamos. — Disse ele sentindo muito alivio e uma certeza de dever cumprido. — Conseguimos meu Imperador, chegamos. Estamos salvos, não acredito estamos salvos.

— Governadora Trínia, estamos entrando no sistema 59 do quadrante dois. — Uma grande euforia toma conta da frota teraniana que tanto foi e castigada pelas armadilhas do vasto perigoso espaço.

— Governadora Trínia! — Chama o capitão Kuryag no intercomunicado. — Recebemos a informação de que a esquadra imperial chegou ao seu destino e estamos 29 dias atrasados em relação a eles. Mas já estamos seguros e chegaremos ao novo planeta com novas esperanças de um mundo melhor.

******

— Capitão Tarone faça um estudo sobre o planeta: clima, habitantes, ar e possíveis perigos que possam nos ameaçar.

— Sim, meu Lorde. — Responde o capitão Tarone que de imediato se dirige para área de estudos geológicos.

— Lorde Donny, você fica! Deixe que o capitão Tarone as esquadras cuidem disso! Isso é para sua segurança.

— Eu ouço e obedeço meu Imperador.

— Capitão Tarone?

— Sim, meu Imperador.

— Tome cuidado, não sabemos o que nos aguarda. Faça de tudo para não chamar a atenção dos habitantes deste planeta.

— OK! Meu senhor.

Algum tempo depois o capitão entra em contato com a nave imperial Arsenay I.

— Lorde Donny, Imperador Arsenay, aqui é o capitão Tarone. Estamos entrando na atmosfera do Planeta Azul, pelas leituras que estamos recebendo, Lorde Donny está totalmente certo. O ar é puro e compatível para a nossa existência. Estou sobrevoando regiões povoadas, mas não vejo nenhum sinal de hostilidade. Eles parecem ter o mínimo de evolução, nada de radares, nem transportes mecânicos, são usados animais para locomoção. O planeta é gigantesco senhor, posso dizer com toda certeza que este planeta é cinco vezes maior que o planeta Terania. Poderemos viver com segurança e invisíveis aos habitantes desse planeta por muitas luas.

A transmissão do capitão Tarone é recebida com muita euforia, alegria e alivio por todos os Teranianos sobreviventes.

— Lorde Donny, estamos todos salvos, graças aos seus esforços e dedicação. Obrigado. — Agradece o Imperador Arsenay abraçando o Lorde, responsável por salvar a sua espécie.

— Não precisa me agradecer meu Imperador. Fiz o que qualquer outro teraniano no meu lugar teria feito para salvar sua raça.

A comemoração se estende por horas até que o Imperador deseja conhecer seu novo mundo iniciando assim o processo de entrada do Planeta Azul.

— Senhores! Vamos aos preparativos para a chegada naquele que será um novo mundo! Uma nova era para a nossa raça. — Disse o Imperador Arsenay.

— Vocês ouviram o Imperador e o capitão Tarone. Temos que achar um lugar onde os habitantes deste planeta não nos encontrem, e lá iremos construir um novo império teraniano e que Sued nos proteja.

Mas como na coexistência universal, todo povo tem seu dominador agressivo que acima de tudo invadir dominar destruir, que ser dono e não visitante. E entre os teranianos existe esse dominador. "Lorde Kanss"!

— Senhor porque não invadimos e dominamos esse planeta? — Disse Lorde Kanss.

— Como disse Lorde Kanss? — Pergunta o Imperador Arsenay demonstrando seu repulso por toda violência e covardia do Lorde Kanns.

— Não acho que devemos nos submeter a um lugar escondido se podemos invadir e dominar todo planeta, sem tecnologia essa raça seria exterminada de imediato. — Disse ele olhando da pondo de comando da Arsenay I, ali ele contempla e cobiça toda grandeza e reservas ainda não exploradas do gigantesco Planeta Azul.

— Jamais faremos isso Lorde Kanss! Não podemos tomar um planeta à força dos seus donos legítimos, somos um povo pacífico e viveremos em paz como o filho do grandioso Sued nos ensinou. — Disse o Imperador fazendo um sinal de reverencia e agradecimento ao seu Deus. — Habitaremos aqui do jeito que eu decidir.

— Sim meu Imperador, eu entendo e respeito a sua decisão. Desculpa pela minha ousadia. — Lorde Kanss sabe que fez um mau comentário, sendo assim ele se retira sem manifestar nenhuma outra opinião.

Após algumas horas de pesquisa e procura os teranianos encontram o local exato no grande Planeta Azul.

— Imperador Arsenay! Já temos o lugar perfeito para nos instalarmos e reconstruir o nosso império. — Disse Lorde Donny.

— Prossiga Lorde Donny. Você tem todo o tempo para falar. Se estamos vivos e salvos devemos agradecer a você.

— Não, meu Imperador, todos cooperaram para nossa salvação, agora solicito que reúna o conselho. Temos que planejar com exatidão a nossa entrada a esse planeta.

Algum tempo depois todo o conselho está reunido na nave imperial para ouvir o Imperador e Lorde Donny.

— Lordes, meu Imperador! Agora teremos que trabalhar muito para reerguer nosso império se todos trabalharem juntos conseguiremos. Conseguimos encontrar um ótimo lugar onde poderemos ficar despercebidos, não para sempre, mas por muito tempo. Teremos terra, água e floresta para os nossos habitantes. Chegando lá levantaremos um escudo de proteção onde ficaremos invisíveis do mundo exterior. Lá existe uma porção de terra com aproximadamente 3 milhões de verios é mais do que suficiente para sobrevivermos neste planeta abençoado por Sued. — Aquela reunião se estende por horas decidindo assim o futuro da raça teraniana. Os acertos foram feitos e o tempo passou.

Dois dias depois...
— Meu Imperador! Está tudo preparado para entramos no planeta definitivamente.
— Mas senhor Donny! Não seremos descobertos por estes seres que habitam esse planeta?
— Não, Lorde Kanss, pois essa área tem uma variação magnética que deixa equipamentos de localização fora de funcionamento ou desorientado, sem utilidade. Vamos usar

essa variação magnética a nosso favor, junto com o campo de proteção, será nosso escudo de invisibilidade permanente. Criaremos uma base neste astro que está aprisionada a gravidade deste planeta. Está base que ficará no lado escuro desse astro, que gira entorno do Planeta Azul, para ficarmos bem invisíveis dos habitantes desse planeta e não alterar o seu desenvolvimento nem a sua história. Agora sem mais perguntas vamos trabalhar. Preparem a esquadra, vamos descer daqui quando o planeta estiver às escuras, vamos aguardar o cair da escuridão no planeta e desceremos para começar uma nova vida.

Então toda esquadra prepara-se e assim que a noite cai o povo teraniano adentrar no Planeta Azul, conhecido como planeta Terra.

1376, surge um novo império!

Em 1376, o Sul do continente americano onde hoje se localiza a Virginia, 19h45min, oceano Atlântico.

Um pequeno barco de pesca está em mais uma jornada de trabalho faz sua pescaria rotineira no meio do Atlântico quando algo estranho acontece deixando os pescadores que ali estão assustados.

— Juan o que é aquilo brilhando lá em cima?

— É só uma estrela que brilha para nos sinalizar que hoje a pescaria vai ser boa.

— Então Juan, diz para ela ficar com a sorte lá em cima, pois ela está vindo em nossa direção.

— OH! Meu Deus. O que é isso? O céu está descendo sobre nos. Vamos sair daqui.

— Não dá tempo. Alguma coisa está nos puxando para cima. Isso é gigantesco.

******

1852

— Capitão Leon! Estamos com problemas. A nossa bússola não funciona.

— Como assim não funciona? — Responde o capitão ao se aproximar do marinheiro. — Ela foi comprada há apenas um mês no porto de Sevilha. Você deve estar usando errado. Deixa-me ver esta bússola. É verdade! Não funciona.

— Capitão Leon a minha também está parada. O que estar acontecendo? Porque os equipamentos não funcionam? Será que estamos perdidos no mar.

Neste momento o capitão se aproxima da proa do convés do navio e olha para o horizonte contemplado a imensidão do mar.

Dois dias depois.

— Capitão! — Chama um dos marinheiros no convés do navio. Ele observa admirado um estranho acontecimento que se apresenta ao horizonte a sua frente.

— O que foi marinheiro?

— Olha só isso nunca vi nada parecido, é tão colorido é tão lindo que nos deixa paralisado.

— Capitão! O vento parou, as velas estão abaixadas, mas ainda estamos em movimento. O que estar acontecendo? — Pergunta outro marinheiro percebendo que o grande navio inexplicavelmente desliza sobre as águas do oceano Atlântico.

— Algo está nos arrastando para frente. — Comenta o capitão do navio. — OH! Pelas barbas de Poseidon, o que é isso? — Pergunta o capitão gritando aterrorizado. — Vai nos afundar! Homens pulem no mar para salvar suas vidas. Não acredito! Estamos voando? Como pode?

— Nós estamos voando. — Grita outro marinheiro sentido seu corpo sendo atraído para cima. — O que está acontecendo?

— Meu navio estar indo embora. — Grita o capitão vendo o navio flutuando. Inexplicavelmente flutuando junto com seus marinheiros. — Mas o que estar acontecendo aqui pelo amor de Deus?

— Se é verdade que Poseidon existe, ele vai nos ajudar. — Disse um dos marinheiros rezando para o senhor dos mares. — OH! Não, não, não...

******

1880

— Almirante Gerson; estamos com problemas.

— O que há de errado Major Neves?

— Nossos leitores estão todos parados, estamos à deriva, nada funciona, todos os instrumentos estão parados. Estamos perdidos no oceano.

— Há quanto tempo estamos nessa situação Major?

— Talvez a 5 ou 6 horas, não tenho certeza.

— E porque não me avisou antes? Alerte a tripulação.

— Já estamos em alerta almirante, mas o rádio não funciona. Já passamos um SOS, mas não tivemos respostas.

— Almirante, capitão, é melhor os senhores darem uma olhada nisso aqui fora. — Chama um dos marinheiros apontando para frente.

— O que há de errado marinheiro Hermano? — Pergunta o capitão saindo da cabine de comando e olhando na direção em que o marinheiro aponta.

— Olha só aquilo. O que é aquilo ali? — Fala um dos marinheiros apontando um gigantesco objeto vindo na direção do navio.

— Oh! Meu Deus! — Disse também o almirante espantado ao presenciar o estranho acontecimento.

— Almirante o que é isso?

— Não sei marinheiro, mas seja lá o que for está vindo em nossa direção. — Responde o Almirante. — Capitão vire o leme a toda velocidade. Temos que sair daqui.

— Não dá Almirante. Alguma força misteriosa travou o leme.

— Seja lá o que for, está nos atraindo. Estamos perdidos.

— Marinheiro o que estar acontecendo com você? — Pergunta o capitão vendo o corpo do marinheiro sendo elevado.

— Eu estou voando? Não! Nós estamos voando! — Disse o marinheiro apontado para os amigos.

— O que estar acontecendo? Oh não! Todos ao convés, o navio está afundando, repito: todos ao convés o navio está afundando.

— Capitão? Como pode! Estarmos voando? O que é aquilo! Vai nos engolir! Não pode ser! É uma...

Março de 1950

— Mayday, mayday aqui é o Globomaster estamos à deriva, sem motor, sem instrumentos, estamos precisando de ajuda. — Minutos depois uma segunda mensagem chega à base de operações da marinha americana. — Algo atingiu o navio! Estamos afundando, precisamos de ajuda mayday, mayday. — Alguns minutos após o primeiro contato do Globomaster realizar um segundo contato. — Algo estranho está acontecendo, estamos sendo atraídos por uma força misteriosa.

29 de novembro de 1993, iate da família Gerhard.

— O que estar acontecendo Bob? Já era para estarmos chegando ao Suriname. Onde estamos?

— Não sei! Não temos sinal de terra, não temos sinal de nada, será que estamos perdidos? O que estar acontecendo?

— Pergunta Bob olhando sua bússola e nas cartas náuticas.

01 de dezembro 21h55min.

— Querido o que vamos fazer? As crianças estão fazendo perguntas e eu estou muito preocupada, temos que conseguir sair dessa situação em que estamos, os suprimentos estão acabando, temos que achar terra logo começaremos a passar fome.

Horas depois...

— O que é aquilo mãe? Não é do céu! Não é normal? — Pergunta o pequeno Lucas Gerhard apontando para um fantástico balé de cores na noite solitária e silênciosa em meio ao oceano atlântico. — O que estar acontecendo? Estamos mortos?

— Deixa de loucura menino, é claro que não estamos mortos, só estamos perdidos. — Responde à senhora Danubia Gerhard. — Mas pensando bem, eu nunca vi nada igual e magnífico. O que será isso? Será aurora boreal? — Pergunta ela admirando aquele balé espetacular de cores e formas.

— Não pode ser, estamos muito longe do Polo Norte. — Responde Bob Gerhard, chefe da família Gerhard.

— Oh! Não. As luzes estão se movendo, algo está vindo em nossa direção. — Grita o pequeno Lucas Gerhard apavorado apontando as estranhas luzes.

— Oh! Não. Que luz é essa? Estar nos elevando? SOCORRO, SOCORRO...

— Mãe não me deixa! O que estar acontecendo? Estou voando! O que é aquilo é um monstro? Mãaaae.

Uma estranha ligação!

Dias atuais. Washington. 19/02/2010.
Escritório de Ufologia Pesquisas e Estudos Paranormais.

— Bom dia, Stiven!

— Espero que este dia seja bom mesmo Marry. — Responde ele com um suave sorriso e continua: — O que temos de novo hoje?

— Nada, só o monstro do Lago Ness, e a pirâmide de Tutancâmon, e outros coisas desse tipo. — Disse à Marry uma assistente que muitos especialistas gostariam de ter ao seu lado. Além da sua comprovada inteligência ela também possui outros dotes que por muitos são admirados.

— Ah Marry! Piadinha essa hora não.

— Tivemos uma estranha ligação mais cedo. — Disse Marry lixando as unhas da mão direita.

— Quem foi? — Perguntou Stiven curioso. — O contratante disse o que queria?

— Não disse não, Stiven. — Responde Marry. — Foi um homem com uma voz estranha. Ele só falou que tinha chegado a hora da verdade. Depois desligou. Achei muito estranho.

— Em nossa área de trabalho, estranho é alguém me mandar flores. — Comenta Stiven sorrindo.

Stiven Gámbor é um dos ufólogos mais famosos do mundo. Algumas pessoas o chamam de insano, outras o veneram, mas todos param e o escutam quando o assunto e Ufologia.

— Stiven onde você está? — Grita o jovem Jime invadindo o escritório aos berros a procura do seu chefe.

— Estou aqui Jime, o que estar acontecendo? Que desespero é esse?

— Tenho algo para você ver, Stiven! — Jime abre um pequeno livro, um diário de bordo, com imensa satisfação o mostra ao seu chefe. — Você tem que ver isso.

Jime é o melhor assistente do Stiven, também é o seu amigo inseparável.

— Que livro é esse Jime?

— Não é um livro!

— Não?

— Não Stiven! — Responde Jime. — Essa é uma cópia do diário de bordo da família Gerard.

— Onde conseguiu esse diário?

— Com alguns contatos.

— Sim, e daí? — Pergunta Stiven.

— E daí!? — Responde Jime olhando o amigo com uma expressão de decepção. — Olha a última página. São as últimas palavras que eles escreveram.

— O que tem de tão importante? — Pergunta o Stiven lendo as páginas indicadas por Jime.

— O grupo de busca que encontrou o diário no barco vazio. Acham que a família Gerard o escreveu num ato de loucura por estarem perdidos no mar. — Disse Jime.

— Mas, se eles estivessem loucos não se preocupariam com pontos, vírgulas e outros erros de grafia. Olha só o que está escrito. — Disse Stiven mostrando a última folha do diário.

"29/11/1993

A vários dias estamos à deriva, sem sinal de terra. Algo não está certo, estamos vendo luzes no meio do mar. Acho que não estamos sós. Algo está para acontecer. Sinto isto. Estou com medo. O Bob acha que estamos ficando loucos, mas eu não acho. "

"1/12/1993

Hoje vimos um grande paredão de luz, nunca tínhamos visto nada igual. Era espetacular e ao mesmo tempo aterrorizante. "

"4/12/1993

Estamos realmente perdidos. Se esse diário for achado. Digam a minha família que sempre os amamos e que sempre amaremos a todos.

Tenho que ir, o Bob está me chamando, outro fato estranho deve estar acontecendo: são as luzes, estão tão perto que posso sentir sua energia. É muito estranho, mas tenho que ir, às luzes estão voltando, estão cada vez mais fortes e mais próximas; se não voltar a escrever nesse diário, é porque algo aconteceu conosco. "

— Não entende? Eles estavam no triângulo e algo os levou!

— Como tem tanta certeza disto, Jime? — Pergunta o Stiven.

— Primeiro porque uma pessoa possuída por loucura não iria se preocupar como está escrevendo. Segundo uma mulher só deixa a despedida de um diário incompleta, se foi interrompida ou se estiver ameaçada. Temos algo a investigar no Triângulo das Bermudas.

— Mas como você sabe que eles sumiram na área do Triângulo das Bermudas? — Pergunta o Stiven.

— Você não entende. É a nossa chance de entramos para a história. Você não tem noção de onde podemos chegar se descobrirmos alguma coisa lá. Temos que ir ao mar.

— Mesmo assim, como sabe que eles sumiram no Triângulo?

— Um amigo que trabalha na Marinha e me deu essa cópia do "Diário da Família Gerhard" disse que investigasse, pois, seus superiores estavam com muito interesse nesse diário, e se eles estão interessados é porque deve ser importante.

— Nem pensar Jime! Isso é loucura, nos guiar por um diário que um desconhecido seu lhe deu. Sem dúvidas é loucura!

— Ele tem razão Stiven, isso é muito estranho: uma mulher nunca deixa um diário incompleto. Para isso acontecer ela tem que ser forçada a fazê-lo.

— Até você Marry, também está nessa loucura?

— Não é loucura Stiven. Se você acha isso loucura, como podemos denominar o que fazemos; procurar discos voadores, seres do outro mundo e sinais de extraterrestres em milharais?

Stiven para, olha os dois amigos e imagina a situação em que se encontra; avalia e toma sua decisão.

— Está bem, vocês me convenceram. Só tem um problema. Onde arranjaremos equipamento e um navio para investigar esse fato?

— Isto deixa comigo, querido Stiven. — Disse Marry sorrido ao sair do escritório.

Dois dias depois, o celular de Stiven toca.

— Alô!

— Oi Stiven! Sou eu Marry.

— Oi Marry! Onde você está? Sumiu há dois dias e não deu notícias!

— Já consegui uma embarcação e todos os equipamentos para viagem. Esteja pronto em seis horas. E avise o Jime. Estarei esperando no píer 21 o nome do navio que irá nos levar é "Horizonte Azul".

Seis horas depois Jime e Stiven se deslocam para o píer onde fora marcado por Marry.

— Ali está Stiven, o navio Horizonte Azul, a nossa espera pronta para entrar na história.

— Olha lá! É a Marry? Vestida de marinheira! — Comenta o Stiven.

— Não acredito no que estou vendo! — Disse Jime ironicamente olhando para amiga.

— Não ri Jime, ela pode perceber e isso não vai ser bom; só elogiar e fingir que está tudo normal.

— Vou tentar! — Disse Jime tentando conter o sorriso.

— Olá Marry! Você está linda! Não conhecia o seu lado marinheiro?

— Não ri de mim não! — Disse Marry olhando muito seria para os amigos. — Está tudo pronto para partimos. Vamos!?

— Estão todos prontos? Vamos partir em alguns minutos. — Disse o capitão Gibson.

— Stiven, esse é o Capitão do navio, senhor Gibson Morgan. — Disse ela apresentando-o a Stiven.

— É uma honra receber o maior pesquisador de aliens do mundo em minha humilde embarcação. — Disse o capitão cumprimentado Stiven com um forte e agitado aperto de mão de um marinheiro veterano.

— O prazer é meu, senhor Gibson Morgan! Mas "maior" é exagero. — Disse Stiven.

— Também é modesto. Bem que a senhora Marry falou. — Disse o capitão deixando surgir um amarelo sorriso na face que há muito tempo é maltratada pelo sol. — Mas não precisa de tanta cerimônia pode me chamar de capitão Gibson.

— A Marry falou? É! Já entendi. Depois conversamos Marry. — Disse Stiven olhando para Marry. — O senhor acha que levaremos muito tempo para chegarmos ao nosso destino, Capitão?

— Não senhor Stiven, levaremos de 15 a 20 dias para entrarmos na área do Triângulo. "A fronteira com o desconhecido". — Disse o capitão Gibson expressando um ar de mistério.

— Agora vamos repassar o plano de observação e pesquisa.

— Plano! Que plano? — Pergunta o Stiven.

— A senhorita Marry disse que o senhor sempre segue um plano de pesquisa.

— É o plano..., mas este é um caso especial, não haverá plano, seguiremos nossos instintos. Eles nunca falharam.

O capitão Gibson entendeu o que o Stiven queria lhe dizer. "Vamos embora e seja o que Deus quiser ".

— Oficial Marcos! Levantar a âncora. — Disse o capitão com a mão sobre a testa, olhando para o horizonte azul do mar e fica imaginando que aventuras os aguardam. — Vamos zarpar. — Disse ele exercendo sua autoridade de capitão.

O "Horizonte Azul" é um desses navios pesqueiros de pequeno porte que cruzam os oceanos, mas também é um barco de aluguel para pesquisadores de baixa aquisição financeira, pesquisadores assim como o ufólogo Stiven Gámbor que precisa pesquisar fazendo uso de um orçamento apertadíssimo.

— Alô, Maik?

— Sim! É o Maik! Quem fala?

— Aqui é o Stiven.

— Sim senhor Stiven, pode falar.

— Estamos saindo numa pesquisa. Se alguém procurar por mim ou pela Marry diga que fomos para Nova York entendeu?

— Sim, senhor. Entendi. — Responde Maik desligando o telefone.

— Mas porque Nova York, Stiven? — Pergunta Jime.

— Porque lá todos sabem que é difícil de achar alguém. — Responde ele.

— Já entendi. — Disse Jime sorrindo e continua: — Você não quer ser interrompido nesta viajem.

— Se vamos fazer uma pesquisa tão seria assim devemos nos concentrar o Máximo possível. — Disse ele com uma expressão séria e destemida. — Pronto! Agora é só nos concentrarmos na viagem e no inesperado. Que Deus nos proteja.

Jime olha para o horizonte e tenta imaginar o que os espera na zona proibida.

— Stiven, o que será que vamos encontrar no Triângulo das Bermudas, ou seja, Triângulo do diabo? — Pergunta Jime demonstrando muita curiosidade e um certo medo do desconhecido. — Será que vamos descobrir alguma civilização perdida. Alguma fenda no tempo-espaço separando o nosso mundo de outra civilização mais evoluída?! O que será que tem lá?

— Não delira Jime! Mal saímos ao mar e você já está delirando. — Responde Stiven que olha o assistente em seguida começa a sorrir.

O tempo passa. Alguns dias depois...

— Já se passaram treze dias e você ainda está enjoando, Jime!? — Comenta Stiven.

— Desculpa interromper Stiven, mas acho que Jime vai ficar mais enjoado ainda.

— Por que capitão Gibson?

— Porque está vindo uma tempestade pela frente a gente nunca sabe o grau de perigo das tempestades. Temos que ficar alertas e nos preparar para qualquer situação.

— Mais Capitão! Como o senhor sabe da tempestade? Advinha ou segue sua experiência de marinheiro?

— Nem um, nem outro, meu caro Jime! Eu escuto a previsão do tempo. Afinal para que serve a TV e o rádio!?

— Ah! Como sou estúpido. A TV. A previsão do tempo na CNB.

— É meu caro Jime, a quem diga que a previsão do tempo da CNB é a mais confiável do mundo.

— É claro. Depois dessa eu vou me recolher aos meus aposentos. — Disse ele com um tom de ironia caminhando em direção a porta de saída da ponte de comando do navio. — Boa noite Stiven, Marry, Capitão, oficial Marcos. Vou me recolher, o dia foi péssimo para mim hoje e espero que o dia de amanhã seja melhor.

— Também vou me deitar. Stiven, você não vem?

— Já, já estou indo. Só vou dar mais um tempinho aqui, Marry, depois vou dormir também.

Todos se recolhem a seus aposentos para mais uma noite de sono embalados pelas ondas do grandioso e misterioso oceano.

O alerta!

02h45min da madrugada o sino toca no convés. Um marinheiro muito aflito chama a atenção do Capitão.

— Capitão? Capitão? — Chama outro marinheiro que está na cabine de comando. Ele utiliza o rádio que faz um contato direto com o capitão Gibson. — Acho melhor o senhor vir dá uma olhada no mar.

— O que está acontecendo marinheiro? — Pergunta o capitão.

— Nunca o vi tão agitado assim, capitão. O senhor precisa ver isso.

— Já estou indo marinheiro. — Disse o capitão pulando da cama se aproximando do segundo imediato Mendes. — Acorda Mendes, vamos ver o que está acontecendo com o mar.

Chegando ao convés o Capitão olha o mar e se espanta, pois nunca haverá visto um mar tão revolto como estava está madrugada.

— Pelos cabelos da Sereia! O que estar acontecendo? O mar está muito acima do normal. Nunca vi ondas tão grandes. — Disse o capitão Gibson demonstrando surpresa com a violência do mar. — Toque o alarme. Estamos em código de alerta geral. Estamos em perigo, marinheiros, tomem seus lugares. Peço a Deus para sairmos dessa com vida.

O capitão corre pelo convés em direção à cabine de comando deixando todos em alerta, nesse instante Jime e Stiven chegam até a ponte. O jovem Jime está visivelmente abalado.

— O que houve capitão? Estamos sacudindo mais do que chocalho na mão de criança de 02 anos no colo do avô! — O comentário irônico faz com que o capitão Gibson deixe surgir um leve sorriso no canto esquerdo da boca, quebrando por um instante o clima de preocupação e desespero em que o navio se encontra.

— Só você mesmo para me fazer rir num momento desses Jime. — Disse o capitão sentindo o momento de ironia desaparecer aos segundos em que o navio era atingido por ondas gigantescas. — O mar está muito revolto caro Stiven, estamos com sérios problemas. Estamos sendo atingidos por ondas de até 9,5m de altura. Tirem todos do convés e façam uma contagem. Oficial Marcos trave o leme cortando o vento para não viramos o navio.

— Oh meu Deus, estamos em perigo, vamos morrer todos. — Grita Jime que a essa altura já não encontra mais ironia nos acontecimentos.

— Fique calmo, Jime! Vamos sair dessa com vida. O capitão tem experiência em mar revolto e não vai acontecer nada com a gente. Não é Capitão Gibson?

— Será que vamos mesmo sair dessa, capitão? — Pergunta a Marry acabando de chegar à cabine

— Eu espero que sim. — Responde o capitão.

— Como assim, eu espero que sim, capitão? — Pergunta o Jime.

— Eu nunca passei por uma situação dessas, nunca vi o mar tão agitado. — Disse o capitão olhando admirado com o tamanho das ondas que quebram na proa do navio fazendo um barulho quase que ensurdecedor. — O que mais me deixa espantado é ver uma tempestade dessas aparecer repentinamente, surgir assim do nada. O tempo estava limpo. A previsão dessa tempestade era para daqui a três dias. — Disse o capitão Gibson.

— Não importa a previsão agora, o mais importante é passarmos por esta tempestade e saímos com vida. — Disse Stiven.

— Vamos conseguir capitão, pois Deus está conosco. — Disse Marry demonstrando toda sua fé.

— Será senhorita, Marry? Espero que sim! — Disse ele. — Homens, preparem-se para o mar violento de todas as suas vidas inúteis. Soem o alerta!

— Ai meu Deus! Olha só o tamanho dessa onda capitão. — Grita Jime apavorado ao ver uma onda gigantesca se projetando sobre o navio.

— Segurem-se todos. — Grita o capitão desesperado. A onda passa. O silêncio toma conta do navio por alguns segundos.

— Stiven você está aí, Stiven você está aí? Nós estamos mortos? — Pergunta Jime tentando se levantar.

— Acho que não Jime, pois minha cabeça está doendo muito e ainda sinto seu peso em cima de mim.

— Desculpa! — Disse Jime levantando-se.

— Senhorita Marry, a senhorita está aí?

— Sim capitão. — Responde ela ainda caída atordoada no chão da cabine de comando do navio.

— Essa foi quase a nossa derrota. — Comenta o capitão.

— Estão todos bem? — Pergunta ele.

— Estamos capitão.

— Oficial, Marcos você estar bem?

— Sim senhor.

— Imediato Mendes. – Disse ele olhando para o marinheiro que parecia estar mais apito a exercer alguma função naquele momento. — Faça uma busca no navio, certifique-se se tivemos baixas e descubra se ouve alguma avaria no casco.

— Sim capitão, agora mesmo. — Então o oficial Marcos faz uma vistoria geral no navio e algum tempo depois volta trazendo os relatórios.

— Toda a vistoria foi feita capitão.

— E então qual o resultado?

— O navio está quase sem avarias, não tivemos nenhuma baixa, mas temos um problema capitão.

— O que ouve, imediato Mendes?

— Estamos à deriva, capitão.

— Não pode ser! Como assim a deriva?

– Estamos sem o funcionamento eletromecânico do navio, ou seja, sem motor e sem instrumentos de localização. Estamos perdidos no mar.

— Como assim estamos perdidos? Isso não é possível, em 35 anos de mar nunca fiquei perdido, nós estamos nas coordenadas certas seguimos a bússola. Como estamos perdidos? — Pergunta o capitão apreensivo.

— Não sei capitão, mas nada funciona. Só nos restam às estrelas para nos orientar. — Disse imediato Mendes.

— Tente consertar o rádio para nos comunicarmos com a terra, marinheiro. — Ordena o capitão Gibson e continua. — Temos que informá-los o acontecido e pedir um resgate imediato.

— Não dá para consertar o que não está quebrado, senhor.

— Como assim não está quebrado? — Pergunta o capitão Gibson e continua: — Você acabou de dizer que o rádio não está funcionando.

— Toda parte elétrica está paralisada! Capitão, o motor parou totalmente. — Disse outro marinheiro.

— Como assim parou totalmente, marinheiro? — Pergunta o capitão observando a expressão de pavor dos tripulantes que ainda se recuperavam da grande tempestade por qual passaram, e sobreviveram.

— Sim capitão! O maquinário levou um tipo de choque eletromagnético que paralisou todos os equipamentos do navio nos deixando a deriva.

— Só está funcionando gerador a óleo. Estamos realmente com problema capitão.

— O que está acontecendo aqui? Alguém pode me explicar? Estou tentando entender o que está acontecendo por aqui. Oficial Marcos, pegue o mapa e a carta náutica, por favor, precisamos nos localizar no mar.

A ilha

Nesse instante Jime grita chamando a atenção do capitão com uma expressão de espanto e alegria ao mesmo tempo.

— Capitão, vem ver uma coisa!

— O que foi Jime? — Pergunta o capitão se aproximando da escotilha do navio.

— Estou vendo terra bem ao longe! Será que estou vendo coisas, será que é miragem?

— Jime! Você deve estar mesmo vendo coisas, pois nessa área não tem terra, nem recifes de corais só água muita água, você está sofrendo de ilusão marítima.

— Ilusão marítima! O que é isso capitão? — Pergunta o jovem Jime.

— É quando uma pessoa fica sem ver terra por muito tempo, então começa a enxergar terra aonde não existe, é só olhar o horizonte do mar que o próprio mar se encarrega de transfigurar os focos do horizonte azul.

— Então capitão, eu também estou sofrendo desse mal, pois também estou vendo terra e não é recife de coral é terra mesmo, capitão. É uma ilha. — Disse Stiven apontando para frente.

— Terra aqui? Isso é impossível.

— Não é mais capitão! — Responde também o Imediato Mendes após ver terras ao horizonte e continua: — Tudo indica que deve ser uma ilha.

— Uma ilha aqui? Mas isso é impossível, não há ilha nessa região do oceano, não está registrada em lugar nenhum que existe ilha nessas coordenadas, isso é um absurdo, eu acho que também estou ficando louco. — Disse o capitão Gibson ainda sem entender.

— Porque acha que está louco? Só porque está vendo terra? — Pergunta Stiven

— Sim, porque estou vendo terra onde não existe terra, é muito estranho! O que estar acontecendo? Será que estamos mortos? Será que isso é o paraíso, o Jardim do Éden?

— Calma, capitão, isso é mesmo, terra de verdade e você não está morto. Parece estranho o que está acontecendo, mas isso é real. Estamos todos enxergando uma ilha no meio do oceano e isso já é um alívio, pois estamos à deriva e sem saber onde estamos então vamos até aquela ilha descobrir onde estamos e tentar encontra alguém para nos ajudar.

Os tripulantes do navio Horizonte Azul estão salvos, pois encontraram uma ilha. Certo que era estranha aquela ilha está em um lugar que não é registrado nos mapas marítimos mundiais, mas essa era a única ajuda que ele estava enxergando de imediato para aquela situação. Após passarem por uma grande tempestade e verem essa mesma tempestade desaparecer do mesmo jeito que apareceu, aquela ilha não seria um absurdo tão absurdo assim. Os aventureiros se preparavam para desembarcar e irem ao encontro de alguém que pudesse ajudá-los, mas o que os aventureiros não sabiam era que as descobertas estavam apenas começando.

— Oficial Marcos, prepare o bote vamos desembarcar na ilha e tentar encontrar ajuda.

Algum tempo depois o oficial Marcos chama a atenção do capitão.

— Capitão Gibson, o senhor não acha que estamos nos precipitando em entrar nessa ilha sem saber o que há nela?

— Ora oficial Marcos! O que pode haver de errado nessa ilha? Canibais, dinossauros? — Disse ele com um tom de ironia. — Fique calmo meu amigo! Está tudo bem, não há risco algum. Aqui só devem existir inseto e algum povoado nativo da ilha que poderá nos ajudar com certeza. Vamos em frente oficial Marcos, prepare os botes e o grupo que irá desembarcar. Os demais que ficarem no navio tentarão consertar os aparelhos.

— Ok meu capitão, vou preparar os suprimentos e água para levar.

— Não se esqueça de entregar algumas armas a alguns dos homens que irão desembarcar.

— Mas porque armas capitão? — Pergunta o Stiven.

— Não sabemos o que vamos encontrar lá, então deveríamos estar prevenidos.

— Mas o senhor disse que a ilha não tinha perigo! — Retruca o Jime.

— Não há perigo de encontrar ETs, dinossauros e outros mitos estranhos, mas ladrões e bandidos do mar isso é bem possível, então temos que estar prevenidos, agora vamos, não podemos perder mais tempo, temos que encontrar ajuda o mais rápido possível.

— O senhor está certo capitão não podemos perder mais tempo. — Concorda o Stiven com o capitão.

— Então vamos todos, entrem logo nos botes e vamos explorar a ilha desconhecida.

— Não fale isso capitão. Eu já estou com um pressentimento estranho.

— Estranho como Marry? Pressentimento ruim? — Pergunta o Stiven.

— Não é ruim, mas sinto-me como se estivéssemos sendo observados.

— Observados por que ou quem? Por ETs ou dinossauros? — Pergunta o capitão Gibson sorrindo.

— Não fala isso Capitão! Estou falando sério. — Disse Marry.

— Então vamos logo andando e ver em que seu pressentimento vai dar senhorita Marry, oficial Marcos ajuda à senhorita Marry. Temos que encontrar ajuda o mais rápido possível.

— Temos que ficar atentos a tudo que está ao nosso redor, não podemos perder nada de vista. — Disse o oficial Marcos.

— O oficial tem razão fique bem atenta Marry, você também Jime; não sabemos o que nos espera nessa ilha.

Todos desembarcam do navio e seguem para terra firme, no caminho do navio até a praia eles se deslumbram com a fauna que se revela aos seus olhos ao ponto em que se aproximam da terra firme, a cada metro que a distância entre os botes e a praia se encurta sons de animais são ouvidos aleatoriamente como se a ilha estivesse viva. Uma gigantesca e majestosa floresta logo se apresentava dando a entender que não seria tão fácil assim a exploração da ilha.

— Stiven será que devemos mesmo entrar nessa mata, parece tão fechada e escura?!

— Não se preocupe Marry estamos aqui e nada vai te acontecer.

— Mas ela tem razão em uma coisa, capitão, parece que estamos mesmo sendo observados. — Disse Jime olhando para todos os lados como se estivesse à procura de alguém ou alguma coisa fora do normal.

— Deixa de loucura Jime e vamos caminhando logo não sabemos qual a distância da vila ou cidade mais próxima e ainda temos que abrir caminho por essa floresta tão fechada.

— Era só uma pesquisa de rotina que íamos fazer e acabamos nessa encrenca. Agora estamos nesse lugar desconhecido no meio do mato, sem saber o que nos espera e sem contato com o mundo.

— Ora Jime, deixa de tanta conversa e reclamação e venha ajudar.

— Sim senhor capitão. Homens a toda velocidade, ergam seus machados e vamos avante.

Então o capitão ri com a ironia do Jime no momento tão inoportuno.

— Há, há, há Jime você não tem jeito mesmo, sempre tem uma gracinha para soltar na hora errada.

— Pega logo essa mochila e vamos caminhando, Jime. — Ordena Stiven. Eles caminham por algum tempo mata adentro em busca de ajuda e de alguma descoberta.

— Silêncio! Acho que está vindo algo em nossa direção, fiquem em silêncio. — Disse o Oficial Marcos colocando o dedo indicador sobre a boca.

— Olha, vem daquele lado capitão. — Disse Jime apontando para o lado esquerdo.

— Deve ser algum bicho, mesmo assim fiquem quietos não sabemos que bicho será esse.

— Vamos em silêncio observar que bicho será esse. — Disse Stiven.

— Voltem aqui, é só um pássaro! Estou ouvindo as batidas da asa. — Disse o capitão.

— Vamos ver que pássaro é esse Jime. É um som estranho o canto, é diferente, pode ser algum pássaro que já tenha sido extinto ou que ainda não foi descoberto.

— Tem razão Stiven, o canto é diferente de tudo que já ouvi.

— Está ali atrás daquelas árvores, Stiven. Você está vendo? — Pergunta Jime apontado na direção de algumas árvores que fazem sombra deixando o local escuro onde apenas alguns raios de sol podem transpor a barreira de vegetação. — É um vulto estranho deve ser o tal pássaro. — Disse Jime.

Stiven se aproxima das árvores para olhar o que está atrás delas e então tem uma grande surpresa.

— Jime! Que bicho é esse? É um pássaro é diferente de tudo que já vi na vida.

— Se for pássaro, é uma espécie nova Stiven, pois nunca vi pássaro com escamas. — Disse o Jime.

— Como é Jime!? Escamas?

— É sim Stiven, são escamas vermelhas e brilhantes.

No momento que Stiven se aproxima para olhar o estranho pássaro de perto, o estranho animal vira-se corre em sua direção.

— Corre Jime! Ele está vindo para cá, não é um pássaro qualquer. Corre! — Mas quando o Jime e o Stiven correm o grande pássaro que vinha na sua direção também se assusta e levanta voo com suas belas e grandes asas que mediam aproximadamente de 4 a 5 metros de envergadura de ponta a ponta. A estranha ave some na imensidão da floresta deixando uma única pergunta. "Que bicho era aquele"?

— Pode parar de correr Jime, o barulho que fizemos ao correr deve ter assustado o pássaro, ele foi embora.

— Stiven que bicho era aquele? Nunca tinha visto nada parecido, era um pássaro, mas ao mesmo tempo era um animal estranho com escamas vermelhas nas asas e um corpo parecido com a de um rinoceronte de tão forte que era o animal, ou seja, ave lá o que for aquilo, me deu medo. Ainda estou com as pernas tremendo do susto que levei

— Não sei que animal era Jime, mas acho melhor voltarmos para perto do grupo. Depois descobrimos se aquele animal era realmente pássaro ou não.

Logo que o estranho animal desapareceu entre as árvores Jime e Stiven voltaram correndo para próximo do grupo para contar o que tinham visto.

— Marry você não vai acreditar no que acabamos de ver, foi incrível, era um animal que nunca vimos antes.

— Calma Jime, fala devagar, o que aconteceu? O que você viu?

— Foi incrível! Um animal que nunca tinha visto um pássaro muito grande com escamas vermelhas.

— Espera! O que você disse? Escamas vermelhas? — Pergunta o capitão Gibson.

— Sim tinha escamas vermelhas e um canto que parecia um miado de um gato só que mais forte e mais alto.

— Meu jovem! Acho que o excesso de sol e do mar lhe fez mal.

— Não capitão Gibson, ele não está louco, é real, eu também vi a criatura, era fantástica.

— Fala ai Jime! Como era mesmo esse tal pássaro? — Pergunta um dos marinheiros.

— Era enorme devia ter mais de 100 quilos, tinha um corpo muito forte e quatro patas com quatro dedos em cada mão, um rabo que parecia o de um lagarto, era incrível, lindo e ao mesmo tempo assustador. Estou dizendo esse lugar é muito estranho. — Disse Jime olhando para os lados como se procurasse algo a mais.

— Vamos embora, temos que encontrar ajuda não podemos ficar aqui só porque vocês viram um pássaro diferente. — Disse o capitão Gibson.

— O capitão está certo! Temos que continuar, nós não podemos ficar mesmo aqui parados, temos que encontrar ajuda e descobrir o que está acontecendo.

— Tudo bem, mas eu estou avisando, temos que ficar de olhos e ouvidos bem abertos. — Disse Jime ainda assustado.

— Vamos, temos que achar um lugar mais aberto, essa floresta é muito fechada. Não vamos encontrar nada aqui.

Após 40 minutos de caminhada floresta adentro...

—Stiven! Olha! É uma construção estranha, parece que foi abandonada há muito tempo. — Disse Marry.

— Vamos olhar mais de perto. — Disse o Jime.

— Calma pessoal, nós não sabemos o que tem lá dentro!

— Não se preocupe Marry vamos tomar cuidado. — Disse Stiven.

Todos se aproximam da construção abandonada para investigar quem a construiu e o que tem nela. O Jime é o primeiro a entrar logo em seguida chama o Stiven com um grito de espanto.

— Stiven, vem dá uma olhada aqui.

Quando Stiven entra seguido do capitão e dos demais homens, ficam impressionados com o que encontram.

— Que lugar é esse senhor Stiven?

— Não sei capitão Gibson, mas parece um laboratório só que bem avançado, nunca vi nada tão avançado assim, olha só esse equipamento, já viu algo desse tipo Marry?

— Nunca vi nada parecido em toda minha vida. E olha que eu entendo bem de tecnologia, posso dizer com certeza essa tecnologia não é da Terra. Parece ser de outro mundo olha só esses comandos e botões realmente nunca vi nada assim!

Nesse momento o capitão vira-se olha para Stiven e pergunta com ar de espanto.

— Que lugar é esse senhor Stiven, onde será que estamos?

— Não sei capitão. Realmente eu não sei. — Responde Stiven também admirado olhando tudo a sua volta.

— Eu acho que devíamos voltar para o barco e ficarmos lá esperando a ajuda chegar. — Disse Marry muito assustada.

Mas com um pensamento contrário ao da jovem Marry Stiven se manifesta certeza e autoridade.

— Eu digo que vamos ficar e procurar quem fez essa construção, porque se pode fazer isso aqui é sinal que tem os recursos necessários para nos ajudar, então vamos dar uma busca no prédio e ver se encontramos alguma coisa que possa nos ajudar.

— Olha! Eu concordo com o Stiven temos que encontrar quem fez isso aqui e pedir ajuda, eu não quero ficar à deriva no mar até morrer de fome ou ficar louco. Já estamos aqui, agora vamos até o fim. — Disse o Jime.

— Eu também concordo com o Stiven afinal não vamos a nenhum lugar sem motor, pois com toda parte elétrica paralisada o navio só se move com o balanço do mar. — Disse o oficial Marcos.

— Então a maioria vence, agora vamos dar uma busca no prédio e se não encontrarmos nada vamos andando porque se ficarmos aqui, nós não iremos resolver nada.

Enquanto todos vasculham o prédio e resolvem para que lado vão e como prosseguir na mata, ouve-se um grito assustado do lado de fora da construção.

— O que foi isso? Pareceu um grito de mulher! — Disse o oficial Marcos

— Não sei, mas veio lá de fora. — Responde Jime

Então Stiven olha para os lados e ver que Marry não está por perto.

— Onde está a Marry? — Pergunta o Stiven.

Então todos olham em volta e veem que ela não está ali por perto, todos correm para fora da construção imaginando que seja a Marry a autora do grito do lado de fora do prédio, então todos correndo para socorrê-la.

— O que foi Marry? Por que grito? — Pergunta o Jime.

— Olha ali! — Disse Marry apontando para um animal que caminha em sua direção que bicho é aquele Jime? — Perguntou ela.

— É só um javali, não precisa ter medo.

— Não falo do javali Jime, falo daquele bicho que está atrás do javali. Que bicho é aquele?

— É um urso Marry não precisa ter medo. — Disse Jime.

— Espera! O que um urso faz aqui nesta ilha? — Se pergunta Jime.

Mas, quando capitão Gibson olha mais uma vez o animal que vem na sua direção, vê que não é um simples urso.

— Jime isso não é um urso! Corre, corre Marry corre! — Grita o capitão Gibson, que manda os seus homens atirarem, não deixe que esse monstro se aproxime, não deixe que ele entre no prédio.

Quando a criatura escuta os tiros e sente as perfurações de bala foge mata adentro desaparecendo por entre as árvores.

— Calma, ele fugiu não precisa ter medo. — Disse Stiven.

— Que raio de bicho era aquele, senhor Stiven? — Pergunta o capitão. — Nunca vi nada parecido. — Comenta ele assustado.

— Não sei capitão, mas agora percebi que estamos lhe dando com criaturas estranhas nessa ilha. Esse animal deve ser uma espécie única dessa ilha, assim como o "Dragão de Cômodo" ou os cangurus da Austrália, o Brasil também tem espécies únicas como às anacondas, cobras gigantes e extremamente violentas.

— Mas nenhum desses bichos tem escamas vermelhas nas asas e pesam mais 90 quilos. Tem Stiven? — Pergunta o Jime.

— Vamos Jime, não podemos ficar aqui comparando animais que existe no mundo, temos que sair daqui e encontrar logo ajuda para nossa segurança ou sabe-se lá o que pode acontecer agora. — Disse o capitão Gibson.

— Eu concordo com você capitão, temos que encontrar logo ajuda porque já estamos andando a mais de 4 horas nessa floresta maldita, parece que nunca acaba ainda não achamos nada nem pessoa alguma que possa nos ajudar.

— Calma Marry, devemos ter fé e esperança. Se, encontramos essa construção, vamos encontrar ajuda logo, logo. Então vamos andando, mas olhem por onde andam e olhem onde pisam porque essa floresta parece ser muito velha. Existem muitas arvores caída. Podem existir alguns buracos de raízes de árvores mortas.

Então todos seguem em frente procurando ajuda num lugar desconhecido e misterioso, e após alguns minutos de caminhada encontram uma pequena aglomeração de pedras formando uma grande elevação.

— Jime cuidado. Não vá tão longe assim, essas pedras não parecem seguras, devem estar escorregadias.

— Tudo bem Stiven, eu vou tomar cuidado. — Disse ele caminhado sobre as pedras. — Vem Marry, vamos subir para olhar lá de cima. — Chama ele estendendo a mão para que Marry também o acompanhe.

— Calma Jime precisa ter cuidado, não sabemos o que essas pedras têm. — Responde Marry meio cautelosa. — Sem dúvidas a preocupação de Marry era um aviso, pois tão logo ela pede para seu amigo ter cuidado algo terrível acontece.

— O que estar acontecendo? O chão está afundando. — Grita Jime

— Socorro Stiven, socorro! ... — grita a Marry desaparecendo com Jime em uma grande cratera aberta sobe as pedras. Após a pequena montanha de pedras afundam sob os pés de Marry e Jime e ambos serem engolidos por um grande buraco. Stiven corre para socorrê-los, mas é tarde, pois ambos estão soterrados.

— Eu estou indo Marry, onde você está? — Grita o Stiven correndo em direção ao grande buraco.

No momento que Stiven corre para socorrer os amigos, sem saber o que está acontecendo. É impedido pelo oficial Marcos.

— Pare senhor Stiven! Olhe. — Disse o oficial apontando o grande buraco que foi aberto e como suas bordas ameaçam desabar.

— Eu preciso ajudá-los. — Grita Stiven tentando ajudá-los.

— Não sabemos a profundidade dele! Se quiser ajudá-los você tem que ter calma para não fazer besteira. — Disse o oficial Marcos.

— Mas, a Marry e Jime estão lá, temos que tirá-los de lá. — Disse Stiven olhando do alto do buraco tentando encontra os amigos.

— Eu sei senhor Stiven. Mas se formos sem descobrir o que aconteceu, poderemos ficar todos presos ou pior podemos todos morrer. — Disse o capitão ajudando a segurar Stiven.

— Tudo bem Capitão o senhor tem razão, já estou mais calmo! Marry! Você está me escutando, você está bem? Marry! — Após alguns segundos de silêncio e angustia Marry responde, deixando Stiven e todos os outros felizes e mais aliviados.

— Estou bem Stiven, mas o Jime não está bem, ele está desacordado!

— Marry não mexa nele. Ele pode ter quebrado alguma coisa, espera que eu vou descer até aí.

— Tudo bem Stiven. — Responde Marry.

— Capitão Gibson eu vou descer até lá.

— Claro senhor Stiven! O que quer que eu faça?

— Amarre essa corda naquela árvore — disse Stiven indicando uma arvore viva e resistente, em seguida aponta para dois marinheiros. — Vocês dois, venham comigo.

— Cuidado Stiven! — Recomenda o capitão Gibson.

— Sim capitão, eu vou ter cuidado. — Responde ele em seguida voltasse para o buraco e grita o nome da jovem assistente. — Calma Marry, já estou descendo aí.

Logo que desce, Stiven com dois marinheiros examina a Marry e o Jime.

— Stiven, ele está sangrando e se ele morrer? Eu sei que não devíamos ter no afastado assim.

— Calma Marry! Já estou aqui, ele não vai morrer, só feriu a cabeça na queda. — Disse Stiven tentando acalmar a amiga em seguida se prostra de joelhos na frente do jovem Jime que está desacordado. — Vamos homens, temos que imobilizá-lo, temos que ser rápidos, pois está escurecendo, não podemos ficar presos nesse buraco à noite. Vamos levá-lo pra cima.

— Stiven isso não é um buraco! É uma caverna. — Disse a Marry.

— Porque diz isso Marry? — Pergunta Stiven curioso.

— Olha lá no fundo daquela parede tem centenas de olhinhos nos observando.

— Aonde Marry?

— Ali, olha Stiven! — Disse Marry pegando uma lanterna que está com o Stiven e aponta em direção aos pequenos olhos arregalados em meio à escuridão, olhos que os observam.

— Não Marry! — Grita Stiven. — Não acenda essa lanterna.

Mas quando o Stiven grita tentando é tarde, pois a Marry já tinha acendido a lanterna provocando uma revoada de morcegos.

— O que é isso Stiven?

— Cuidado! Abaixe-se Marry.

Nesse momento Marry solta um grito que ecoa caverna adentro.

— Meu Deus que bichos são esses?!

— São morcegos, fica abaixada Marry!

— OH! Não! Eles vão me morder toda, eu tenho pavor de morcegos!

— Calma Marry, eles já estão indo embora! Eu não acredito no que meus olhos acabam de ver. — disse Stiven espantado.

— O que foi Stiven? — Pergunta a Marry.

— São morcegos aranha. Isso é incrível!

— Como assim é incrível? Eles são feios. O que tem de especial nesses morcegos aranha, Stiven?

— O que tem de especial neles?! — Stiven olha admirado por sua assistente mais dedicada entender o tamanho daquela descoberta. — Segundo alguns pesquisadores, eles foram extintos a mais de 30 anos, todos achavam que eles eram vampiros por causa de sua aparência horrível, então foram caçados até não restar mais nenhum. Mas, pelo que pude ver, só nessa caverna, deve existir mais de vinte mil morcegos.

— Stiven, vamos levar o Jime daqui e o colocarmos num lugar seguro fora daqui, para esses morcegos não sentir o cheiro de sangue dele. — Disse a Marry.

— Não precisa se preocupar Marry, essa espécie de morcego é herbívora e não carnívora. Agora vamos você está certa, precisamos tirar ele daqui.

— Pronto, ele está bem seguro agora. — Disse um dos marinheiros que acabara de amarrar o corpo do jovem Jime sobre uma maca improvisada com galhos de arvores e uma grossa capa de chuva.

— Manda o capitão puxar a corda. — Disse Stiven que era o principal e mais interessado em ver o jovem Jime são e salvo.

Após os primeiros cuidados Stiven constata que Jime está visivelmente bem, mas só os enxames mais detalhados poderão dar à resposta final.

— Pode puxar capitão, ele está bem seguro. — Grita a Marry.

— Agora vai você Marry, eu vou depois, só queria ter outra oportunidade para explorar essa caverna que foi aberta com o deslizamento das pedras.

— Esquece isso Stiven e vem logo já vai escurecer.

— Ok Marry, já estou indo.

Já fora do buraco.

— Mas, quando eu disser olhem aonde pisam me escutem, por favor. Ok?

— Tudo bem Stiven. Agora vem, vamos sair daqui temos que achar um lugar para passar a noite.

— Eu sei capitão, está ficando escuro!

— Marinheiro, faça uma sondagem pelas redondezas e encontre um bom lugar para um acampamento, pois está escurecendo. Eu não quero andar nessa floresta a noite.

— Sim, meu capitão. — Responde o marinheiro saindo logo em seguida em busca de um bom lugar para todos passarem a noite em segurança.

— O senhor quer dizer que vamos passar a noite aqui no meio do mato com tanto bicho estranho por aí?!

— É claro que vamos passar a noite aqui. Mas se você quiser Marry, pode continuar andando sozinha nessa floresta a noite, talvez encontre um hotel no caminho.

— Não precisava ser grosseiro comigo capitão, eu só estou preocupada.

— Peço desculpas à senhorita. — Responde o capitão Gibson abaixando a cabeça envergonhado pela sua atitude.

Nesse momento o marinheiro, que foi incumbido de encontrar um lugar para o acampamento, se apresenta ao capitão.

— Senhor! Encontrei um lugar como me ordenou. Vai servir perfeitamente para o acampamento.

— Então o que estamos esperando? Vamos até lá!

O capitão segue para o local do acampamento e todos o acompanham com esperança de poderem sair daquela floresta estranha.

— Aqui está capitão. Esse é o local que eu falei, é uma área bem aberta. Aqui não correrão o risco de serem pegos de surpresa por animal nenhum.

— Ótimo trabalho marinheiro, agora providencie madeira para fazer uma fogueira que nos manterá aquecidos essa noite.

Então Stiven como bom ufólogo e curioso que é, enxerga um clarão que se apresenta no horizonte com o anoitecer.

— Olha capitão!

— O que foi senhor Stiven?

— Estamos próximos de alguma cidade, mas vamos ter que esperar amanhecer para chegarmos até lá, pois parece estar um pouco longe. — Disse Stiven olhando para o horizonte.

— Mas porque esperar amanhecer? Se forem luzes de alguma cidade, poderemos chegar até lá.

— Marry, será que você conseguirá andar mais 20 ou 30 km? Pois essa é a distância que suponho ter daqui até aquelas luzes.

— Será que tem toda essa distância mesmo, Stiven? — Pergunta a Marry.

— Está tarde, está frio, é perigoso. Eu não vou colocar meus homens em perigo nesta ilha. — Disse o capitão Gibson olhando a possível cidade tentando especular a distância entre seu acampamento provisório e as luzes. Observando a escuridão da mata ele sente o dever de proteger a vida dos seus homens.

— O capitão tem razão, Marry! Não podemos nos arriscar nessa mata a noite. — Disse Stiven apoiando a atitude do capitão Gibson.

— Olha senhor Stiven, pela extensão das luzes aquela cidade deve ser imensa. — Comenta o oficial Marcos.

Nesse momento o acampamento estar sendo armado. Todos trabalham para passar a noite em segurança. Nesse meio tempo acontece o que a Marry tanto esperava. Jime acorda.

— Aí que dor de cabeça. — Resmunga o jovem Jime passando a mão sobre a cabeça. — Onde estou?

— Fique calmo Jime! Você ainda está na floresta. — Responde a Marry o amparando e continua: — Graças a Deus você acordou. Eu já estava preocupada.

— Como vim parar aqui, eu não mim lembro de quase nada, só mim lembro do chão se abrindo e engolindo agente.

— Você caiu em um buraco e bateu a cabeça em uma pedra, mas isso não importa agora, descanse, pois ao amanhecer você precisará estar melhor para andarmos amanhã. — Disse Stiven.

— Mas o que tem de diferente amanhã, Stiven? — Pergunta o Jime.

— Achamos uma cidade, mas está muito longe para chegamos até lá hoje, por isso descanse, pela manhã chegaremos lá, agora durma.

Jime segue o conselho do amigo ufólogo sem contestar, afinal ele está muito ferido para fazer qualquer manifestação contraria. Deitado sobre uma capa de chuva, Jime, observa as luzes sumindo ao ponto que seus olhos vão se fechando embalados pela brisa da noite e os sons da mata. Jime dorme e Marry como sempre estar atenta e assustada com tudo que se mexe ao seu redor.

— Olha Stiven! O que é aquilo? Parece um macaquinho.

— Não é um macaco Marry, é uma espécie de lêmure. — Não toque nele.

— Vem cá macaquinho, vem cá.

— Marry não mexe nesse bicho! — Grita o Stiven tentando alertar a Marry.

Mas a Marry com sua curiosidade de pesquisadora não escuta o amigo e se mete em mais uma encrenca. De repente um grito de mulher ecoa mais uma vez pela floresta.

— O que ouve Marry? — Pergunta Stiven.

— Ele me mordeu. Que bicho mais arisco.

— Eu te avisei. Lêmures são extremamente ariscos e muitos deles são agressivos!

— Mas parecia tão mansinho, o macaquinho. — Disse ela acariciando o local da mordida.

— Vem aqui Marry! — Chama o capitão Gibson pegando uma caixa de primeiros socorros. — Vamos cuidar dessa mordida e vamos dormir. Amanhã teremos um dia longo e uma grande caminhada.

A noite cai. Alguns adormecem, outros não conseguem dormir admirados e espantados com tudo que aconteceu e ainda poderiam acontecer.

— Senhor Stiven, em que está pensando? — Pergunta o capitão Gibson.

— Estou pensando no que vamos encontrar amanhã naquela cidade isso é, se for realmente uma cidade. — Comenta Stiven.

— Mas porque você diz isso Stiven, tem alguma coisa te incomodando, o que você imagina encontra lá? — Pergunta o capitão Gibson.

— Não imagino nada capitão, vamos dormir e amanhã será outro dia. — disse Stiven deitando-se e encosta a cabeça em um tronco de árvore.

O dia amanhece e todos se levantam com o raiar do sol, desmancham o acampamento e se preparam para continuar a busca por ajuda, mas desta vez alvo é positivo, pois os aventureiros sabem em que direção devem seguir. De repente um dos marinheiros olha em volta e o susto da surpresa o faz deixar surgir nos lábios um grande sorriso.

— O que aconteceu? Que cara de felicidade é está? — Pergunta o capitão observando a alegria instantânea do marinheiro.

— Olhe a sua volta capitão. — Responde ele ainda sorrindo. — Olha! Estamos em campo aberto conseguimos sair da floresta.

— O que estar acontecendo? — Pergunta o jovem Jime ainda está atordoado, mas já de pé.

— Estamos em um tipo de planície? — Pergunta o oficial Marcos.

— Oficial isso não é um campo ou planície. — Disse Stiven e continua: — E sim uma lavoura, uma lavoura de trigo. — Confirma ele olhando a sua volta.

— Se é trigo capitão é sinal que estamos perto de alguma casa ou fazenda, só temos que encontrar onde está a sede dessa lavoura. — Confirma Stiven olhando para todos os lados com ar de decepção.

— Parece decepcionado, senhor Stiven? — Pergunta o capitão. — Acho que não era bem um campo de soja que o senhor esperava encontrar.

— Após tantos acontecimentos e bichos estranhos. Confesso que fiquei um pouco empolgado com o que pudesse aparecer a partir daqui. — Disse Stiven visivelmente decepcionado, mas ele nem imaginava o que realmente ainda estava para acontecer. Algo que sem dúvidas mudará toda a sua vida.

— Temos que nos separar para encontrar a sede. — Disse o oficial Marcos.

Marry contesta a ideia do oficial Marcos, ela não quer que o grupo se separe.

— Não podemos nos separar. Se nos separamos poderemos nos perder uns dos outros.

— Mas senhorita Marry, temos que nos dividir para cobrimos uma área maior, você nunca leu o livro "A Arte da Guerra" que ensina dividir para conquistar? Então se nos dividimos agora poderemos cobrir mais espaços em menos tempo.

— O oficial Marcos está certo. — Concorda Stiven e continua: — Temos que nos dividir para cobrimos mais território e conseguirmos ajuda o mais rápido possível.

— Tudo bem senhor Stiven, o senhor tem razão. — Concorda o capitão Gibson.

— Como vamos dividir os grupos? — Pergunta Marry.

— Fica assim. Eu, o oficial marcos, dois marinheiros e a senhorita Marry. E o outro grupo fica você o Jime e os outros três homens com vocês.

— Não precisamos de ajuda. — Retruca Stiven. — Eu e o Jime podemos nos virar sozinho. Estou certo Jime?

— Está bem Stiven! Eu já estou bem melhor e posso andar normalmente, foi um boa noite de sono. O senhor é verdadeiramente um médico do mar, capitão Gibson.

— Só quis lhe ver bem, Jime. — Responde o capitão. Ele concorda que Stiven vá só com o Jime mesmo sem querer que isso acontecesse.

— Então está bem! Vocês vão pelo lado direito da plantação e eu, a Marry e o os marinheiros pelo lado esquerdo nos encontraremos do outro lado daquela pequena montanha. — Disse o capitão apontando para uma pequena montanha ao final da plantação de trigo.

— Ok capitão! Mas não será difícil encontrar alguém. Olha só esse campo, está em perfeito estado, bem cuidado. Quem o plantou com certeza deve estar por perto. Agora vamos logo Jime.

— Stiven, você não acha melhor irmos com eles, pois eles estão armados. Mas a gente não. — Disse Jime assustado. — E se precisarmos de uma arma? — Pergunta ele.

— Vem Jime! Vamos logo, não vamos precisar de uma arma, só temos que subir aquela montanha e de lá vamos ter uma visão melhor de onde estamos e do que vamos encontrar lá no outro lado dessa plantação de trigo.

Lá se vão todos em busca de ajuda, uns pelo lado direito outros pelo lado esquerdo de pequena montanha, os aventureiros quase naufragados caminham pela plantação de trigo uns olhando os outros desaparecendo enquanto são cobertos pela área onde o trigo é mais espesso. Todos têm o mesmo objetivo, encontrar alguém que possa ajudá-los e lhes explicar o que está acontecendo, afinal o que aquela ilha está fazendo no meio do nada?

Já subindo a montanha o jovem Jime sente a fraqueza e a pancada da queda que ainda lateja em sua cabeça.

— Stiven, podemos parar um pouco? Estou muito cansado, não aguento dar mais nem um passo, tenho que descansar um pouco, nós estamos andando a mais de duas horas.

— Jime! Já estamos chegando ao topo, sei que você está cansado e ferido, mas tenta andar só mais um pouco, então você poderá descansar o quanto quiser lá em cima.

— Tubo bem Stiven, mas chegando lá vou querer descansar dobrado.

— Claro Jime, lá você pode descansar o quanto quiser.

O lugar dos meus sonhos.

Mas ao logo que chegam ao topo da pequena montanha Stiven e Jime tem uma fantástica surpresa.

— Stiven, você está vendo o que eu estou vendo?!

— Estou Jime, mas não estou acreditando!

— Que lugar é esse Stiven?

— Não sei Jime. Mas é fantástico, é uma coisa incrível, eu estou vendo, mas ainda não acredito.

— Stiven, é uma cidade gigantesca! — Disse Jime com um ar de espanto.

— Sim Jime! É uma cidade, uma cidade quase toda suspensa sobre a floresta.

Stiven e Jime ficam paralisados com a visão da cidade que seus olhos veem e ficam sem saber o que dizer um ao outro. O silêncio e as expressões falam por si só.

— Cara, essa cidade deve ter mais de três milhões de pessoas, isso é: se forem pessoas. Sem dúvidas é o lugar dos meus sonhos

— Ora Jime não diga asneira é claro que são pessoas.

— Será? Após ter visto o que vi nessa ilha eu não duvido de mais nada Stiven.

— Eu não entendo. Essa cidade não existe em nenhum mapa do mundo, não há livro, nem registro de uma cidade no meio do Triângulo das Bermudas. Isso é uma descoberta incrível!

— Stiven, será a cidade perdida de Atlântida? — Pergunta Jime tanto quanto empolgado com a visão que lhe aparece aos olhos.

— Não meu caro Jime! Estamos muito longe de onde se imagina estarem às ruínas da cidade perdida de Atlântida. Essa, sem dúvidas, é uma descoberta nova para o mundo. Olha só aquela ponte que liga os rochedos sobre as águas deve ter mais de 20 quilômetros de comprimento, sem amarras de sustentação, como pode, que material pode ser tão forte e resistente para suportar tamanho peso?

De repente mais uma aparição inusitada chama a atenção do jovem Jime.

— Stiven! Stiven! Olha aquele carro! — Disse ele apontando. — Ele está voado!

— Eu também estou vendo, mas não estou acreditando no que meus olhos teimam em me mostrar. — Disse Stiven boquiaberto observando os estranhos objetos voadores. — Aqueles carros estão realmente voando.

— Não é isso que estou falando Stiven. — Corrige o jovem Jime.

— Então qual é a novidade agora se é que pode ter mais alguma novidade para a gente Jime?

— Estou lhe mostrando aquele carro que está vindo em nossa direção. — Aponta Jime tremendo de medo.

— Fique calmo e nada vai dar errado. O estranho carro voador se aproxima. — dentro dele estão dois operadores do fabuloso carro voador.

— Olha o que tem dentro dele Stiven. — Disse o Jime.

— São pessoas! Pessoas normais, como eu e você. — Disse Stiven de sertã forma respirando aliviado. — Não são aliens nem outros monstros imaginários, se era isso o que você pensava Jime.

— Não podemos mais fugir nem se quiséssemos daria mais tempo.

— Não vamos fugir Jime, temos que descobrir onde estamos e quem são essas pessoas. — Disse Stiven.

— Stiven, será que a Marry e os outros estão bem?

— Não sei Jime! Mas o que temos que nos preocupar agora é, o que vamos fazer quando aquele carro voado chegar até aqui.

******

— Capitão! Não devíamos ter nos separados. Agora vamos nos perder do Stiven e do Jime.

— Eu acho que não senhorita Marry, vem ver uma coisa!

Quando a Marry deu alguns passos à frente e tem sua visão voltada para o horizonte sem a pequena montanha para bloqueá-la, ali ela se depara com uma grande muralha.

— Capitão, isso é uma muralha! E é gigantesca! — Comenta Marry com os olhos arregalados e uma expressão de espanto.

— Sim senhorita, é uma muralha. — Confirma o capitão e continua: — E se tem uma muralha, com certeza tem um portão. É só seguirmos esse caminho de pedras na base da muralha que ela nos levara a algum portão.

— O senhor tem razão capitão, resta sabermos agora para que lado devemos seguir: — disse Marry demonstrando muita dúvida de qual seja a direção certa. Direita ou esquerda?

— Para que lado eu não sei, mas só em saber que não vamos andar mais a beira dessa mata já me deixa aliviado, senhorita Marry. — Disse o oficial Marcos.

— Como assim? Não andar mais no mato? — Pergunta a Marry.

— Olha a base da muralha, senhorita Marry. — Disse ele apontando na direção da muralha. — É toda limpa e tem uma espécie de calçada por toda extensão. É só seguirmos a base e chegaremos a um portão.

— Capitão, olha para cima. Essa muralha deve ter uns 15 metros de altura, não acha?

— Sim senhorita, deve ter mais ou menos isso. Mas por que será que construíram uma muralha tão alto assim? Será que tem algum animal gigante ou monstro perigoso na floresta que acabamos de sair?

— Não sei capitão, mas não quero ficar aqui para descobrir, vamos andando para chegarmos logo a esse portão e pedirmos ajuda a seja lá quem for!

******

Enquanto isso Stiven e Jime esperam que o estranho carro voador se aproxime.

— Stiven, o que está acontecendo com a gente? Será que morremos? Será que isso tudo é um sonho e vamos acordar a qualquer momento?

— Não sei Jime, mas temos que pagar para ver o que vai acontecer. Se for um sonho vamos acordar a qualquer momento, mas se for um pesadelo o pior ainda está por vir.

— É Stiven! Seja o que Deus quiser.

— Não se preocupe Jime! Não vou deixá-lo sozinho nem um minuto, vamos enfrentar juntos seja lá o que for que esteja vindo em nossa direção. — Disse ele observando o carro voador se aproximado.

— Olha Stiven o carro está reduzindo a velocidade. — Comentou Jime observando atordoado, aquela cena espetacular. Ele nunca haver imaginado ver um carro voador. O carro vai descendo e se aproximando.

— Calma Jime vai dar tudo certo. — Stiven tenta acalmar o jovem amigo e assistente, pois ele percebe que Jime, está ficando muito aflito com a aproximação do veículo.

— Mas Stiven e se forem aliens, ou criaturas desconhecidas, pela humanidade, que habitam nesta terra?

— Não viaja Jime. Você não está vendo que sãs pessoas normais como eu e você?

— Sim as pessoas são normais Stiven, mas olha o carro. Isso é uma Mercedes de 1990. Ela está pousando em nossa frente. Isso não é nem um pouco normal.

— Eu sei, mas tenta manter a calma.

— Eu vou tentar. — Responde Jime suando frio. — Vamos ver quem está pilotando esse carro voador.

— Olha Jime, tem alguém saindo do carro. É e um homem! Um humano vê?! Não é um alien ou um monstro, são pessoas normais.

Stiven se aproxima das pessoas que saíram daquele estranho carro voador e se apresenta.

— Bom dia! — Disse o ufólogo estendendo a mão para o motorista do carro voador. — Meu nome é Stiven Gámbor.

— Eu sei! — Responde o estranho motorista. — E você deve ser o Jime?

— Como sabe meu nome? Eu ainda não falei o meu nome. E como sabia o nome do Stiven é Stiven?

— Ah, desculpa. Não me apresentei, meu nome é Gregori, esse é o meu parceiro de patrulha Miriam!

— Como assim parceiro de patrulha, vocês são policiais? — Pergunta o Stiven.

— Pode-se dizer que sim! — Responde Miriam com expressivo sorriso!

— Onde estamos? Que lugar é esse? — Pergunta o Jime.

— Tenha um pouco de calma meu jovem Jime, logo tudo será explicado!

— Como assim será explicado e como sabe meu nome? Eu ainda não entendi o que está acontecendo.

— Já, já vocês ficarão sabendo o que está acontecendo. Agora nos acompanhem, vocês estão precisando de um bom banho. E o jovem Jime. — Disse o patrulheiro Miriam olhando para Jime muito sujo, com um curativo na testa. — Precisa de cuidados médicos. Agora venham com a gente.

— Como sabem que preciso de cuidado médico? — Pergunta o Jime intrigado com aqueles homens que sabem tanto sobre eles.

— Mas temos outros amigos aqui na ilha e não podemos deixar à toa, temos que encontrá-los. — Disse Stiven.

— Não se preocupe senhor Stiven. Eles estão bem e logo estarão com vocês.

******

— Capitão porque esse portão não chega logo? Estamos andando a mais de uma hora e nem sinal de porta ou entrada nessa muralha.

De repente um grande rugido estronda a floresta deixando o capitão Gibson, a senhorita Marry e todos os marinheiros aterrorizados.

— O que foi isso capitão? — Pergunta Marry assustada.

— Calma Marry, foi só um animal no meio do mato.

— Sim eu sei que foi só um animal. Mas pelo rugido deve ser grande, muito grande capitão. Não quero encontrar, nem descobrir o dono desse rugido.

— Calma Marry, não há de ser nada, só um animal com fome ou então marcando território como os leões fazem nas savanas da África. — Disse o capitão Gibson tentando acalmar a jovem Marry.

— Sim capitão, eu já entendi. Agora vamos andando temos que achar ajuda logo, eu não quero passar mais uma noite nessa floresta, vamos continuar andando.

— Tudo bem Marry logo acharemos uma entrada não se preocupe tudo vai dá certo. — Disse o oficial Marcos.

******

— Gregori... É esse o seu nome não é, policial? — Pergunta Stiven.

— Sim, Stiven é esse mesmo. — Responde ele.

— Que lugar é esse? Pode me explicar? É alguma base de experiência americana escondida do mundo? Onde estamos?

— Na hora certa o senhor ficara sabendo. Agora só peço que tenha calma que tudo será explicado.

— Isso aqui é magnífico. — Disse Jime admirado olhando o painel de controle do carro voador.

Ele sabe que nunca haverá visto tal tecnologia, aquilo tudo que estava acontecendo era como um sonho.

— Então me explica como vocês conseguem fazer esse carro voar? — Pergunta ele.

— Bem! Sobre isso eu posso falar. — Responde um dos patrulheiros sorrindo. — A levitação ante gravidade é uma tecnologia que nos permite manipular a gravidade de acordo a nossa necessidade, podemos ir para cima para baixo, parar e para ambos os lados. Também usamos propulsores para nos locomover, na verdade esse é um transporte aéreo comum do povo teraniano, mas adaptamos numa Mercedes para ficar legal e gostoso de pilotar.

— Pera aí! — Disse ele com uma expressão de espanto. — Você falou povo teraniano? Quem são eles? Que povo é esse?

— Tudo bem! Eu já falei mais do que devia, não posso falar mais nada, vocês saberão de tudo na hora certa e tenho certeza de que vão ficar maravilhados com o que vão descobrir.

Stiven olha para o Jime e vê que ele está paralisado olhando pela janela daquele estranho carro voador.

— O que foi Jime, que cara é essa? — Pergunta o Stiven.

— Olha pela janela Stiven! Olha e me diz que não estou sonhando! — Jime está boquiaberto com a cidade que se revela aos seus olhos.

Neste momento Stiven olha pela janela entende a expressão do Jime com o rosto colado na janela do espetacular carro voador. Ele também não acredita no que seus olhos estão vendo.

— Eu não acredito no que meus olhos estão vendo. É fantástico. Olha só aquilo. — Disse Stiven apontando para baixo. — Tem uma baía no centro da ilha, com uma gigantesca cidade erguida sobre as águas da baía. Cara, essa cidade deve ser maior que Nova Iorque.

— Stiven olha só o tamanho dessa cidade, é incrível. Parece uma cidade daqueles filmes futurista.

— Jime, você sabe o que isso significa?

— Sim Stiven. Significa que estamos! Estamos o quê?! — O jovem Jime está tão atordoado com tanta descoberta, tanta informação que não consegue raciocinar, ficando num estado platônico por alguns minutos.

— Estamos em uma ilha no meio do oceano, em lugar que não existe nas cartas náuticas. Nos mapas marítimos só existe água nessa região. Essa é uma ilha desconhecida pelo resto do mundo. Um lugar novo para o conhecimento da humanidade. E essa cidade, é gigantesca deve ter mais de 15 milhões de habitantes.

— Sim senhor Stiven, é mesmo um lugar novo para o conhecimento da humanidade. — Confirma o patrulheiro Miriam.

— Para ser exato meu jovem Jime, na cidade Renascente, tem dezenove milhões de habitantes entre humanos e teranianos. Sem contar: o Stiven, você, Jime, a senhorita Marry, o capitão, o oficial e os cinco marinheiros fortemente armados. — Confirma o piloto Gregori.

— Como vocês sabem tudo isso? Como sabem nossos nomes? Sabem até quantos somos? — Pergunta o Jime espantado com uma expressão que se confunde entre o medo e a curiosidade.

— Como já disse: logo vocês vão ficar sabendo de tudo, é só terem paciência, tudo será explicado.

O primeiro contato da senhorita Marry

— Capitão! Olha ali, é um portão. — Disse Marry apontando. — Graças a Deus estamos salvos. — Disse ela soltando um suspiro de alívio por ver aquele gigantesco portão acompanhado a dimensão da majestosa muralha.

— Capitão! Chegamos ao portão que procurávamos, mas como vamos entrar agora? — Pergunta o oficial Marcos. — Ele está bem fechado.

— Simples oficial Marcos. É só batermos que alguém o abrirá.

— Homens fiquem alerta e preparados para qualquer ação que possa nos ameaçar. — Orienta a todos o capitão Gibson.

— Sim capitão! Homens preparem suas armas. — Ordena o oficial Marcos.

Nesse momento um estranho raio de luz cai sobre os marinheiros o capitão Gibson e o oficial Marcos, deixando-os paralisados.

— Capitão o que aconteceu, fala comigo, capitão? — Pergunta Marry ao ver aquela estranha luz branca surgir deixando todos paralisados.

— Não sei senhorita, mas não consigo me mexer, estamos paralisados, congelados.

— Como assim paralisado? O que estar acontecendo? — Jovem aspirante à ufóloga está assustada, apavorada com o que está acontecendo. Ao ver seus amigos paralisados sem poder defendê-la ela se ver a mercê de todos os perigos que possa ameaçá-la.

— Agora todos vocês com calma soltem suas armas. — Disse uma voz de tom sereno do alto da muralha e continua: não queremos ninguém ferido.

— E agora capitão? O que faremos? — Pergunta um dos marinheiros.

— Façam o que ele está mandando, seja lá ele quem for. Soltem as armas. — Responde o Capitão.

— E se quando soltamos as armas eles nos atacarem? — Pergunta o oficial Marcos.

— Esse é um risco que teremos que correr. — Responde o capitão Gibson. O raio de luz desaparece do mesmo jeito que apareceu, todos obedecem ao capitão e soltam as armas. Nesse mesmo instante o gigantesco portão, com cerca de 9 metros de altura, se abre revelando-lhes uma grandiosa cidade.

— Agora entrem com calma e não se preocupem que nada vai acontecer a vocês.

— Obedeçam e entrem. Sinto que não estamos correndo risco. — Disse Marry sendo a primeira a ultrapassar o portão, ela olha para todos os lados sem conseguir acreditar no que seu olho lhe mostra.

Quando todos atravessam a imponente muralha, surge do alto de uma torre no lado direito do portão um ser com aproximadamente dois metros de altura de cor pálida com uma expressão não muito diferente dos humanos, mas pelo que se pôde ver não é desse mundo, não é humano. O estranho ser se apresenta faz todos aventureiros ficarem paralisados com as informações que lhes é dada.

— Saudações, terráqueos! Eu sou Tulic, comandante da Guarda Imperial Teraniana. — Disse o estranho ser se apresentando. — Peço desculpas por recebê-los desta forma, mas foi necessário. Agora me acompanhem; tudo será esclarecido no momento certo.

— Quer dizer que você não é da Terra? — Pergunta a Marry.

— Não senhorita Marry. — Responde o comandante.

— Mas se não é da Terra como sabe nossos nomes e fala nosso idioma tão claramente?

— Como posso falar seu idioma? Eu posso falar oito mil idiomas diferentes com esse tradutor. — Disse o comandante Tulic apontando para um pequeno aparelho preso ao seu pescoço. — Agora venham comigo, pois tudo será explicado.

— Aonde vamos, posso saber? — Pergunta Marry.

— Senhorita não faz isso, poderá nos meter em encrenca, fica quieta e obedece a essa criatura. — Disse o oficial Marcos.

— Essa criatura não. Você escutou, ele é um teraniano. — Disse Marry e continua: — devemos sempre chamá-los como eles se apresentam, pois assim nunca os ofenderemos.

— Não se preocupem, vocês serão levados à presença do Imperador Teraniano, o grande monarca do nosso império.

Marry para e fica imaginado o que está acontecendo, pois por muitos anos ela e Stiven vasculham o mundo em busca de visitantes do espaço e agora eles vieram ao seu encontro.

— Quem são vocês? Quem é seu Imperador? E o que vocês fazem em nosso mundo? — Pergunta a Marry.

— O nosso soberano é justo é incorruptível, um verdadeiro governante escolhido por um conselho rígido que visa o bem-estar do povo teraniano e dos humanos que vivem em nosso pequeno mundo. Os humanos aqui estão, são sobreviventes de inúmeros acidentes ocorridos ao longo dos tempos. Está área é protegida por um escudo de defesa que impede o seu mundo de ter conhecimento da nossa existência. Mas isso vai ter um fim, as fronteiras serão abertas e os povos unidos em um só.

— Agora vamos à presença do Imperador, lá vocês encontrarão seus amigos Stiven e Jime, eles estão esperando por vocês.

Marry e todos sabendo que Stiven e Jime estão bem e já estão na cidade ficam mais tranquilos, e então acompanham o teraniano até a presença do Imperador, para poder encontrar seus amigos e ter todas as respostas de tudo que está acontecendo. No caminho vão se maravilhando com a grandiosidade da construção da cidade Renascente.

— Capitão Gibson! Olha só essas construções, não dá para acreditar no que meus olhos estão vendo. É maravilhoso esse mundo, é diferente de tudo que já vi na vida. — Comenta Marry admirando tudo o que está vendo e vivendo.

— Eu ainda estou tentando entender o que está acontecendo senhorita Marry, pois não acredito que estamos no meio do Triângulo das Bermudas sendo levados por seres desconhecidos, possivelmente aliens, à presença de um Imperador alienígena.

— Fique calmo capitão, não precisa temer, pois estamos aqui numa missão de paz e eles sabem disso. É isso! — Disse Marry. — Eles já nos esperavam, já sabiam que víamos. — Disse ela juntando as peças.

E, ao entrar no palácio dão de cara com o Jime e o Stiven em um gigantesco salão, eles esperam pelo restante do grupo. Marry ao ver seus amigos corre em direção ao Stiven e Jime dando-lhes um abraço de alívio por encontrá-los vivos naquele lugar estranho e ao mesmo tempo maravilhoso e fascinante.

— Pensei que nunca mais iria vê-los outra vez. Vocês estão bem? — Pergunta ela.

— Calma Marry, estamos bem não se preocupe só estamos um pouco atordoados com tudo o que está acontecendo, mas isso não é motivo para você se preocupar, temos algo mais importante para nos preocuparmos. — Disse Stiven.

— O que você está pensando, Stiven? — Pergunta Marry.

— Marry, você ainda não percebeu o que está acontecendo!? Essa descoberta que estamos fazendo mudará tudo que sabemos sobre o mundo, o universo.

Nesse instante Stiven para, olha para o vazio e fica imaginando como o mundo irá reagir à revelação de seres de outro planeta vivendo na Terra. Sabe que todas as dúvidas e tabus cairão após a revelação que será feita sobre aquele povo de outro mundo vivendo na terra. Ele sabe que esse acontecimento abalará tanto no comportamento como na religião de toda humanidade.

— Stiven acorda! — Disse Marry balançando a mão à frente do rosto de Stiven. — Em que você está pensando, está tão longe! Stiven.

— Sempre mim perguntei "será que estamos sós no universo, existe vida lá fora". Hoje estou aqui na presença de seres de outro mundo, outro planeta e ainda não acredito. — Nesse instante Stiven é interrompido por um dos teraniano que entra com vestes longas cingida com detalhes que indicam seu grau de hierarquia na grande cidade Renascente.

— Sim senhor Stiven, realmente vocês não estão sós! Somos apenas um dos milhões de planeta habitados nesse imenso universo. — Responde o teraniano se aproximando de Stiven. — Universo esse habitado por seres dotados de muita inteligência, pouca inteligência ou sem nenhuma inteligência, denominados assim como seres em estágio de evolução. — Disse o teraniano apresentando-se pessoalmente para Stiven, Marry, Jime e os demais presentes. — Saudações caros amigos terrestres meu nome é Denutria eu sou Imperador do povo teraniano. — Disse aquele ser estendendo a sua mão com quatro dedos para cumprimentar Stiven e os demais.

Marry fica boquiaberta por vê aquele ser pálido auto de voz grave e imponente com vestes de realeza, um ser que aparenta serenidade e paz.

— O senhor é o Imperador dessa ilha? — Pergunta a Marry.

— Sim, e a senhorita deve ser a Marry, estou encantado em conhecê-la. O senhor o capitão Gibson, você o pequeno Jime, o senhor é o ufólogo Stiven Gámbor. Estou feliz em poder conhecê-lo, o maior pesquisador terrestre em seres do espaço. Sim, você foi o primeiro que chegou tão perto do meu povo para assim poder contar sobre a nossa existência. Agora me acompanhem, temos muito que conversar.

Todos acompanham o Imperador teraniano, cruzando o grande salão imperial, eles se dirigem a presença do Conselho Imperial Teraniano, onde estes estão reunidos à espera do Imperador acompanhado dos visitantes. O conselho está dividido sobre a decisão do Imperador Dánturia, uns a favor, outros contra a revelação do povo teraniano para um mundo terrestre. Quando todos adentram no salão do conselho ouvisse logo uma manifestação de voto contra.

— Esse humano não deveria estar aqui! — Disse um dos conselheiros imperial.

— Isso sem dúvidas é uma loucura. — Disse outro conselheiro.

— Senhor Dánturia, peço permissão para me pronunciar.

— Sim Chanceler, tem a palavra pode pronunciar-se. — disse o Imperador.

— Ainda acho muito perigoso revelar ao mundo sobre nossa existência, vivemos em paz em seu a mais de 600 anos terrestre, não sabemos como os terrestres vão reagir a nossa presença em seu planeta.

— Sim, sei dos perigos que corremos Chanceler, mas temos que nos apresentar ao mundo antes que eles nos achem.

Vai ser melhor e evitaremos um confronto apesar de que em um confronto eles não teriam a menor chance contra a nossa tecnologia. Mas temos que nos revelar para o bem do nosso império.

Nesse momento Jime olha para Stiven e Marry, e faz uma cara de que pergunta, "Será mesmo que não teríamos mesmo chance contra eles em uma guerra". Em seguida Stiven faz um sinal para Jime ficar quieto e calado.

— Somos um povo pacifico e vamos continuar assim. Precisamos apenas alertá-los sobre o perigo que seu planeta está correndo. Não podemos deixar acontecer aqui o que aconteceu ao nosso planeta, estamos vendo a história do nosso planeta se repetindo aqui neste planeta.

— Mais meu Imperador, não se sabe como o resto do planeta irá reagir a nossa aparição.

— Fique calmo Chanceler Primunus, tudo acabará bem, tenho fé em Sued.

Nesse momento o Jime se levanta e aplaude o Imperador, em seguida o Stiven também levanta e segura o Jime pelo braço e o repreende.

— Está ficando louco? Não deve interromper um Imperador quando fala.

— Não tem problema senhor Stiven, ele só está manifestando seu apoio ao meu povo e a minha ideia, isso é o que mais admiro no seu povo: a espontaneidade e a forma de expressar o que pensa e sente.

— Perdão interromper, vossa majestade.

— Pode falar, senhorita Marry.

— Minha opinião é de apoio ao Chanceler Primunus, ele tem certa razão sobre revelar ao meu mundo sobre a existência do seu povo. Isso pode ser muito perigoso, no nosso mundo existem muitas pessoas terrivelmente más que adorariam se apoderar da sua tecnologia em bem próprio.

— Isso nós já sabemos, pois observamos o seu povo e os acontecimentos da sua história a mais de 600 anos. Sabemos do que vocês são capazes, temos noção dos riscos que estamos correndo, mas é preciso a revelação.

— Mas senhor Dánturia, porque essa revelação agora?!

— Para salvar o seu mundo e o meu povo da extinção!

— Como assim salvar da extinção? — Pergunta Jime.

— Seus estudiosos estão preocupados com a destruição do meio ambiente do seu planeta, mas estão fazendo uma previsão errada sobre o desgaste das reservas naturais do seu planeta, essas reservas vão acabar bem antes da previsão que os seus pesquisadores fizeram, pois, o seu povo está consumindo as reservas a uma velocidade assustadora. Seu povo não tem noção do mal que estão fazendo ao seu planeta e ao seu próprio povo. Mas com a nossa revelação e a ajuda de alguém que vem de fora, talvez seja mais fácil conscientizá-los.

— Eu concordo com a vossa majestade e me coloco a disposição do seu povo para tudo que for preciso e estiver ao meu alcance para ajudá-los. — Stiven sabe que não surgirá outra chance para mostrar ao mundo que existe sim vida fora da terra, mas também apoia o Imperador Dánturia na preservação do planeta. Sabe que o homem está realmente devorando o meio ambiente a uma velocidade assustadora.

— Muito obrigado senhor Stiven, mas para que entendam o grau da nossa preocupação faremos uma pequena viajem a lembrança do planeta que já foi um planeta lindo e perfeito como o seu Planeta Azul, mas que agora não passa de história e lembranças. Levarei vocês para uma viajem de 20 mil anos luz pelo espaço até o quadrante nove da constelação Trinidia onde "um dia" existiu o nosso planeta. Um planeta lindo e perfeito chamado "Terania".

Todos se calam e assistem ao filme do planeta natal teraniano e seu povo. Uma hora depois todos saem do grande salão com um só pensamento: salvar a Terra do mesmo destino que teve o planeta teraniano.

— Stiven, nós temos que salvar nosso planeta do fim horrível que está se desenrolando. Agora sabemos o que nos espera. Se não abrirmos os olhos do mundo, estaremos perdidos.

— Sim Marry, você tem razão. — Concorda Stiven. — Imperador, quando querem que anunciemos vocês ao mundo? — Pergunta Stiven demonstrando estar disposto a ajudar o Imperador Dánturia em tudo que for possível para salvar o planeta.

— Vocês terão três dias para se prepararem para o grande pronunciamento ao mundo, mas por agora vamos buscar seus amigos que ficaram na sua embarcação no lado sul da ilha. — Disse o Imperador Dánturia. — Porque o senhor está sorrindo capitão Gibson? — Pergunta ele.

— Só estou imaginando a cara dos marinheiros quando nos aproximamos do navio em algum objeto voador.

******

Dez minutos depois soa o alarme no convés do navio Horizonte Azul.

— Atenção todos aos seus postos! Repito todos a seus postos, estamos sendo atacados. — Informa o marinheiro Ernani gritando na proa do convés olhando para cima.

— Atacados!? — Pergunta o marinheiro. — Ernani, não consigo ver nada na água?

— Quem ou o que está nos atacando não estar na água. — Disse ele apontando para o céu. — Não é na água! Olha para cima estamos sendo atacados por cima.

Nesse momento o marinheiro para, olha o céu e não acredita no que seus olhos acabam de ver.

— Estamos sendo atacados por carros voadores? — Se pergunta o marinheiro com os olhos arregalados olhando para o céu. — Devo estar louco!

— Olha senhor Ernani, tem alguém acenado para gente. — Disse um dos marinheiros apontando para cima.

— Homens! Não atirem. Abaixem suas armas é o capitão Gibson.

— Olha senhor Ernani, ele está trazendo ajuda, eles conseguiram ajuda!

— Isso quer dizer que estamos salvos? — Pergunta um dos marinheiros.

— Sim! Homens. Estamos todos salvos. — Responde o marinheiro Ernani.

Então todos gritam de euforia e alívio por terem a certeza de estarem salvos e não perdidos no meio do mar como estava rondando o boato pelo navio. O capitão Gibson tratou de explicar logo o que estava acontecendo a seus homens que não conseguiam acreditar na maravilha que estavam ouvindo: uns admirados, outros não conseguiam acreditar que aquilo era real. Um dos marinheiros pediu até que fosse beliscado para ter certeza que não estava sonhando, nem morto.

******

No palácio imperial teraniano decisões estavam sendo tomadas. Decisões que mudaram todo o futuro da história humanidade.

— Três dias é pouco tempo para nos prepararmos para um evento como esse. É muita coisa que tenho para fazer. — Disse a senhorita Marry.

— Vai ter que dar Marry, pois é só o tempo que temos. — Disse o Stiven.

Três dias se passaram e todos se preparavam para o grande momento.

— É Marry, vai dar tudo certo. — Disse o Jime.

— Calma Marry vai do tudo certo, a minha preocupação é outra!

— Qual preocupação pode ser mais importante que esse acontecimento que mudará a história da humanidade?

— Marry, você está esquecendo em que mundo nós vivemos? O terrorismo está dominando o mundo e a criminalidade está solta, como você acha que o planeta vai reagir quando receberem a revelação? Se a maioria dúvida quando dizemos que não estamos a sós no espaço, imagina quando souberem que não estamos a sós no nosso próprio planeta, que há vida extraterrestre entre nós? Isso será uma bomba que irá afetar todo o mundo, o planeta irá sofrer uma transformação total. — Disse Stiven.

— Eu sei Stiven, mas temos que nos preparar para a apresentação dos teranianos ao nosso povo, como vamos fazer isso? — Pergunta Marry.

— Eu sei como fazer isso! — Disse Jime levantando-se da cadeira.

— E qual seria a sua ideia Jime? — Pergunta a Marry.

— Vamos fazer um pronunciamento como aqueles que o Presidente faz em rede nacional. — Disse o Jime.

— Até que não é uma má ideia! — Concorda Stiven.

— Mas quem nós vamos entrevistar? Não conhecemos ninguém do povo teraniano?

— Temos a pessoa ideal para esse pronunciamento, Marry!

— Em quem você está pensando para esse pronunciamento? Pois tem que ser um teraniano especial Jime? — Pergunta a Marry.

— O que vocês acham do Imperado Dánturia? Não vejo ninguém mais nobre do que o Imperador teraniano para falar do seu povo. — Disse o Jime.

— É perfeito Jime, o Imperador é a melhor escolha que podíamos fazer! Agora como vamos fazer para que ele apareça na rede mundial?

— Bom Stiven! Primeiro vamos informar ao Imperador sobre a nossa ideia, depois pedimos a ajuda dele para fazer o pronunciamento.

Então eles se dirigem ao encontro do Imperador Dánturia para comunicá-lo a forma pela qual será apresentado ao mundo. E quando chegam ao Grande Salão Imperial.

— Podem entrar. Eu estava esperando por vocês.

— O senhor já sabia que viríamos? — Pergunta o Jime.

— Sim. — Responde o Imperador. — Como pretendem nos apresentar ao seu mundo?

— Pensamos em fazer um pronunciamento como fazemos com os nossos líderes. Escolhemos uma pessoa, ou seja, um teraniano, o mais nobre para representar o seu povo, o melhor que pensamos é o senhor, Imperador Dánturia.

— Muito obrigado por me escolher! E se querem a minha resposta. — Disse o Imperador Dánturia fazendo uma pausa nas palavras. — Eu aceito representar o meu povo, a resposta é sim, eu aceito com muito orgulho.

— Só temos um problema Imperador. Não temos equipamentos para fazer uma apresentação dessa magnitude ao mundo, precisaremos ir à Nova Iorque para buscar equipamentos. — Disse o Stiven.

— Não será preciso senhores, temos aqui os equipamentos necessários para fazer tudo que desejam fazer.

— É claro Stiven! Eles vieram do espaço e eu achando que não teriam uma filmadora. Se eles quiserem podem entrar em todo sistema de informação do mundo. — Disse o Jime.

— O Jime tem razão senhor Stiven, temos uma tecnologia que está há mais de mil anos à frente do seu mundo, tudo o que precisam é só informar ao capitão Tulic ele disponibilizará tudo o que for necessário para o pronunciamento.

— Então! Quando podemos começar vossa majestade? — Pergunta a Marry.

— Quando vocês quiserem! É só dizer o que precisam e o capitão Tulic irá providenciar.

— Vamos precisar de uma filmadora e um cenário bem tranquilo. — Disse Stiven e continua; — Devemos transmitir ao mundo uma expressão de paz e tranquilidade.

Alcance Ilimitado!

Logo que o capitão da Guarda Imperial teraniana capitão Tulic chegou com os equipamentos necessários, o Stiven e o Jime trataram de se organizar e preparar tudo para aquele que seria o mais importante momento de suas vidas. Enquanto o Jime aprendia como operar o equipamento teraniano, Stiven ficava imaginado qual seria a reação do mundo quando assistissem ao pronunciamento de um ser do espaço em suas televisões, "Muitos pensaram que se trata de mais um filme sobre invasão de extraterrestres, outro julgaram que são hackers invadindo o sistema de comunicação mundial. Mas só depois perceberiam que era pura realidade e que existe vida no espaço, mais do que isso, existem seres espaciais entre eles. Esse sem dúvidas será o maior evento da televisão mundial".

— Stiven! Stiven! Acorda!

— O que foi Marry? — Pergunta o Stiven.

— Você parecia tão longe Stiven, em que estava pensando? — Pergunta a Marry ao deparar-se com seu amigo mais uma vez em outra dimensão outro mundo.

— Nada demais, só fiquei imaginando a reação do mundo quando assistirem esse pronunciamento.

Nesse momento Jime chama a atenção do Stiven e da Marry para que eles observem os equipamentos que ele está operando.

— Stiven, olha só esse equipamento. — Disse Jime apontando para uma filmadora teraniana. — Isso é fantástico olha só como funciona. — Com um comando de voz o Jime faz a máquina começar a funcionar. — Cara, esse equipamento é incrível, é demais. Ela funciona só com um comando de voz, é ajustável para qualquer tipo de voz ou som, é mesmo incrível, ainda tem uma espécie de controle remoto que tem o alcance ilimitado, olha só que loucura isso cara, não posso acreditar nisso.

— Calma Jime! Agora temos que nos concentrar para esse que será um momento histórico.

Após todo espanto e admiração dos equipamentos e acontecimentos até então. Todos começam a se organizar e preparar o local para a gravação do pronunciamento do Imperador Dánturia. Com o local escolhido dentro do são imperial, ou seja, o trono imperial, o Imperador se posiciona da melhor forma possível para assim darem início aquela que será a revelação mais chocante da história da humanidade. Então começam a gravar aquele que seria o maior pronunciamento da terra.

— Stiven pode começar, já estamos gravando, pode perguntar o que quiser ao Imperador. — Disse Jime segurando uma espécie de controle remoto de uma filmadora flutuante.

— Tudo bem para vossa majestade? — Pergunta Stiven.

— Sim, senhor Stiven. Podemos começar. — Responde o Imperador.

Começa então a gravação do pronunciamento imperial teraniano.

— Vossa majestade pode me falar o seu nome e de onde vem?

— Meu nome é Dánturia Grutinay, sou o 4º Imperador do povo teraniano e venho do planeta extinto Terania.

— Qual o seu objetivo no nosso planeta?

— O meu objetivo é o mesmo do meu povo, viver em paz com os humanos como vivemos até hoje.

— Há quanto tempo seu povo vive no planeta Terra?

— Vivemos em seu planeta há mais de 600 anos. Mantemo-nos isolados, anônimos do seu povo até o dia de hoje. Com as bênçãos de Sued pretendemos viver muito mais.

— O senhor fala muito nesse nome "Sued", quem é ele? Seu Deus? — Pergunta Jime.

— Sim, na sua tradução que dizer Salvador, mensageiro da paz e prosperidade.

Nesse momento Jime e Marry se encaram como num sinal de pensamentos idênticos. "O Deus deles não é diferente do nosso, será o mesmo Deus com outro nome? " Se perguntam quase que combinadamente ao mesmo tempo.

— Fica quieto Jime e continua gravando. — Disse Marry observando que o amigo se apresentava inquieto para falar alguma coisa.

— Sim meu jovem eles são muitos parecidos. — Disse o Imperador respondendo à pergunta do Jime. — Quem sabe ambos sejam a mesma divindade. O nosso Deus é um ser supremo e pode se apresentar de várias formas de acordo com o mundo que habita. Temos conhecimento que semelhante ao nosso Deus existem uma representação desta divindade em centenas de planetas, com a mesma história do surgimento de um Salvador na hora mais difícil em que o povo se apresenta à beira da destruição e da total falta de credulidade.

— Essa é a melhor apresentação da necessidade de "Deus" que alguém pode dar: um ser divino e universal.

— Em nosso mundo ele apareceu como filho do Salvador há exatamente 2500 anos terrestre, quando o nosso mundo era dominado por vários templos e dezenas de Deuses, que eram adorados: o Deus do sol, o Deus da lunea, o Deus da terra, e muitos outros ligados aos elementos que regem a nossa vida. Até que surgiu entre nós, um teraniano que veio da região mais pobre do planeta, onde eram realizados os maiores confrontos por poder, uma cidade chamada Trinezia, onde se encontrava o templo do Deus Sulinio, o Deus do sol que era o maior entre os deuses do meu povo. Mas em meio àquela guerra surge um pequeno teraniano, uma criança, que comparado à idade de um terrestre teria 7 anos. Essa criança surgiu na mesma data que iria ser realizado um grande ataque pelo governo do Norte contra a resistência que não aceitava o governo, aconteceu quando se preparavam para grande ofensiva. Ao longe se escutou o choro de uma criança, um chorou qual fora ouvido por todo planeta, um choro que fez a noite virar dia.

— Como assim, a noite virou dia? — Pergunta o Jime.

— Sim meu jovem! A noite virou dia. — responde o Imperador olhando para o jovem Jime, em seguida volta os olhos para Stiven e continua: — A guerra aconteceria pela noite, mas o choro do pequeno teraniano fez a noite virar dia. Todos os soldados pararam de lutar. Um dos soldados das forças de repressão conhecido ponto zero o guerreiro teraniano mais sanguinário e carrasco do planeta se aproximou da criança olhou nos olhos e caiu de joelhos, chorando e pedindo perdão. Então a criança o tocou ele se levantou, olhou em sua volta, abraçou um dos inimigos pedindo perdão. Após esse gesto a guerra acabou. Desse dia em diante não ouve mais guerra em meu planeta, vivemos em paz por mais de 2500 anos.

Os inimigos se tornaram irmãos, a guerra acabou e até hoje saldamos e adoramos o Deus menino que nos livrou do caos, unindo nossos povos, tornando-nos um só povo, com um só Deus. Ele viveu por 1584 luas que em seu mundo corresponde a 33 anos de vida deixando a mensagem que sempre devemos seguir: "Amar o próximo como ao nosso Deus".

— Então todos saudaram o mensageiro da paz que transformou o nosso mundo em um mundo de paz e harmonia. Mas o salvador foi traído atacado e morto por alguém que não aceitou o seu ensinamento, mas antes de morrer, ele disse a seu executor: "eu te perdoo do crime que cometeu e junto com o seu pecado levarei todo mal que esse mundo pode aglomerar, em troca peço que espalhem as minhas palavras para os quatro cantos do planeta e através do universo".

— E quando ele morreu o que houve após a morte dele? — Pergunta o Stiven.

— O acontecimento junto com a mensagem que ele nos ensinou foi espalhado por todo planeta, essas foram as últimas palavras que ele disse antes de morrer: "eu sou apenas um mensageiro, o verdadeiro Deus está em toda parte, nas águas, na terra, no ar, ele está em todo lugar, em toda parte, pois ele é onipotente é onipresente, a sua palavra é viva, se seguirmos seus ensinamentos e cultivamos o seu amor viveremos em paz e harmonia. Esta é a mensagem que deixo para o seu mundo, pois assim mim foi ensinado. Não deverás amar a outro Deus senão a Ele, ele é o caminho, a verdade, e a vida. Somente pelos ensinamentos do Teu filho chegarão ao Teu reino".

— Após a passagem do filho do verdadeiro Deus pelo nosso mundo aprendemos a viver como um só povo e seguindo seus ensinamentos, vivemos em paz até hoje.

— Mas o que aconteceu a seu mundo? Como vieram parar aqui em nosso planeta?

— A mais ou menos 700 anos terrestres. O nosso planeta foi atingido por um grande meteoro, por mais avançada que fosse a nossa tecnologia não conseguimos nos defender. O meteoro atingiu o nosso planeta aniquilando mais de 90% da nossa população. Os poucos que restaram perderam a esperança até que um teraniano se levantou entre os sobreviventes e assumiu o controle da situação organizando um pequeno governo.

— Foi aí que vocês se mudaram para o nosso planeta?

— Não senhor Stiven, após o nosso império se reorganizar, descobrimos que o nosso planeta já não era mais o mesmo, pois o impacto do meteoro destruiu a maior parte das nossas reservas, mas por não equilibramos o consumo das poucas reservas que sobreviveram no planeta ficamos sem futuro, por nossa culpa a sua existência estava no fim, ou seja, acabamos de matar um planeta moribundo. Então um dos nossos cientistas que estava estudando o nosso planeta descobriu um jeito para nos salvar.

— No começo achamos loucura, mas acreditamos nele e hoje estamos aqui nesse planeta maravilhoso que vocês estão destruindo, assim como fizemos com o nosso planeta. Se não tentarem reverter o mal que estão causando agora, em no máximo 90 anos será impossível a recuperação do seu planeta, pois ele está se tornando um planeta moribundo onde seus últimos suspiros são ouvidos ao longe.

— Mas vossa majestade, os nossos cientistas dizem que temos cerca de 300 anos até ficarmos em estado de alerta global.

— Não é verdade! Seus cientistas estão errados, vocês já estão em estado de alerta a mais de 10 anos e seu tempo de expectativa é de 110 anos até que seu planeta se torne uma zona perigosa. Após esse tempo, os que sobreviverem sofrerão com a fome e a destruição dos seus recursos naturais como ar e água, e inúmeras doenças que surgiram. Estamos aqui para ajudá-los a mudar esse destino que vocês mesmo criaram, faremos o que for possível e estiver ao nosso alcance para ajudá-los, pois a nossa sobrevivência depende da sua compreensão e preservação o seu planeta Terra.

Então o Jime desliga a filmadora, desliga-a olhando para o Imperador com os olhos mareados de lágrimas ele expressa o que está sentindo naquele momento.

— Senhor Dánturia, esse foi o pronunciamento mais emocionante e mais convincente que eu já ouvi na vida.

— Obrigado pequeno Jime, mas só fiz o que deveria ser feito, não sei como seu povo vai reagir, mas estamos preparados para tudo que for preciso. Agora vamos nos preparar para colocar esse pronunciamento na sua rede de comunicação mundial.

******

Washington 07/03/2010 15h45min da tarde, Casa Branca divisão de inteligência.

— Senhor Presidente! — A secretaria do gabinete presidencial da Casa Branca. — Tem uma ligação para o senhor na linha especial dois.

O Presidente atende ao telefone preocupado, tentando imaginar o que pode estar acontecendo para linha dois está sendo usada. A linha só deve ser usada em caso de extrema emergência.

— Alô! Aqui é o Presidente Ronald Hushis Keney, o que está acontecendo? Porque a linha dois está sendo usada?

— Senhor Presidente, aqui é o Oficial Brayan da divisão de rastreamento por satélite, estamos requisitando a sua presença aqui em nossa divisão.

— Mas é tão sério que requisita a minha presença oficial? Já contataram o setor de segurança nacional?

— Todos já se encontram aqui. Só estão aguardando o senhor.

— Ok! Estou indo agora. — Disse o Presidente que 7 minutos depois adentra na área que é designada como "Setor de inteligência e Rastreamento por Satélite".

— O que estar acontecendo? Porque estão todos com essa cara de espanto? — Pergunta o Presidente.

— Vem ver isso senhor Presidente. Olha essas imagens que foram tiradas pelo satélite na área do Triângulo das Bermudas, exatamente onde o satélite sempre falhou. — Disse o oficial Brayan apontando para o monitor do computador.

— O que é isso? Um navio perdido no meio do Triângulo? Vocês me chamam para mostrar um navio perdido no meio do Triângulo das Bermudas? — Pergunta o Presidente.

— Senhor, não é um navio! É muito grande para ser um navio, senhor Presidente!

— Grande, que tamanho oficial Brayan?

— Mais de 400 mil Quilômetros. O satélite não pode aproximar mais do que isso. Mas podemos perceber que é habitada, e pelas leituras de calor estimasse cerca de 20 milhões de habitantes. Pelo que podemos descobrir, podemos afirmar que se trata de uma ilha, senhor Presidente.

O Presidente olha para todos os reunidos naquela sala e percebe que não é só ele que está preocupado e espantado com aquela revelação.

— Oficial você disse uma ilha no meio do Triângulo das Bermudas? — Pergunta o Presidente sem quer acreditar no que escutou.

— Sim senhor Presidente, uma ilha que não existe em nenhum mapa do mundo. Não há registro em nenhum mapa marítimo. Essa é uma descoberta histórica, mas não é só isso, detectamos grandes aglomerações de forma de calor, ou seja, cidades muitas cidades.

— Alguém pode mim explicar o que está acontecendo, e como essa ilha foi parar lá? E outra coisa, que tamanho pode ser essas cidades? — Pergunta o Presidente.

— Pelas minhas leituras senhor, a maior pode ser comparada a cidade de Nova Iorque.

Nesse momento todo na sala se olham, ficam imaginando como uma ilha desse tamanho pode ficar escondida tanto tempo do mundo sem ser descoberta, e quem a habita.

E enquanto isso na ilha...

******

Um alarme está soando avisando que algo errado estava acontecendo.

— O que está acontecendo Imperador que confusão é essa? — Pergunta o Stiven.

— O alarme foi ativado, isso quer dizer que o escudo de camuflagem foi desativado. Pela tecnologia que o seu governo tem, já fomos descobertos. — Afirma o Imperador levantando-se de seu trono e caminhando em direção a central de segurança do império teraniano.

— Mas vossa majestade, quem pode ter feito uma coisa desta? — Pergunta o Jime acompanhado o Imperador. Junto com ele seguem Marry e Stiven.

— Não sei meu jovem, mas vou descobrir. Agora fique aqui, já volto. Isso não muda nada, só antecipara o pronunciamento. — Disse o Imperador deixando os visitantes na porta de saída do castelo e adentrando em uma pequena nave de transporte. Após observarem o Imperador desaparecer por entre as ruas da cidade, Jime, Marry e Stiven se dão conta da real situação em que estão envolvidos, ao observarem a dimensão da cidade eles podem observar que não só teranianos, mas muitos humanos transitam pela cidade, eles são vistos em carros flutuantes naves de pequeno porte em esteiras rotantes sobre os passeios e até mesmo caminhado pelas calçadas extremamente limpas. O clima de paz e tranquilidade entre humanos e teranianos pode se dizer que é quase inacreditável. No mesmo instante em que os aventureiros admiram a cidade o Imperador se desloca para a Central do Gerado, local onde fica o Escudo de Camuflagem da ilha: o Imperador sabe que não tem mais como voltar atrás na decisão que tomou em revelar o povo teraniano aos terrestres. — Capitão Tulic quem foi o responsável por esse ato de traição ao povo teraniano? — Pergunta o Imperador.

— Foi esse jovem terrestre meu Presidente, ele desativou o escudo. — Disse o capitão Tulic apresentando um jovem garoto.

— Você não Bramir! Porque você fez isso? — Pergunta o Imperador com ar de decepção.

— Meu pai morreu aqui! Eu não quero ter o mesmo destino dele, como vocês não mim deixam voltar para minha cidade eu quero que o mundo nos encontre. — Disse o jovem bramir.

— Venha comigo meu jovem quero que conheça uma pessoa.

— Conhecer quem Imperador Dánturia? — Pergunta o Bramir.

O jovem Bramir é levado até o ufólogo Stiven para ser apresentado, descobrindo assim que estava mais uma vez errado sobre o caráter dos teranianos.

— Quero que conheça o senhor Stiven, seus ajudantes Jime e a Marry.

— O que é isso? Quem são eles senhor Dánturia? — pergunta Bramir.

— Esse é Stiven Gámbor um dos ufólogos mais conhecidos do mundo. Ele foi trazido para nos ajudar com a nossa revelação para o mundo.

— Eu sei quem são eles! Agora lembro meu pai falava muito deles, dizia que eram loucos porque ficavam à procura de naves espaciais e extraterrestres, mas olha aonde viemos parar!

— O que seu pai iria dizer de você se estivesse vivo? Ele que foi um dos terrestres mais admirados pelo povo teraniano, ver seu filho como um traidor.

— Eu sei que ele morreu feliz, mas eu não quero morrer aqui. Desculpa trair a confiança de vocês, mas agora é tarde, não importa o que vai acontecer comigo, o mundo já está sabendo da existência desse lugar, eu sou o menor dos problemas que vocês têm para resolver agora.

— Ele tem razão meu Imperador. O que temos de nos preocupar agora é que a localização do nosso império foi revelada. — Disse o capitão Tarone.

— Seu império foi revelado ao mundo Imperador vamos ter que antecipar o pronunciamento mais rápido possível. — Disse o Stiven.

— Você tem razão senhor Stiven, temos que antecipar o pronunciamento, vamos fazê-lo hoje mesmo. Senhor Tulic prepare a sala de monitoramento para o maior acontecimento da história do nosso império desde a nossa chegada a esse planeta.

— Mas como pretende fazer para que o mundo inteiro possa nos ouvir senhor Dánturia? — Pergunta o Stiven.

— Vamos entrar na sua rede mundial de comunicação! Mas enquanto os preparativos são feitos para esse pronunciamento, vou informar o que está acontecendo ao meu povo. Capitão Tulic prepare o canal imperial de informação. Quero que toda ilha fique em alerta. — Nesse meio tempo o Imperador olha a cara de decepção estampada no rosto do jovem Bramir. — Meu jovem reze para que seu erro não nos leve ao extremo de uma guerra.

******

Washington 07/03/2010 16h40min da tarde.

— Senhor Presidente o sinal sumiu outra vez, o satélite não consegue localizá-lo.

— Não importa, já sabemos que tem algo lá. Agora o que importa é descobrir o que é! Se é da Terra, ou se veio de outro lugar. — Disse o Presidente.

— O que o senhor quer dizer quando fala de outro lugar? — Pergunta o secretário de segurança nacional Robert Nixon. Uma ilha não pode simplesmente aparecer assim do nada.

— Quero dizer de outro mundo, outro planeta? — Responde o Presidente observando a expressão de dúvida nos olhos do secretário Robert. — Preparem "o Sombra" vamos mandá-lo agora, temos que descobrir o que está realmente acontecendo.

— Mas senhor! Não pode enviar a aeronave Sombra àquela área, senhor.

— Porque não capitão Brayan.

— Porque são águas internacionais e está fora das nossas fronteiras, se mandarmos a aeronave Sombra estaríamos invadindo o espaço aéreo de dois países, sem contar que poderemos perder um equipamento que vale mais de um bilhão de dólares em investimentos e pesquisa. — Informa o General Edgard.

— Esse é um risco que temos que correr General Edgard. Oficial Brayan dê a ordem de lançamento agora. Não podemos perder tempo, temos que descobrir o que está acontecendo lá, não podemos ser pegos desprevenidos. General Edgar, deixe a guarda nacional em alerta, pois podemos precisar.

— Sim senhor Presidente. — Rapidamente o general Edgard entra em contato com todo o comando da guarda nacional americana deixando todos em estado de alerta geral.

******

— Tudo pronto para o pronunciamento Imperador é chegada à hora da verdade. — Disse o capitão Tulic.

Na sacada de uma gigantesca e monumental construção do castelo imperial com arquitetura futurista, construído no centro da ilha surge o Imperador Dánturia. Em sua frente uma espécie de câmera filmadora flutuante, que distribui as imagens para toda ilha em telas especiais flutuantes de cristal líquido. Todos param para escutar o que o seu Imperador tem a dizer.

— Saudações povo teraniano! Há centenas de anos nos escondemos dos seres humanos, a fim de protegermos a nossa espécie e espécie deles, mas estou aqui para informá-los que é chegada a hora da nossa revelação para o mundo terrestre. Há muito tempo convivemos com muitos terráqueos, sabemos quem são e do que são capazes os terráqueos: são justos e compreensivos, mas também são gananciosos e maldosos; sabemos, pois estudamos a sua história há muito tempo. Mas isso não nos abalará, pois, os humanos não terão influência em nossa cultura e em nosso modo de vida. Só ficarão sabendo da nossa existência e terão a nossa ajuda para a salvação do planeta. Mas temos que estar preparados para qualquer emergência. Então ordeno que a Guarda Imperial Teraniana fique em alerta. Os demais grupos de apoio fiquem apostos. Os humanos não irão se envolver nessa operação deverão ficar em alerta, mas fora das manobras. Não precisam entrar em pânico, pois essa é só uma ação preventiva. E com fé em Sued não precisaremos executar nenhuma manobra militar, então fiquem preparados e que Sued nos abençoe e nos proteja.

Após o pronunciamento toda ilha entra em euforia, medo, esperança, pois todos têm conhecimento da situação que está por vir; o Imperador termina o pronunciamento e vai ao encontro do Stiven e seus amigos deixando todo povo teraniano com uma única pergunta na cabeça. "— O que poderá acontecer com essa revelação".

— Pronto senhor Stiven agora é com vocês, vamos para o Grande Salão Imperial. Lá faremos a grande apresentação para o mundo. Rezo para que dê tudo certo e seu mundo nos aceite sem conflitos.

— Eu também estou contando com isso Imperador, sei que não será tão fácil, mas sei que não será impossível. A única certeza que tenho é que teremos muitos problemas com muita gente, pois muitos irão tentar se aproveitar da sua presença e da sua tecnologia no momento em que tomarem conhecimento. Isso será o maior problema que seu povo irá enfrentar.

— Mas porque isso será problema senhor Stiven? — Pergunta o Imperador Dánturia.

— O grau de tecnologia do seu povo está muito à frente do nosso. Isso provocará a inveja e a cobiça de muitos países e terroristas que tentarão se apoderar da sua tecnologia. Então teremos que agir com cautela com tudo o que será dito e feito a partir deste momento.

— Isso não mim preocupa agora senhor Stiven. O que está mim preocupando de verdade é a aceitação do meu povo em seu mundo. Não sei como os terráqueos vão reagir. Isso é o que mais mim importa agora.

— Isso é o que vamos descobrir agora Imperador Dánturia. Jime pode ligar, vamos estar na rede mundial de satélites em 5, 4, 3, 2, 1 agora disse ele apontando para o Stiven.

******

Invasores de sistema!

Washington 17h50min 07/03/2010

— Senhor Presidente! — Disse o oficial Brayan virando a cabeça vagarosamente olhando para o Presidente e os demais ali presentes. Ele estava com uma expressão de quem não acredita.

— O que está acontecendo, oficial Brayan? — Pergunta o Presidente.

— Senhor! — Disse ele engolindo uma saliva seca qual percorria sua garganta na mesma velocidade que as palavras surgiam de sua boca. — Acabo de receber uma notícia que nem eu consigo acreditar.

— Diga logo o que está acontecendo Oficial Brayan.

— Toda rede mundial de satélites foi invadida, senhores. — Disse ele ainda sentado na cadeira como se não acreditasse que uma invasão daquelas pudesse acontecer. Sem dúvidas um acontecimento desses, era algo impossível de acontecer, realmente a palavra era perder o sentido nesse momento, pois o impossível estava acontecendo.

— Como assim invadidos, o que aconteceu? — Pergunta o Presidente.

— Algo penetrou na rede de mundial satélite. Está mandando mensagens subliminares para o mundo inteiro. Sem dúvidas temos invasores de sistema na rede mundial.

— Como assim mensagens subliminares? O que está acontecendo na rede foi um vírus?

— Não senhor Presidente. — Responde ele.

Neste mesmo momento o telefone do Presidente toca insistentemente chamando sua atenção numa hora imprópria. Após a quinta num intervalo de 50 segundos o general resolve atender para dar fim aquele inconveniente que tanto faz o celular vibra no bolso esquerdo do seu paletó extremamente caro.

— O que você quer minha filha? — Pergunta o Presidente. — Eu já não disse que não era para ligar neste horário se não for urgente.

— Mas pai! — Responde a voz doce e apavorada da linda Mélica de 12 anos, está à única filha do Presidente. — O que ouve com a TV? — Pergunta ela segurando, apontando e apertando os botões do controle para assim mudar os canais de sua magnífica TV de 42 polegadas.

— A TV? O que está acontecendo com a TV? — Pergunta o Presidente.

— Todos os canais estão fora do ar. — responde ela.

— Não se preocupa que papai vai resolver isso, depois eu te ligo minha filha. — Após desligar o celular o Presidente fica aparentemente nervoso e expressivamente preocupado. — Algum dos homens presentes aqui pode mim explicar o que está acontecendo.

— Alguém ou alguma coisa conseguiu penetrar na rede de comunicação mundial.

— Como assim na rede mundial?

— Nada aconteceu até agora, mas estamos tentando descobrir e expulsar o invasor, mas não está dando- certo, não adianta, seja quem for tem uma defesa bem melhor que a nossa, senhor Presidente — informa o oficial Brayan.

— Invasor? — Pergunta o Presidente.

— Será que este acontecimento tem alguma coisa haver com aquela ilha que apareceu no meio do Oceano Pacífico há duas horas atrás? — Pergunta o general Edgard.

— Pode haver, mas só iremos saber se conseguirmos rastrear de onde está vindo o sinal do invasor. Coisa que não vai ser fácil descobrir. Tem uma espécie de bloqueio que nenhum hacker que temos jamais viu ou ouviu falar. Só espero que não seja o que pensamos. — Disse o oficial Brayan

— Como assim? Em que estão pensando? — Pergunta o Presidente.

— Parece loucura dizer isso, mas o senhor já assistiu ao filme "O dia da independência" quando os invasores do espaço desativam todos os satélites do mundo para que não possamos nos comunicar e assim avisar aos outros países sobre o ataque global?

— Oficial acho que você está assistindo filme demais. Agora tenta se concentrar na rede e tenta descobrir o que está acontecendo, porque isso só pode ser coisa de algum hacker. Alguém conseguiu penetrar na rede mundial de satélites. Temos que descobrir o responsável e puni-lo o mais rápido possível. — Disse o Presidente.

— Temos que reverter esse problema, pois se esses satélites caírem em mãos erradas será um caos. — Disse o General Edgard.

Cinco minutos após a invasão da rede surge uma imagem tomando toda rede de mundial de satélites. Entrando nas redes de televisão e internet, todos os meios de comunicação estão ligados à mesma imagem e ao mesmo sinal.

******

— Imperador Dánturia! Está na hora, estão todos esperando pelo senhor. — Disse o oficial Tulic.

— Podem iniciar a transmissão meu jovem Jime, não vamos deixar o mundo esperando mais. É chegada à hora de seu mundo tomar conhecimento da nossa existência. Você está pronto Stiven? — Pergunta o Imperador Dánturia

— Sim, Imperador Dánturia! Nunca estive tão pronto em toda minha vida. — Responde ele sentindo seu coração bater a mil vendo se aproximar o momento extasiante da grande revelação.

— Então venha. — Disse o Imperador chamando Stiven. — Fique ao meu lado para que o seu povo tome conhecimento que o senhor será o responsável pela nossa primeira aparição.

******

— Senhor Presidente estamos recebendo um estranho sinal, uma imagem que está se espalhando por toda rede mundial de comunicação.

— Mas que sinal é esse? Que imagem é esse oficial Brayan? É algum símbolo terrorista? Já descobriram de onde vem? — Pergunta o Presidente.

— Não sei senhor Presidente. — Responde ele. — Isso não tem nada a ver com terrorismo ou rack. Isso não é desse mundo.

— Como assim não é desse mundo? — Pergunta o Presidente.

— Até hoje ninguém conseguiu entrar na rede mundial de satélites, internet, televisão e rádio ao mesmo tempo. Toda rede tem seu código que é trocado todos os dias. Seja lá quem for ou o que for não pode ser desse mundo. — Disse o oficial Brayan Neste momento o Presidente olha para o general Edgard em seguida olha para o secretário de segurança nacional Robert Nixon em seguida para os demais representantes da Casa Branca que estão ali presentes, ele os olha com um ar de interrogação e um possível sentimento de medo e desespero.

— E se desligarmos a rede de satélites? Poderemos cortar o contato do intruso com o restante do mundo. — Disse o Presidente.

— O senhor ainda não entendeu senhor Presidente! Não podemos desligar nada porque perdemos o controle de todos os satélites, toda rede de comunicação. Só nos resta esperar para ver o que vai acontecer, estamos à mercê desse intruso. — Confirma o oficial.

Der repente à estranha imagem desaparece e no lugar da imagem surge um homem, um homem que para alguns é um rosto muito conhecido e para outros um completo estranho. Mas o que realmente todos se perguntam é, — O quem ele está fazendo na rede de satélites mundiais —.

— Olha senhor Presidente! Tem uma pessoa se apresentando! Quem é ele? — Pergunta o secretário Nixon.

— Não sei responde o Presidente, mas este rosto não é estranho.

— Sem dúvidas não é estranho. — Confirma o oficial Brayan.

— Eu sei quem ele é, senhor Presidente. — Grita uma voz no fundo da sala. O Presidente olha para trás e vê um jovem com a mão suspensa acima da cabeça imediatamente ele manda que o homem se aproxime.

— Aproxime-se meu jovem! Quem é você? — Pergunta o general Edgard.

— E quem é esse homem? — Pergunta o Presidente.

— Meu nome é Calvin Gámbor senhor Presidente e esse é Stiven Gámbor. — Responde o jovem Calvin e continua: — Ele é um dos maiores ufólogos do mundo.

— Ufólogo!? — Comenta o oficial Brayan. — Eu sabia! Mas o que ele está fazendo aí, o que ele fez para entrar na rede de satélites?

— Isso eu não sei dizer senhor Presidente, mas com certeza tem a ver com ET.

— E porque você tem essa certeza? Porque acha que tem a ver com seres do espaço, meu jovem? — Pergunta General Edgard.

— Porque só algo que tivesse haver com seres do espaço poderiam levá-lo a se expor ao mundo dessa forma.

— Como você sabe tanto sobre esse homem, meu jovem? — Pergunta o Presidente.

O jovem Calvin fica imaginando se deve ou não falar a verdade, mas acaba falando com muito medo de ser punido ele exerce seu patriotismo americano.

— É porque ele é, meu irmão senhor Presidente! — Responde o Jovem Calvin Gámbor.

— Seu irmão? — Pergunta todos em um sonoro coro de interrogação.

A revelação

Neste momento o silêncio toma conta da sala, Stiven se apresenta ao mundo às 20h10, dando início a uma nova era no planeta.

— Boa noite! Vocês devem estar se perguntando quem, sou eu, o que estou fazendo aqui, e como eu conseguir entrar na rede mundial de satélites. Bem! Peço para que prestem muita atenção, pois o que vamos ver e ouvir agora mudará todo futuro da humanidade. Sempre perseguimos as pistas e indicações que nos faziam sonhar sobre a vaga ideia de vida fora da terra, mas isso nunca foi confirmado, nunca foi provado. Vivemos assistindo a filmes de invasões do espaço e contatos com seres extraterrestres, contatos que nunca passaram de ficção. Mas a partir de hoje isso mudará, porque, realmente existe vida fora do nosso planeta, como também existe vida aqui, vida que veio lá de fora, lá do céu que tanto olhamos a noite contemplando o mistério das estrelas. **"Eles estão entre nós"** estão vivendo dentro do nosso planeta. Seres que vieram do espaço para habitar nosso mundo. É isso mesmo, eles estão aqui a mais de 600 anos. Por isso quero apresentar a vocês o Imperador Dánturia, soberano do povo teraniano. Eles estão aqui em missão de paz e dispostos a nos ajudar, então prestem bem atenção no que ele irá lhes informar. Ele não fala a nossa língua, mas usa um tradutor de línguas que irá ajudar na comunicação. Ele fará toda a revelação dos acontecimentos.

Stiven levantasse do trono em que estava sentado cedendo lugar ao Imperador do povo teraniano, o soberano Dánturia. Este senta no trono olha fixamente para a câmera e começa sua apresentação.

— Saudações povo terráqueos! Eu sou Dánturia, Imperador do povo teraniano. Quando nosso planeta explodiu, vasculhamos por muitas constelações um planeta para sobreviver, e esse foi o melhor planeta que achamos para migrar e o único dos poucos compatíveis com as nossas necessidades para sobreviver, por isso estamos aqui. Quando chegamos ao seu planeta, há quase 700 anos atrás, um dos nossos líderes queria exterminar a raça humana, mas o nosso Imperador não permitiu, ordenou que a esquadra encontrasse um lugar para que nosso povo sobrevivesse em paz no seu planeta. Então encontramos o local perfeito no centro das águas, onde vocês chamam de Oceano Atlântico. Lá existe uma ilha com o tamanho necessário para o nosso povo sobreviver. Esse local que estamos é perfeito, pois tem todos os ambientes que precisávamos para sobreviver e uma variação magnética que nos permitiu criar uma defesa perfeita para nos esconder do seu povo e seu mundo até o dia que fosse necessário à nossa revelação. Há mais de 600 anos terrestres habitamos em seu planeta, vivemos isolados do seu povo e do seu mundo para não alterar sua história e seus acontecimentos. Observamos o seu desenvolvimento e os seus conflitos ao longo dos tempos, observamos suas guerras que devastaram muitos países e destruíram muitos povos, invasões, descobertas, escravidão do seu próprio povo, paz, solidariedade e o verdadeiro espírito de amor que habita esse planeta. Por esse motivo nos sentimos meio intrusos e meio parte desse planeta. Quando seus ancestrais começaram a navegar por todo o oceano, começou a ficar mais difícil nos manter escondidos, então tivemos que achar uma defesa que não fosse mortal mais assustasse todos que se aproximasse do nosso pequeno mundo. Já que seus antepassados acreditavam em tudo que seus olhos viam, então começamos a criar imagens de grandes criaturas nas proximidades da ilha e com a ajuda do campo magnético, que deixa seus aparelhos de localização paralisados, todos eram obrigados a recua da ilha e do campo magnetizado. Mas quando alguma embarcação conseguia chegar à nossa ilha, rapidamente colocávamos as pessoas para dormir e as transportávamos para algum lugar do planeta. Daí começou a surgir o mito de pessoas que sumiam no mar e aparecia eu outros lugares do planeta. Mas com o passar dos anos ficou difícil transportar pessoas sem que fôssemos vistos. Mas informá-los que nunca usamos terráqueo nenhum para fazer experiência de nenhum tipo. Não estamos sós no universo, meu povo tem conhecimento da existência de mais de 34 milhões de forma de vida inteligente que se desloca pelo espaço. Então se algum humano foi coletado ou como vocês dizem abduzidos, quero que fique claro que não temos nenhuma participação com isso, sempre fomos uma raça pacífica, pretendemos permanecer assim. — Alguns povos já tentaram penetrar em seu planeta para capturar usar humanos e usá-los como cobaias, alimentos e muitos outros fins, mas não permitimos. Travamos muitas batalhas, tivemos muitas baixas, mas sobrevivemos e estamos aqui. Talvez essa seja a maior batalha de nossa história, pois é uma batalha sem armas, uma batalha que só a razão e o "Bon senso" poderão vencer.

Hoje essa é a batalha mais difícil a ser travada. Existem cerca de 60 mil terráqueos vivendo em nossa ilha, todos sobreviventes de acidentes com o campo magnético. Todos foram resgatados e incluídos ao nosso mundo. Há alguns anos atribuímos a oportunidade para voltarem ao seu mundo, mas todos recusaram. Temos humanos convivendo com teranianos em nossa ilha nas águas e até em nosso posto avançado que vocês chamam de lua. Observamos o seu mundo descobrindo a tecnologia e a usando indevidamente, trazendo destruição, morte e muito sofrimento para o seu povo. Poderíamos ter interferido em seu mundo, mas nos privamos dessas vontades, pois cada povo tem o seu destino a cumprir. Jamais poderíamos interferir na sua evolução, mas por estarmos correndo risco junto à destruição do seu povo tivemos que interferir e nos revelar, pois assim como vocês estão destruindo o seu mundo e colocando seu povo em risco de extinção, também está colocando o meu povo em risco de extinção. Porque se vocês continuarem poluindo o planeta assim, em menos de 100 anos o seu planeta não terá mais nenhuma forma de vida vegetal. Só existirá dor e sofrimento.

Por isso peço que seu mundo confie em meu povo e permitam que os nossos cientistas possam ajudar aos seus na salvação do seu planeta para nossa sobrevivência. Estaremos à disposição dos seus governos para qualquer pergunta ou esclarecimento.

O senhor Stiven será nosso intermédio entre os povos, estaremos esperando a resposta sobre o que acham da nossa ajuda e o que decidiram sobre um possível acordo de paz e assim mudarmos a história desse planeta.

Estamos prontos para mandarmos um pequeno grupo do Conselho para uma melhor negociação e esclarecimento, assim que for permitida a nossa entrada em seu mundo.

Estamos desativando a nossa transmissão em sua rede de satélites e aguardando uma resposta.

******

Em Washington todos estão paralisados com o que acabou de acontecer, ninguém sabe o que dizer nem o que fazer.

— E agora senhor Presidente! O que devemos fazer? — Pergunta o general Edgard.

— Não sei general! Estou tão perdido quanto vocês. — Responde o Presidente.

De imediato o oficial Brayan lembra-os do jato que mandara sobrevoar a área do Triângulo onde está localizada a ilha com o povo teraniano.

— Mas senhor! O que devemos fazer com o jato "o Sombra"?

— Cancele a decolagem, oficial! — Ordena o Presidente.

147

— Não podemos cancelar. — Informa o oficial Brayan.

— Porque não? — Pergunta o Presidente preocupado com um possível incidente internacional.

— O jato já foi enviado! Em exatamente 5 minutos estará chegando na região do Triângulo.

— Traga-o de volta, oficial Brayan, esse jato não pode chegar até aquela ilha de forma nenhuma. Não quero ser lembrado por provocar a maior catástrofe da história da humanidade. — Disse o Presidente extremamente preocupado.

— General Edgard, reúna todo Conselho da Casa Branca agora! Quero todos na minha sala em 20 minutos, faça também um alerta geral, estamos em código de emergência. Todos devem ser avisados, acorde quem estiver dormindo, chame de volta quem estiver de férias, quero todos em minha sala, estamos em alerta mundial. — Disse o Presidente, se dirigindo para o grande Salão Oval da Casa Branca.

Então o Presidente Ronald Hushis Keney se dirige ao grande Salão Oval onde irá encontrar com todos os generais e representantes do governo americano. Ao chegar a sua sala tem uma noção do que está acontecendo: encontra suas secretarias e assistentes aflitas.

— Senhor Presidente os telefones não param de tocar, o que estar acontecendo? O mundo está em pânico. Todos os Presidentes dos países da ONU {Organização das Nações Unidas} já ligaram. O que vamos fazer? — Pergunta um dos assistentes.

— Não posso atender ninguém agora estamos em alerta geral. — Responde o Presidente chegando à sala de reuniões. Todo conselho estar reunido no grande salão presidencial da Casa Branca. "— O que fazer? " Pergunta-se o Presidente naquele momento, quem poderia mudar o rumo da história. Todos estão aflitos com o que o Presidente irá fazer ou dizer.

— Com a palavra o Presidente dos Estados Unidos da América Ronald Hushis Keney! — Anunciava o acesso presidencial de pé ao lado do Presidente, ele não termina as apresentações presidências, pois é interrompido pelo Presidente.

— Senhores! Não temos tempo para formalidades, eu vou ser rápido e objetivo. — O Presidente logo em seguida senta-se na cadeira a cabeceira da grande mesa de reuniões presidencial. — Há alguns minutos atrás tivemos a maior revelação que o mundo jamais esperava, ou talvez esperasse acontecer algum dia, mas não hoje, não agora. Devido a essa revelação seremos obrigados a tomar uma decisão que mudará todo o destino do mundo em que vivemos, mas teremos de ter certeza do que vamos fazer para não tomar a decisão errada. Então espero que todo o conselho teraniano possa tomar a decisão certa. Essa não é uma questão política qualquer, e sim, um acontecimento que mudará o rumo da história da humanidade, agora quem quiser se pronunciar tem a palavra. Hoje é um dia especial, um dia em que a razão e a ficção ocupam o mesmo espaço, um espaço que para muitos será a certeza da evolução, mas para outros o anúncio do fim de mundo. Parem, pensem, examine, e digam o que é mais justo e correto a ser feito neste momento. Eu Ronald Hushis Keney o Presidente dos Estados Unidos da América peço a ajuda deste conselho para que a melhor decisão seja tomada para o bem da humanidade.

Nesse momento todo conselho para, olha uns para os outros e fica imaginando qual será a primeira medida a ser tomada.

Enquanto isso...

******

— Então vossa majestade? Será que eles vão aceitar a nossa ajuda? — Pergunta o Stiven.

— Não sei senhor Stiven, mas espero que sim para o bem de todos. Eles precisam muito da nossa ajuda, pois seu povo sozinho não conseguirá resolver o problema do planeta que é bem maior do que eles imaginam.

— Stiven!

— Sim Jime!

— O que você acha que vai acontecer agora na Casa Branca? — Pergunta o jovem Jime preocupado como o Presidente americano irá reagir. Ele sabe que o líder do seu governo terá que tomar a decisão mais importante de sua vida. Sabe que ele terá de tomar a decisão certa para o futuro da humanidade, mas qual será a decisão certa?

— Não sei Jime, mas eu queria ser uma mosca para saber o que está acontecendo no salão oval da Casa Branca, pois deve estar ocorrendo o maior combate político da história americana. — Comenta Stiven deixando surgir um breve sorriso no canto da boca. — Os líderes americanos sempre se acharam os donos do mundo agora se deparam com um acontecimento dessa magnitude, eles devem estar todos desorientados quase em pânico.

— Mas senhor Dánturia é verdade que há um forte campo magnético envolta dessa ilha? — Pergunta Jime e continua: — Se existe! Porque ele não interfere em sua tecnologia? — Continua ele interrogando o Imperador.

— Simples meu jovem Jime! — Responde o Imperador sorrindo demonstrando todo seu carisma imperial. — É porque nossa tecnologia não é como a do seu povo, não usamos os mesmos metais que vocês usam, nossa matéria é mais resistente e é imune a magnetismo.

— Mas que tipo de metal é esse que é imune ao magnetismo? — Pergunta o jovem Jime sempre muito curioso.

— O material que usamos se comparados a elementos do seu mundo podemos dizer que é mais leve que o plástico e mais resistente que o titânio.

— Isso é incrível! Um metal mais forte que o titânio mais leve que o plástico e que é imune ao magnetismo, estou sem palavras. — Todos sorriem na descontração daquele momento em que as raças confraternizam com sua interação de convivência.

— Mas o seu mundo, pequeno Jime, tem muito a oferecer. Seu povo é que o explora de maneira errada! Veja essas naves que vocês denominam carros, são todos construídos com matéria prima extraída do seu planeta. E as naves de pequeno porte que usamos na patrulha do planeta e na base de observação lunea. Todos os veículos são feitos de matérias extraídos do seu planeta, só que aquecidos e fundidos na temperatura ideal para uma fusão, se tornam um material tão resistente que suporta até a gravidade no espaço.

— Cara isso é genial! Ou desculpa! Imperador Dánturia.

— Disse Jime empolgado com as descobertas que está acontecendo em sua vida.

Stiven se torna um grande amigo do Imperador Dánturia e do povo teraniano. Após as explicações que deu ao jovem Jime, o Imperador Dánturia fica a conversar com o Stiven. Por algum tempo eles discutem a forma de se apresentarem em público para que todo o mundo o conheça, conhecendo assim o seu povo, o povo teraniano.

O segundo contato!

— Meu Presidente, eu acho que devemos pensar muito antes de respondemos a quaisquer perguntas. Não podemos nos precipitar, como vamos saber se eles estão falando a verdade? E se for um golpe e esse Stiven estiver associado a esses seres no plano de dominar o nosso mundo? Eu como Secretário de Segurança Nacional voto não! E aconselho para que esses malditos aliens sejam expulsarmos do nosso planeta.

— Eu discordo! — Se manifesta a subsecretaria Elaine.

— Discorda em que senhorita Elaine? — Pergunta o Presidente.

— Em tudo que o secretário Robert falou! — Responde ela.

— Mas porque a senhorita discorda.

— Senhores! Esses seres chamados teranianos estão aqui há quase 700 anos com uma tecnologia avançada a mais de 1000 anos a nossa frente. Então se eles quisessem nos fazer mal, dominar ou exterminar, já o teriam feito. Se vocês acham que eles querem fazer algum mal a nossa gente, eu não entendo mais nada de política de negociação.

— Bem, duas opiniões foram expostas, agora quero uma votação para ver qual será a melhor saída. — Disse o Presidente.

— Mas senhor Presidente isso não está certo. — Disse o secretário de segurança nacional Robert Nixon.

— Fique calmo senhor Robert! Esse é um governo eleito pelo povo, então nada mais justo que todos aqui possam manifestar sua decisão para representar o povo americano nesse momento tão crucial na nossa história.

Nesse momento o secretário Robert Nixon levanta-se rapidamente da mesa onde está ocorrendo à reunião para decidir o futuro do povo teraniano e do planeta, manifesta seu verdadeiro sentimento com os teranianos.

— Eu não vou compactuar com esse ato de loucura! — Gritava o secretário Robert Nixon enquanto caminhava em direção a porta de saída da sala.

— O senhor não pode sair assim no meio de uma reunião tão importante. Como o senhor bem enfatiza... — Disse o Presidente olhando serio para o secretário Robert. — É o Secretário de Segurança Nacional.

Então o secretário Robert leva sua teoria e sua ideia do não aceitar os teranianos ao extremo.

— Não sou mais o secretário, senhor Presidente! — Disse Robert Nixon demonstrando toda sua revolta quanto ao apoio do Presidente ao povo teraniano. — Eu me demito!

— Mas secretário Robert o senhor não pode... — disse o Presidente que não completa a frase, pois é interrompido.

— Sim eu posso sim, sou o dono do meu destino, e não um fantoche desse governo hipócrita. Não tenho nada mais a declarar. — Disse o secretário Robert saindo da Sala Oval deixando os outros membros do governo paralisados com seu comportamento e decisão.

O Presidente olha para o conselho e vê que não pode fraquejar nesse momento tão importante e tão decisivo.

— Bem, o secretário Robert Nixon exercendo seu direito de democrata americano deixou bem claro seu voto "não" ele votou não para a aliança entre os povos, mas não podemos parar agora, ele é tão importante quanto todos os membros que estão aqui nessa sala, ele não é indispensável. — O Presidente sente a ausência do secretário de segurança nacional, Robert Nixon, mas sabe que não deverá mudar o rumo daquela reunião, pois a votação corre e os demais representantes do governo querem chegar ao resultado antes que seja tarde para uma resposta positiva. — Foram 37 votos a favor e 1 contra, desse modo devemos prosseguir e encontrar um jeito de nos comunicar com esses teranianos e responder ao pedido que nos foi feito.

Mas fora da sala o secretário Robert está enfurecido com o que os generais e os membros do conselho por decidirem ser a favor dos teranianos.

— Se eles pensão que isso vai ficar assim, estão muito enganados. Não vou deixar que esse pacto absurdo vá adiante. Eu vou dar um basta nesse acordo, vou acabar com esses malditos aliens. — Após sair da sala e demonstrar toda sua revolta e desprezo pelos teranianos, o secretário Robert Nixon faz uma ligação que dará um rumo diferente aos acontecimentos que estão por vim. — Alô! É da base militar de Atlanta?

— Sim! — Responde alguém ao telefone.

— Aqui é o secretário de segurança nacional Robert Nixon, preciso falar com o capitão do GRT com urgência extrema.

— Já vou transferir a ligação para o capitão, senhor Robert.

O capitão Victor Hanns do GRT atente o telefone. {Grupo de Repressão ao Terrorismo}

— Alô? Aqui é o capitão do GRT, Victor Hanns, pode falar senhor secretário.

— Victor, é você? — Pergunta o secretário Robert Nixon.

— Sim senhor, sou eu!

— Tenho um trabalho para você, reúna todo seu agrupamento, pois só eles serão capazes de realizar esse trabalho, só os melhores podem executar essa missão.

— Sim senhor! Vou reunir todos em algumas horas.

— Você tem duas horas para reunir todos, mas ninguém deverá tomar conhecimento dessa ação, nem mesmo o general Edgard.

— Mas senhor! Como vamos sair da base com todo pessoal sem que o general tome conhecimento?!

— Não se preocupe com isso capitão, só reúna seus homens em duas horas, o restante eu tomo as providências, mas lembre-se essa é uma missão de extrema importância, e sigilo absoluto, dela depende a segurança nacional.

— Sim! Senhor secretário, tudo será no mais absoluto sigilo. — Confirma o capitão Victor.

— Te ligo daqui a duas horas, entendeu? Não vou ligar para base, pois não quero nossas conversas gravadas. São as ordens do Presidente. Então deixe o celular desocupado.

— Sim senhor! Quero que saiba que o grupo GRT viverá e morrerá pelo Presidente e pelo nosso país.

— Eu sei disso e foi por isso que eu os escolhi, por serem tão fiéis ao Presidente a ponto de aceitarem uma missão tão importante sem perguntarem nada. Agora vá e reúna os homens que tenho algumas providências a tomar.

Nesse momento em que o secretário de segurança nacional Robert Nixon começa a arquitetar um plano para impedir as negociações entre a Terra e o povo teraniano.

Sem saber o capitão Victor está compactuando para um ato que poderá pôr em risco toda a humanidade.

O mundo está em pânico por descobrir uma nova forma de vida em seu planeta, uma forma de vida que está há mais de mil anos tecnológico a sua frente. Nesse mesmo contexto estão maravilhados por não estarem a sós no universo, alguns acreditam, outros não; mas todos se perguntam "O que será que vai acontecer agora? "

Enquanto isso na Casa Branca, todo Conselho está esperando um novo contato dos teranianos para saber qual será o próximo passo. Mas antes de contatarem os teranianos, entram em contato com os demais líderes mundiais e da ONU para saberem o que acham, pois, um acontecimento desses afeta todo o futuro da humanidade.

— E então senhor Presidente o que devemos fazer se o restante do mundo não concordar com a nossa decisão? — Pergunta a subsecretária Delaine.

— Independente da postura que os outros líderes mundiais tomarem, iremos fazer contato com os teranianos e descobrir o que eles realmente querem. Agora mandem um sinal na rede para que eles possam entrar em contato com o nosso governo. — O Presidente está decidido a levar o acordo de cooperação com os teranianos à diante.

— Senhor Presidente, vamos precisar de uma pessoa para ficar à frente das negociações com o povo teraniano, o senhor não pode ficar tão exposto. — Disse a subsecretária Delaine querendo garantir a segurança do Presidente.

— Sim subsecretária Delaine. Eu sei, é por isso que estou escolhendo a senhora para nos representar. E então!? Está disposta a ser a mediadora entre o seu povo e o teraniano? — Pergunta o Presidente.

Um súbito orgulho patriota americano invade o coração da subsecretária Delaine que a faz aceitar a função que lhe ofereceram sem hesitar nem um segundo.

— Sim senhor Presidente, é claro que aceito. Será uma honra servir ao meu povo e ao meu país. — Responde ela. — Mas porque eu, senhor Presidente? Existem tantas pessoas nesse país para uma função tão importante e mais qualificadas!

Nesse momento o general Edgard intercede pela subsecretária Delaine e se expressa.

— Outra pessoa mais qualificada que você pode até existir, mas em outra área porque em negociações com povos e firmar acordos internacionais igual a você, tenho certeza que não há subsecretária Delaine. — Disse o general Edgard.

— Mais uma vez muito obrigado pelo voto de confiança senhores, eu não vou decepcioná-los! — Disse a subsecretária com um orgulho americano estampado no rosto.

— Agora que está tudo resolvido, é só esperar que eles entrem em contato com a Casa Branca para assim podermos descobrir o que eles realmente querem, mas para prevenir, devemos deixar todo poderio militar americano em alerta para qualquer retaliação ou ação emergencial. — Disse o Presidente americano Ronald Hushis Keney. — General Edgard faça a sua parte.

— Sim senhor Presidente. — Responde o general Edgard que de imediato começa a mobilizar todo o exército americano. — Mas senhor Presidente, o senhor ainda tem dúvidas sobre a intenção dos teranianos? — Pergunta ele.

— Se eles se revelaram e querem nos ajudar tudo bem, mas não devemos esquecer quem eles são e de onde eles vieram. Isso não dá para esquecer general, então por isso ter cautela não será em vão, agora vamos deixar o canal aberto e esperar o contato deles.

******

Algum tempo depois na ilha das Bermudas.

—Vossa majestade! Está é a hora de entrar em contato com a Casa Branca, pois já se passaram 5 horas desde o último contato. — Disse Stiven.

— Você tem razão Stiven, devemos nos comunicar com o seu Presidente! Capitão Tulic. — Disse o Imperador. — Prepare o transmissor para mais um contato na rede de informações terrestres. Mas desta vez quero que todo povo teraniano e os humanos que vivem entre nos assistam o que está acontecendo para que assim saibam o que estamos fazendo, nos expondo para os povos teranianos e humanos possam entender quer o nosso futuro dependa desse acordo. — Fazendo um sinal com a mão o Imperador ordena para que o capitão Tulic inicie a transmissão. — É chegada a hora do entendimento entre os povos que são tão próximos, mas ao mesmo tempo vivem tão distantes um do outro, divididos por uma fenda de conhecimento e evolução que impedia a convivência, a paz e a prosperidade de duas raças distintas: humanos e teranianos.

— O senhor está certo Imperador, existia uma fenda que dividia os povos, uma fenda que poderá interferir na paz mundial. Esta fenda é conhecida também como preconceito, falta de diálogo e respeito mútuo, mas com a fé que tenho em meu Deus sei que isso a partir de hoje fará parte dos livros de história. Agora vamos! O mundo nos espera e não podemos deixá-lo mais esperando. — Disse o Stiven.

Um segundo contato é feito entre os povos.

— Saudações povo da Terra! Eu sou o Imperador Dánturia, estou aqui mais uma vez pronto para promover um acordo que possa beneficiar os dois povos e salvando o seu planeta do caos e da extinção.

— Saudações vossa majestade Dánturia, eu sou a Subsecretária de Segurança Nacional, Delaine Macbal, 1º no comando das negociações entre o seu povo e meu país, os Estados Unidos da América. Estamos à disposição para cooperar com seu povo em qualquer operação possível, basta nos explicar o que está acontecendo e o que querem.

Então o Imperador para, virasse e pergunta a seu amigo Stiven o que quer dizer disposição, pois seu tradutor não tem a tradução para essa palavra.

— Claro vossa majestade Dánturia, disposição, é quando uma pessoa está pronta para ajudar a outra em qualquer lugar a qualquer hora. — Responde Stiven.

— Agora entendi! Desculpa o mal-entendido, é mal-entendido que fala? Estou falando certo? — Pergunta o Imperador preocupando com as palavras que pronúncia, pois sabe que naquele momento o mundo inteiro observa e o escuta.

— Está falando certíssimo, vossa majestade parece até um homem da Terra falando. — Comenta a subsecretária Delaine com um tom de ironia tentando descontrair o diálogo que neste momento se apresenta meio tenso.

— Obrigado senhorita Delaine, mas com mais de 600 anos Terra, tínhamos que aprender a sua língua e muitos de seus costumes. Ainda temos muito que aprender com seu povo, mas isso fica para depois, agora temos que resolver o problema do seu planeta. Ele está correndo muito risco, devemos nos organizar para salvar o seu planeta antes que seja tarde.

Nesse momento a subsecretária Delaine se espanta e quer ter a certeza do problema, quer ter certeza do que está acontecendo com o planeta, quer saber o grau de risco que está enfrentando.

— Vossa majestade! Estamos mesmo em um perigo tão grande assim? — Pergunta a subsecretária Delaine.

— Sim senhorita Delaine! É tão grave a ponto de forçar a nossa revelação a seu mundo, mesmo sabendo dos riscos que corremos. Mas é um risco que tivemos de correr, pois o desequilíbrio que seu povo está provocando em todo planeta já começou a afetar nossa pequena ilha a tal ponto que nos trouxe aqui para sermos revelados antes do tempo. — Afirma o Imperador.

— Vossa majestade, o que queremos saber é como o seu povo poderá nos ajudar com o problema que se alastra em todo planeta, pois sabemos que se não dermos um jeito de parar a destruição do meio ambiente, daqui a 100 ou 200 anos, teremos sérios problemas para sobreviver. — Disse o Presidente Ronald Hushis Keney.

— Não senhor Presidente, o senhor não entendeu o risco que estamos correndo. Do jeito que os humanos estão poluindo e destruindo o planeta será impossível chegar a 200 anos, pois a expectativa é de no máximo 100 anos. Em menos de 50 anos só existirá cerca de 20 % de água potável no mundo, isso irá provocar guerras devastadoras por água. O ar estará no limite para sobrevivência humana, provocando várias doenças respiratórias e alérgicas, sem falar da escassez de alimentos e a partir daí irá começa a extinção da raça humana, pois sem a água, sem as reservas naturais não existira vida.

— Não tínhamos ideia de que estávamos provocando a tal ponto o planeta. Se o senhor estiver certo estamos a mais de 100 anos atrasados com as nossas pesquisas. — Disse o Presidente Ronald Hushis Keney.

— Ainda há tempo para reverter esse quadro senhor Presidente. Assim que seu mundo estiver preparado iremos a seu encontro junto com outros líderes mundiais para discutir o que podemos fazer. Isso se for permitida a minha entrada no seu mundo. — Disse o Imperador Dánturia.

— Claro que aceitaremos o senhor, Imperador Dánturia. Teremos o maior prazer em recebê-lo em nosso mundo. E para demonstrar a nossa satisfação, o senhor será hospedado na Casa Branca, afinal os teranianos já vivem a tanto tempo nesse planeta que indiretamente fazem parte do nosso mundo. — Disse o Presidente.

— Muito obrigado senhor Presidente, o senhor será eternamente lembrado pelo meu povo por sua hospitalidade e decisão de salvar o mundo e unificar os povos. — Disse o Imperador.

— Então vamos deixar de cerimônia e marcar a data para os preparativos da chegada do seu povo. Também vamos convocar os principais líderes, para o maior e mais importante encontro que a humanidade já teve. O encontro que decidirá o futuro da humanidade.

— Senhor Presidente, estaremos desligando a conexão liberando sua rede de comunicações, ficaremos aguardando a sua decisão sobre o dia e o local da nossa entrada em seu mundo. — Disse o Imperador.

— Senhorita Delaine, você será encarregada de preparar o local para a chegada do Imperador, e seu Conselho. Lembre-se que esse é o maior acordo de paz e cooperação que o mundo já viu ou ouviu fala. Agora vá e comece os preparativos para a chegada do Imperador Teraniano. Isso será um marco na nossa história, tudo deverá sair perfeito, nada poderá dar errado, toda segurança deverá ser reforçada, pois não sabemos o que poderá acontece e nem como o mundo irá reagir. Deveremos estar preparados para tudo que possa acontecer. Deveremos estar prontos na hora certa.

— Tudo estará pronto na hora e no local determinado, senhor Presidente. — Disse a subsecretária Delaine.

— Agora devemos confirmar o dia e à hora para sua chegada, e também fazer um pronunciamento ao seu povo para dar as boas-vindas.

— Desculpa não o ter informado senhor Presidente, mas o meu povo está assistindo tudo que conversamos. E aguardando o dia em que poderemos entrar oficialmente em seu mundo. A partir de agora tudo ficará por sua conta, senhor Presidente. — Disse o Imperador.

— Em nome da paz e da prosperidade entre os povos, em nome do povo americano dou as boas-vindas ao povo teraniano em nosso mundo. Que a paz e a harmonia possam reinar entre os povos e que possamos resolver o problema do planeta juntos o mais breve possível.

— Obrigado, que Deus os abençoe. — Disse o Presidente tentando passar uma imagem diplomaticamente amigável e continua: — Quanto ao dia e à hora certa da sua chegada entraremos em contato para marcamos, só queremos alguns dias para nos organizar e preparar o mundo para uma nova era. — Disse o Presidente demonstrando estar alegre, mas preocupado ao mesmo tempo.

— Obrigado senhor Presidente, estaremos esperando o contato. Mais uma vez digo: o senhor não irá se arrepender da escolha que está fazendo em aceitar a nossa ajuda; ficaremos aguardando resposta. Que o grande Sued os abençoe. — Disse o Imperador Dánturia.

A conexão é desfeita entre o Triângulo das Bermudas e a Casa Branca.

— Agora é com a gente subsecretária Delaine, temos que convencer o mundo sobre o que acabamos de ouvir do Imperador Teraniano, sei que será muito difícil, mas não será impossível. Vamos tomar as providências necessárias, pois estamos em uma corrida contra o tempo. — Disse o Presidente.

O Presidente não sabia, mas alguém já tinha se levantando contra os teranianos. Um homem que seria capaz de tudo para conseguir realizar os seus objetivos.

A Traição!

— Se eles pensam que vão conseguir levar esse acordo até o fim estão muito enganados, o secretário Robert Nixon deve saber de tudo que está acontecendo e o que vai acontecer, tenho que ligar para ele urgente.

E o secretário Robert Nixon encontra um aliado na Casa Branca, uma pessoa que irá fazer toda a diferença nos seus planos de traição. Com esse aliado a seu lado a traição estará completa.

— Alô? Secretário Robert, é o senhor mesmo?

— Sim, sou eu mesmo! Quem fala?

— Aqui é o Supervisor Geral de Relações Comercias da Casa Branca.

— Mas quem é você? E como conseguiu meu número?

— Foi o senhor mesmo que me deu há dois dias! Não está lembrado?

— Sim agora me lembro! Você é o Artur Lins, estou certo?

— Sim, sou eu mesmo, senhor secretário. Só liguei por que sei que o senhor não concorda com o acordo que o Presidente está fazendo com os malditos aliens. Então tenho ótimas notícias para o senhor, mas não posso contar por telefone, devemos nos encontrar pessoalmente. O que tenho é de extrema importância para a segurança do país. — Disse o Supervisor de Comércio da Casa Branca, Artur Lins.

— Mas, o senhor pode me adiantar do que se trata, senhor Artur Lins?

— Não posso falar muito, o senhor sabe que aqui as paredes têm ouvido. Mas adianto que é sobre o encontro dos aliens das Bermudas, na Casa Branca.

— O que tem os aliens, senhor Artur? — Pergunta o secretário Robert.

— Eu estava na sala de transmissão quando ouvi sem querer tudo que vai acontecer, além da rasgarão de seda entre o líder dos aliens e o nosso Presidente. — O presidente junto com seus assessores está totalmente envolvido com os contatos Teranianos que nem imagina a força da traição que se abatera sobre seu governo.

— Então o que está esperando!? Venha logo ao meu encontro, preciso dessas informações o quanto antes. Delas depende o futuro do nosso planeta.

— Tudo bem senhor já estou indo, só preciso saber onde o senhor está? — Pergunta o Artur Lins.

— Daqui a meia hora terá um carro preto na Rua New Jersey AV, você deverá entrar nele. Ele te levará até onde estou. — Disse o secretário.

— Sim, senhor secretário, estarei pronto, mas porque tanto segredo?

— Muita gente não gostou do jeito que eu saí da sala onde estavam organizando o comitê de boas-vindas para os malditos aliens. Quando eu começar a colocar meu plano em prática, muita gente vai querer me encontrar. Entendeu? E por isso que já estou me prevenindo. Então quando sair da Casa Branca tenha certeza que não tem ninguém lhe seguindo. Vá e entre no carro que vai está a sua espera, e deixe que o resto meus homens resolvam. — Disse o secretário Robert dando todas as coordenadas ao seu novo informante.

— Mas senhor Robert, agora eu não posso, meu expediente ainda não acabou!

— Seu trabalho não importa mais. O que importa agora é a segurança nacional do país e do mundo. Então esqueça seu trabalho e venha ao meu encontro, não se preocupe você não vai perder seu emprego medíocre. Você já esqueceu que oficialmente eu ainda sou o secretário de segurança nacional e posso fazer o que eu quiser? Agora deixa de desculpas esfarrapadas e vem logo para cá que preciso muito das informações que você tem para começar a executar meu plano.

Então o senhor Artur sai da Casa Branca e encontra um carro parado a sua espera como o secretário Robert o indicou, ele entra no carro e segue para o local marcado.

Fora do telefone o secretário Robert pensa em como se livrar de mais um problema.

— Tenho que arrancar todas as informações necessárias para impedir esse encontro. Sim, porque se os dois povos firmarem uma aliança estarei perdido, tenho que os impedir a qualquer custo, esse evento diplomático não pode acontecer ou meus negócios estarão arruinados. — Pensa o secretário Robert que no mesmo instante faz uma ligação para seu homem de confiança. — Alô? Capitão Victor é você mesmo? — Pergunta o secretário Robert.

— Sim! Sou eu secretário Robert, o que ordena?

— Capitão já conseguiu reunir todos seus homens?

— Sim, senhor Robert. O grupo já está reunido e a disposição do senhor, só esperando o seu comando.

— Tudo bem capitão, só tenho que resolver um problema e já te ligo com as ordens. — Disse o secretário Robert desligando o telefone ao ver seu informante chegar ao local marcado.

Nesse momento Artur Lins aproxima-se do secretário no local que ele ordenou a seus homens.

— Boa noite, senhor secretário!

— Boa noite! Presumo que seja o senhor Artur Lins? — Pergunta o secretário Robert.

— Sim senhor secretário, sou eu, e tenho ótimas notícias para o senhor.

— Então fala logo e deixa de tapeação, senhor Artur.

— Tudo bem, vou direto ao assunto. Os aliens fizeram contato com a Casa Branca duas vezes, na segunda ficaram de marcar o encontro onde os povos firmarão um acordo e se confraternizarão.

— Eu nunca deixarei isso acontecer, fala logo em que horas e lugar será esse encontro. — Disse o secretário Robert.

— Isso eu ainda não sei senhor. Eles ainda não marcaram, mas já mostraram as cidades deles e pelo que eu pude ver, eles têm uma tecnologia que está a muitos anos à frente da nossa, talvez séculos.

— Isso não me importa. O que eu quero é que o povo entenda que não devemos deixar que esses aliens malditos se apossem do nosso planeta e nos faça de escravos.

— Senhor secretário desculpa minha discordância, mas será que eles querem mesmo nos escravizar? — Pergunta o Artur Lins.

— Como ousa me questionar? Eu sou o secretário de segurança nacional, tudo que eu quiser eu posso fazer. Tenho certeza que esses malditos aliens querem dominar o nosso planeta. Mas eu não vou deixar que isso aconteça, agora vá, volte para Casa Branca e só me liga outra vez quando souber a data do encontro e todos os outros detalhes que estão sendo providenciados. Você entendeu?

— Entendi senhor Robert! Eu prometo que o senhor não vai se arrepender da confiança que está depositando em mim! — Disse Artur Lins.

— Eu espero que não mesmo. Agora vá e só me procure quando tiver certeza do horário que os malditos aliens vão se encontrar com Presidente.

— Sim senhor secretário, eu entendi. E mais uma vez muito obrigado, eu não vou decepcioná-lo. — Disse o supervisor geral de relações comercias da Casa Branca saindo do restaurante deixando o secretário Robert sozinho a mesa com seus planos e pensamentos de um terrorista ganancioso.

— Agora que esse idiota se foi, tenho que planejar tudo, não posso deixar que esse acordo seja concretizado! — Disse o secretário Robert retirando o telefone celular do bolso e ligando para o capitão Victor! — Alô! Capitão Victor, está pronto?

— Sim senhor Robert, estamos prontos e reunidos aguardando as suas ordens. — Responde o capitão Victor.

— Pegue seus homens e vá para o endereço que lhe passei. Mas lembrem-se tudo tem que correr no mais absoluto sigilo. Seus homens precisam estar bem disfarçados. Como vão fazer isso não me importa, só quero que não chamem a atenção quando chegarem ao endereço que acabei de te enviar, entendeu?

— Sim senhor secretário, eu entendi e pode deixar, seremos discretos.

— Após se instalarem me liguem que passarei o restante das instruções. Tudo terá que ser bem planejado, não deixarem que esses aliens tomem conta desse planeta.

— Sim senhor secretário, farei o possível e o impossível para detê-los, também já estou recebendo o endereço que o senhor enviou.

— Preste atenção capitão Victor! Após receber e confirmar o endereço destrua-o entendeu?

— Sim entendi senhor secretário e termino o contato aguardando novas instruções. — Disse o capitão Victor desligando o telefone.

— A sorte está lançada, é só esperar que esses malditos aliens façam contato e marque a hora e o local para darmos um basta nesse tal acordo idiota. — Disse o secretário de segurança nacional Robert Nixon.

******

— Stiven!

— O que foi, Jime?

— Você não acha que está muito quieto? — Pergunta o Jime.

— Quieto o que?

— Ninguém se manifestou contra os teranianos até agora, isso é muito estranho!

— Estranho! Eu não acho, Jime, pois já estamos no século 20 e o mundo não acha um absurdo termos extraterrestres em nosso planeta, pois temos tantos casos de aparição que o mundo já está acostumando. Mas sempre existe aqueles que irão se opor a presença do povo teraniano em nosso planeta, mas não será um problema para nossos amigos do espaço.

— Eu também acho senhor Stiven. — Disse o Imperador Dánturia acabando de chegar na sala onde Stiven e Jime conversam enquanto descansam.

— Imperador, o senhor estava aí há muito tempo? — Pergunta o Stiven.

— Não estava ouvindo a conversa, se vocês querem saber, mas ao chegar pude ouvi o que os aflige e concordo com o jovem Jime. Está muito estranho não ter aparecido alguém para tentar nos impedir de manter contato, com vocês, humanos. — Disse o Imperador concordando com Jime.

— Mas, não fique tão preocupado assim Imperador, pois com certeza vai aparecer e é melhor estarmos preparados para qualquer acontecimento inesperado. Os líderes que irão nos acompanhar deverão ser bem protegidos e estarem alertas, pois o nosso mundo não é nenhum paraíso de férias. — Disse Jime.

— Jime, como ousa falar assim com o Imperador? — Retruca Stiven.

— Não se preocupe senhor Stiven, ele tem razão, devemos nos preparar para o pior possível, por isso eu vou pessoalmente acompanhado de três Lordes para garantir a mensagem de paz.

— Mas senhor Dánturia, o senhor não pode se expor assim, pois a sua segurança poderá ser abalada. Como o senhor acha que seu povo irá reagir se algo acontecer ao Imperador deles?

— Mas se eu não for vão pensar que não confio em seu povo, por isso eu vou com Lordes Sina, Kandir e a governante Quirera. Eles me defenderão se houver qualquer atentado contra minha vida. — Disse o Imperador.

— Só três Lordes resolverão o problema vossa majestade? — Pergunta o Jime.

— Eles não são terráqueos comuns, meu jovem. São três Lordes do império teraniano são ágeis, são fortes, são os melhores. Eles correspondem a mais de 30 humanos em força e agilidade, cada. — Disse o Imperador comparando os Lordes com os humanos.

— Como assim mais de 30 humanos? Eles são super Teranianos? — Pergunta o Jime.

— Não somos super meu jovem Jime, mas ao contrário do seu mundo, o nosso planeta tinha uma gravidade maior e isso nos dar uma boa vantagem em força e agilidade se comparadas à agilidade do seu povo. Em seu planeta temos certa vantagem de agilidade e força, então isso nos torna dez vezes mais forte que os seres humanos. — Explica o Imperador ao Jime.

— Espera aí! Então, se eu fosse ao seu planeta iria ficar literalmente com a cara no chão por não conseguir ficar em pé devido à gravidade dez vezes mais forte? — Pergunta o Jime.

— Sim meu jovem, devido à gravidade seria um Jime minhoca. — Comenta o Imperador com tom de ironia.

Nesse momento todo soltam uma boa gargalhada, principalmente o Stiven e Marry.

— Bom, agora acabou a graça devemos nos preocupar com o que realmente interessa que é a segurança do Imperador. — Disse Jime ainda contrariado com a piada em má hora.

— Calma Jime antes de nos preparamos para partimos e organizar o grupo que vai ao seu povo, teremos que esperar um pronunciamento do Presidente Ronald Hushis Keney.

— Mas porque eles não ligam logo e acertam tudo? Não estou gostando desse silêncio. — Comenta o Jime.

Dois dias se passa desde o último contato, todos os meios de comunicação do planeta espalham as informações sobre a existência de vida extraterrestre na terra, o mundo inteiro comenta sobre a aparição do povo teraniano, desespero, alegra preocupação, adoração, todos os sentimentos possíveis são manifestados sobre a presença dos teranianos na terra...

******

— Senhor Presidente já se passaram dois dias desde o último contato, já está tudo pronto para a recepção aos teranianos. É hora de mandar uma mensagem para que eles saibam que estamos prontos para recebê-los em nosso mundo.

— Então preparem o canal de transmissão para entrar em contato com os teranianos. É hora de formalizar o convite e os trazer até o nosso mundo. — Ordena o Presidente.

Vinte minutos depois.

Eles estão aqui!

— Senhor Presidente a sala de transmissão está pronta. Lá o senhor vai poder contatar os teranianos e o mundo inteiro irá acompanhar o convite. — Disse a subsecretária Delaine.

— O mundo não pode mais esperar por um momento histórico desses. Devemos do início a coletiva de imprensa e ao contato com os tais teranianos. — Disse o Presidente dos Estados Unidos da América.

Dezenas de microfones são ligados e apontados na direção do Presidente dos Estados Unidos da América, Ronald Hushis Keney, vários cinegrafistas apostos e muitos repórteres ansiosos pelo maior furo jornalístico da história, às 19h30 é dado início ao pronunciamento.

— Boa noite povo americano! Boa noite população mundial! Eu sou Ronald Hushis Keney Presidente dos "Estados Unidos da América"! Hoje é um dia muito importante e especial para o mundo inteiro; há muitos anos cogitamos a existência de vida no espaço, olhamos para o céu e nos perguntamos será que existe vida lá em cima? Será que estamos sós no universo?

— Está sem dúvida era uma pergunta que a muito precisava de resposta! Bem a partir de hoje essa pergunta tem uma resposta. "A resposta é sim", existe vida lá em cima, não estamos sós no universo. Na verdade, não precisamos ir muito longe para ter certeza disso, pois a mais de 600 anos dividimos o nosso planeta com seres do espaço.

— Sim, seres que vieram do espaço, seres que são chamados de teranianos, são seres de outro planeta, mas não são muito diferentes do nosso povo. Eles estão aqui a mais de 600 anos, são seres pacíficos e fizeram contato com o nosso mundo em missão de paz. Querem nos ajudar com o nosso planeta, pois estamos poluindo e destruindo de tal forma que já afetamos o seu pequeno mundo que até então estava isolado do nosso. Por esse motivo tiveram que se revelar por estarem ameaçados, assim como o nosso povo. Sei que vai ser muito difícil, mas devemos considerá-los como amigos já que vivem nesse planeta por tanto tempo entre nós. Apesar de isolados estiveram sempre presente e conhecem muito da nossa história. E assim permitiram que soubéssemos a localização onde seu povo habita. Podemos dizer que são bem parecidos com nós humanos, pois não são verdes e nem com cabeças gigantes e olhos vermelhos como sugeri o mito popular. São bem parecidos com os humanos, apesar de terem uma cor bem pálida e não terem orelhas. — Disse o Presidente com um tom de ironia. — Mas isso não importa, pois para eles também somos meio estranho. Eu, o Presidente dos Estados Unidos da América, ponho-me a pedir ao mundo para que aceitem os nossos novos vizinhos. Sei que muitos não aceitarão, mas também sei que muitos irão cooperar para recebermo-los, pois eles estão em missão de paz e vieram para nos ajudar. E tenham certeza de que a ajuda que eles podem nos dar será essencial para o nosso futuro e o futuro dos nossos filhos e a sobrevivência da humanidade.

— Estou aqui para marcar uma data que promovera o encontro entre os povos para então estudarmos um acordo de paz e cooperação entre os povos. Deixo aqui o meu pedido para que o mundo possa colaborar e assim seguirmos com a continuação da nossa história. Agora para que vocês possam conhecer um pouco mais sobre estes seres, eu passo a palavra ao Imperador do povo teraniano vossa majestade o Imperador Dánturia.

— Boa noite! Terráqueos, eu sou Dánturia, Imperado do povo teraniano e a partir de hoje me coloco a disposição do povo da Terra para quaisquer esclarecimentos que possam necessitar, meu único interesse em seu mundo é poder salvá-lo do futuro desastroso que está sendo desenhado, um futuro de caos e destruição. Sei que muitos não concordaram com a presença do meu povo entre vocês, mas isso não tem a menor importância agora, pois o que importa de imediato é salvar o seu planeta. Estarei pronto para chegar na hora e data marcada então, até o dia do grande encontro e que Sued os abençoe.

— O dia da chegada dos teranianos ao nosso mundo social será 20 de abril de 2010. — Disse o Presidente se despedindo da coletiva de impressa.

Logo que a transmissão chega ao fim, todos saem da sala para os últimos preparativos do encontro com o Imperador. Mas o que ninguém sabe é que alguém estava na sala para colher informações. Informações que não deveriam ter vazado antes da hora. Em alguns minutos a sala está vazia.

******

— Alô! Senhor Artur Lins, aqui é o secretário Robert.

— Sim senhor sou eu mesmo, já ia ligar para o senhor, pois acabou agora o pronunciamento e a data do encontro foi marcada.

— Eu estava assistindo e sei que a data foi marcada assim como o mundo inteiro. — Disse o secretário Robert.

— Desculpa senhor, deveria ter imaginado que o senhor assistiu o pronunciamento, mesmo assim tenho novidades.

— Então deixa de rodeio e fala logo o que descobriu a mais. — Disse o secretário Robert.

— O dia eu tenho certeza que o senhor já sabe! 20 de abril de 2010, porém, o horário é às 17h30 e o local, não será nenhuma surpresa para o senhor, é o jardim da Casa Branca. — Disse o Artur Lins.

— Não me diga! O jardim da Casa Branca? Mas que original essa ideia, o Presidente é mesmo um gênio. Qual o melhor lugar para impressionar o visitante do que a Casa Branca, centro das atenções mundiais. Muito bem Artur Lins sua informação foi realmente muito importante para os nossos planos serem executados com perfeição. Se obtiver mais notícias não deixe de me informar. — Disse o secretário Robert desligando o celular. Por alguns segundo o secretário Robert fica perdido nos seus pensamentos tortuosos.

A emboscada!

Após desligar o celular, o secretário Robert trata de avisar o capitão Victor que esteja pronto para agir com um único comando.

— Alô! Capitão Victor?

— Sim! — Responde o capitão Victor ao telefone.

— Presta atenção, os aliens chegarão no dia 20 de abril de às 17h30 nos jardins que existem em frente à Casa Branca e é lá que vocês deverão armar o plano de sequestrar o Imperador.

— Mais, senhor secretário. Será um ato suicida tentar sequestrar o Imperador na Casa Branca com o mundo inteiro assistindo. — Disse o capitão Victor. — Isso é loucura.

— É por isso que vai dar certo capitão. Ninguém vai esperar que possa ocorrer um atentado, com o mundo inteiro assistindo, então tome todas as providências necessárias para que dê tudo certo; a emboscada será perfeita. Vou desligar agora e fico aguardando os resultados. — Disse o secretário Robert.

— Vamos homens agora é com a gente. Vamos preparar tudo para que não saia nada errado. Iremos formar três grupos: grupo A será responsável pela primeira distração que irá tirar a atenção principal sobre os aliens, o grupo B será fundamental para capturar o pacote e imobilizar os que se colocarem em nosso caminho e o grupo C terá a missão de transportar o pacote capturado para um lugar seguro e sigiloso com o máximo de segurança e precaução para que não sejam vistos ou seguidos por ninguém. Você Falcão Azul terá o dever de imobilizar a presa para não chamar atenção dos outros aliens. Vamos repassar o plano mais uma vez para não dar nada errado e daqui a dois dias entraremos em ação. Cada um vai para o seu posto fazer um reconhecimento do terreno para ter certeza de que não vai ter surpresa até a hora que formos agir. — Ordena o capitão Victor.

Então após a reunião e planejamento do ato que irão executar os homens do capitão Victor se disfarçam e vão até o local designado para reconhecimento o terreno e planejar uma ação perfeita.

Os dias se passaram e o mundo estava todo voltado para Casa Branca, uma espécie de euforia tomava conta da humanidade por estar acontecendo aquele encontro que ninguém jamais poderia imaginar: uma aliança entre humanos e extraterrestres.

— Senhor Presidente está tudo pronto para recebemos os futuros aliados teranianos. — Disse a subsecretaria Delaine.

— Subsecretaria Delaine como está a segurança? Está bem reforçada? — Pergunta o Presidente.

— Sim senhor Presidente. Tudo está milimetricamente organizado e revisado mais de 10 vezes, não tem como dar errado. — Afirma a subsecretaria Delaine.

— Então agora é só esperar eles chegarem. — Disse o Presidente.

— Alô! Capitão Victor. Como está seguindo o plano? E seus homens estão todos prontos e apostos? — Pergunta o secretário Robert demonstrando estar muito preocupado para que seus planos sejam executados com perfeição.

— Sim senhor secretário, está tudo pronto, todos estão apostos e preparados, mas senhor continuo a dizer: será muito arriscado sequestrar o Imperador alien. Podemos não conseguir, será um ato quase suicida, mas vamos fazer assim mesmo. — Disse o capitão Victor.

— Capitão Victor! Não vamos sequestrar o Imperador!

— Porque não?

— Esses dias que passaram, eu investiguei e comprovei que será impossível sequestrar o Imperador, "mas"... Não um dos Lordes que o acompanha. — Ressalta o secretário Robert.

— Mesmo assim não será tão fácil, mas vamos conseguir! — Disse o capitão Victor.

— Não se preocupe capitão, preparei uma surpresa para quando eles chegarem e pousarem a nave, uma surpresa que irá distrair a atenção de todos para que vocês possam agir com perfeição e segurança. Mas os seus homens vão ter que ser rápidos e certeiros, entendeu? Seus homens não terão uma segunda chance lembre-se disso! — Disse o secretário Robert.

— Não se preocupe senhor secretário, não ocorrerá erros nem falhas, pois somos os melhores no que fazemos. — Disse o capitão Victor ao telefone com um ar de herói estampado no rosto.

— Eu espero que sim! Vou desligar, te ligo quando tudo acabar. — Disse o secretário Robert Nixon.

— Ok senhor Robert! Logo darei notícias. — Disse o capitão Victor.

— Droga capitão! Já avisei para não falar o meu nome ao telefone. — Nesse momento o secretário desliga o celular sem dar mais atenção, deixando o capitão Victor falando sozinho ao celular.

— Desculpa senhor secretário! — Disse o capitão Victor tentando corrigir a mancada que deu ao falar o nome do seu contratante. Mais é tarde o celular estava mudo. — Desligou na minha cara, mas que mancada eu dei! Não importa, tenho que conferir se os homens estão todos apostos, nada pode sair errado. — O capitão pega o rádio e entra em contato com seus homens. — Grupo (A) está pronto e apostos?

— "Sim capitão"!

— Grupo (B) está pronto e apostos?

— Sim capitão!

— Grupo (C)

— Tudo ok senhor!

— E você Falcão Azul?! Está pronto para o ataque? — Pergunta o capitão Victor...

— Sim senhor, estou pronto. E de asas abertas para planar. — Disse o soldado denominado Falcão Azul.

— Homens! Hoje realizaremos a missão mais importante de nossas vidas, então quero que deem tudo de si para podermos realizar com sucesso essa missão. Homem ou criatura alienígena não importa o que iremos abater, pois a missão que realizaremos hoje será o nosso passaporte para as férias definitivas, então, em nome da glória americana vamos ao combate, que Deus nos abençoe. — Disse o capitão Victor fazendo o sinal da cruz contra o peito.

Nesse momento todos os homens do capitão Victor estão espalhados em seus locais designados no meio da multidão, pois mesmo sem ser divulgado com antecipação as pessoas comparecem. Há mais de três milhões de pessoas nas ruas próximas à Casa Branca. Pessoas protestando contra a aliança, pessoas apoiando a aliança e pessoas que só estão ali para ver os teranianos chegarem. Mas fora dali o mundo inteiro espera a chegada dos teranianos em solo americano.

— Senhor Presidente estamos recebendo um sinal de um objeto voador não identificado vindo para cá numa velocidade espantosa. Pelas leituras estar a mais (1000 km) por hora. — Disse a subsecretaria Delaine espantada com a velocidade do objeto voador que vem em direção a Casa Branca.

— Com certeza são os teranianos que estão chegando: alertem todos e ative a segurança, teremos de fazer a melhor recepção de toda a história da Casa Branca, afinal nunca recebemos extraterrestres em nosso meio; então vamos nos esforçar e que Deus nos abençoe. — Disse o Presidente.

— Ok senhor Presidente! Tenho certeza que eles nunca irão esquecer. O dia de hoje ficará guardado na memória de cada ser humano ou teraniano em nosso planeta. — Disse a subsecretária Delaine.

— Senhor secretário, eles estarão chegando aqui em nove minutos. — Informa o Artur Lins ao secretário Robert.

— Obrigado senhor Artur Lins, o senhor está fazendo um ótimo trabalho não tenha dúvidas que está fazendo a coisa certa para seu país e para o seu planeta.

— Obrigado senhor secretário, espero que saia tudo perfeito como o senhor planejou.

— Ok senhor Artur Lins, agora vou desligar para avisar aos meus homens. — Desliga o celular o secretário Robert religa logo em seguida para o capitão Victor. — Alô capitão Victor!

— Sim senhor secretário! Sou eu Victor.

— A hora está chegando eles estão se aproximando. Em oito minutos eles estarão aqui, então deixe seus homens em alerta e que Deus te abençoe e abençoe a América. — Disse o secretário Robert.

— Atenção homens, à hora está chegando então acertem seus relógios e marquem oito minutos para dar início à operação, todos façam o melhor que puder.

Imperador! Já estamos tendo um contato visual com a Terra, para sua segurança é melhor o senhor ficar sempre no meio do grupo, vai ser melhor para sua proteção, não devemos nos descuidar nem um minuto. — Disse o Stiven.

— Tudo bem senhor Stiven, eu vou atender o seu pedido afinal esse é seu mundo, é o seu povo, e você os conhece bem, sabe o que eles podem fazer para ajudar ou impedir o nosso acesso em seu mundo. Como nosso mediador imperial você indica tudo que devemos fazer. — Disse o Imperador Dánturia.

— Stiven, cadê você? — Grita Marry pelos corredores da nave a procura de Stiven.

— Estou aqui Marry! O que estar acontecendo? Porque esses gritos Marry? O que você sentiu? — Pergunta o Stiven.

— Estou com um mau pressentimento Stiven. Um daqueles que me deixa toda arrepiada. Sei que algo não está certo. — Confirma Marry segundo sua intuição que nunca falha.

— Eu também Marry. Já pedi para que todos fiquem alertas com tudo em seu redor, pois haverá muita gente e muita distração, então temos que nos prevenir para qualquer coisa que possa acontecer. — Disse Stiven.

— Agora vamos senhor Stiven, temos que ir para ponte de comando nos preparar, pois estamos chegando ao seu continente, e é agora que vamos saber o que realmente vai acontecer, pois o seu mundo nos espera com um acordo de paz e esperança, mas também inveja e medo do desconhecido. Mas com a fé que temos em Sued, vai dar tudo certo. — Disse o Imperador.

— Senhor Presidente eles estão chegando! — Disse a subsecretária Delaine apontando para o céu. — Olha só o tamanho daquela nave! Deve ter mais de (700 m) de comprimento, ela não vai caber no local indicado.

— Eu estou vendo senhorita Delaine, para quem não queria chamar a atenção! Eles não foram nada discretos, mas isso não importa, temos que fazer a nossa parte que é os receber da melhor maneira possível. — Disse o Presidente.

— Senhor eles disseram que viriam numa nave de pequeno porte para não chamar a atenção, mas vejo que desistiram dessa ideia, pois sabem que já chamaram a atenção do mundo inteiro e hoje eles são mais esperados que "Copa do Mundo de Futebol" ou Jogos Olímpicos. — Disse a subsecretária Delaine sorrindo.

Sejam bem-vindos!

A nave do Imperador teraniano se aproxima da Casa Branca, mas não aterrissa.

— Olha senhorita Delaine. — Aponta um dos agentes especiais que fazem a segurança do Presidente. — A parte debaixo da nave está se abrindo como nos filmes que assistimos. Tem algo saindo de dentro da nave. — Disse o agente de olhos arregalados admirando aquela cena que só tinha visto em filmes.

— É uma nave menor senhor Presidente, essa deve ser a nave que ele falou que ia chegar. Sim, essa vai caber no local indicado. Agora devo esperar que pousem para nos aproximar. — Disse a subsecretária Delaine.

— Olha senhorita Delaine a nave pousou, eles estão saindo, vá ao encontro deles e os traga-os até a minha presença. Essa é a sua deixa. Vai, faça as honras, garanta a melhor impressão possível com os nossos visitantes, pois desse contato depende a nossa aliança. Então vá subsecretária e não falhe. — Disse o Presidente.

******

— Capitão Victor a nave está no local indicado agora vá quando eu der o sinal e não falhe. — Disse o secretário Robert.

— Senhor Robert qual dos aliens deveremos capturar? — Pergunta o capitão.

— Vocês devem se concentrar no Lorde que vai estar com as vestes verdes, esse é o nosso alvo. Mas ao menor sinal de risco abortem a missão e todos devem sair de cena entendeu? Agora vai e se concentrem no nosso alvo, ele vale um mundo de respeito. — O secretário Robert pretende interromper as negociações não para ajudar o mundo e sim para seu bem próprio.

Então a nave se abre e surgem diante da porta dois homens e sete seres com aproximadamente dois metros de altura, olhos estreitos, cor pálida e um porte imponente são, os teranianos.

******

— Olha senhor Presidente eles estão descendo! São criaturas tão imponentes com a expressão tão misteriosa, qual deles será o Imperador? Pois são todos parecidos. Francamente, não sei qual devo cumprimentar primeiro. — Disse a subsecretária.

— Vamos senhor, temos que cumprimentar a todos, assim saberemos quem é o Imperador, mas tenho quase certeza que o Imperador é aquele de vestes dourada e vermelha, pois ele é o que está no meio dos outros como numa barreira de proteção corporal. Olha senhor está descendo mais três teranianos, eles informaram que viriam cinco, mas estou vendo dez até agora. — Disse a subsecretaria Delaine intrigada com o esquema de segurança dos visitantes teranianos.

— Isso não importa. Eles têm razão de estarem preocupados com a segurança do seu Imperador. E com certeza o Imperador está disfarçado entre eles. Mas com certeza aquele de casaco de lã marrom é o Stiven Gámbor e o outro deve ser o assistente Jime, mas não estou vendo a mulher que apareceu na transmissão. — Disse o Presidente.

— Não devemos nos importa com isso agora, eles estão se aproximando. — Disse subsecretária.

Então o encontro acontece, uma nova cultura nasce e os preconceitos caem por terra naquele momento, com o apertar das mãos de dois grandiosos lideres o tratado começa a se concretizando quando, ambos os governantes vão se aproximando.

— Saudações amigos teranianos!

— Saudações, senhorita Delaine!

— Sejam bem-vindos ao nosso mundo e ao nosso convívio, Imperador Dánturia. É uma honra ser a primeira pessoa do Presidente a manter contato com os visitantes mais ilustre que esse mundo já pode receber. — Disse a subsecretária Delaine com os olhos arregalados e uma cara de espanto e curiosidade.

— Obrigado subsecretária Delaine! Agora permita que eu os apresente. — Disse Stiven.

— O senhor deve ser o senhor Stiven? — Pergunta a subsecretária Delaine.

— Sou eu mesmo senhorita! E esse é o meu assistente Jime e como você pode perceber esse são os membros do Conselho do Império Teraniano, Império este que está localizado no Triângulo das Bermudas. Esses são Lorde Skinay, Lorde Toian, Lorde Farcons, Lorde Kanadiary, essa é a conselheira Kerania aqueles são Lordes Shiney, Koldving e Kireya governantes das cidades da água, cidade da terra e cidade da lua.

— Cidade da lua? — Pergunta a subsecretaria Delaine espantada.

— Sim senhorita, tu tens uma pequena cidade na lua de onde protegem o nosso planeta de outros seres do espaço, mas sobre isso falaremos em hora oportuna. Agora quero que conheça o Imperador do povo teraniano: vossa majestade o Imperador Dánturia.

Então subsecretária Delaine para olhando hipnotizada o Imperador Dánturia com a aparência e a expressão de espanto.

— É uma honra conhecê-lo vossa majestade!

— A honra é minha senhorita Delaine. — Responde o Imperador Dánturia estendendo a mão a subsecretaria Delaine.

— O senhor não esqueceu o meu nome, vossa majestade.

— Nunca esqueço nada que me encanta. — Disse o Imperador.

— O senhor é cavalheiro. Mas não podemos esquecer porque estamos aqui. Mw acompanhem até a presença do Presidente Ronald Hushis Keney. Ele está aguardado ansioso por todos vocês.

E então a subsecretária Delaine leva todo à presença do Presidente dos Estados Unidos da América.

******

O capitão Victor preparava-se para atacar a comitiva teraniana quando algo no topo da grande nave teraniana lhe chama atenção.

— Homens parem o ataque agora e recuem! — O capitão temendo que algo desse errado resolve suspender o ataque. — Falcão Azul olhe no alto da nave e confirme minha suspeita. Olhe os aliens que estão à sua esquerda no alto da nave dos aliens e veja o que é aquilo? — Ordena o capitão Victor observando o alto da nave com um binóculo militar.

— São aliens capitão. Deve ter uns trinta deles lá em cima e estão todos armados: estão mirando na direção do Presidente e outros na direção da multidão. — Relata o soldado Falcão Azul.

No momento que o capitão ver que a vida do Presidente pode estar em perigo cancela rapidamente o plano de sequestro e entra em contato com o seu superior, o secretário Robert Nixon.

— Homens abortem a missão não podemos colocar a vida do Presidente em risco. Fiquem em seus lugares e não façam nada sem a minha ordem, tenho que me comunicar com nosso superior. Ordena o capitão Victor que de imediato pega o telefone celular e liga para o secretário Robert. — Alô senhor secretário? Aqui é o capitão Victor!

— O que houve capitão? Porque não está atacando? Não viu meu sinal?

— Senhor, nós tivemos que abortar a missão!

— Abortar a missão! Como assim abortar a missão? Eu não dei essa ordem, abortar. Vocês devem sequestrar o Lorde dos Aliens e só podem abortar uma missão quando eu ordenar. — Grita o secretário Robert ao aparelho celular.

— Não senhor! Há momentos em que tenho de tomar decisões que podem fazer uma grande diferença, como hoje quando percebi que as vidas de pessoas inocentes podiam estar em perigo como a vida do Presidente. Por isso tive que abortar a missão. — Disse o capitão Victor.

— Como assim a vida do Presidente estava em perigo? O que houve? — Pergunta o secretário Robert.

— Senhor secretário, aonde o senhor está? — Pergunta o capitão Victor.

— Estou por perto! Porque Capitão Victor?

— Tem um binóculo com o senhor?

— É claro que tenho capitão! Mas, por que está me perguntado isso?

— Pega o binóculo e olha no alto da grande nave, veja o motivo que me fez recuar. — Disse o capitão Victor.

Então o secretário Robert pega o binóculo e olha no topo da nave indicada pelo capitão Victor.

— Estou vendo! Os malditos estão mirando no Presidente, eu sabia que eles não eram de confiança, agora entendo porque abortou a missão capitão, você fez a coisa certa. — Disse o secretário Robert.

— Foi por isso sim que abortei a missão, não poderia colocar a vida do Presidente em risco.

— Fez à coisa certa capitão, eu sabia que não poderíamos confiar nesses malditos teranianos. Tudo bem, por hoje eles estão livres, mas não terão esse sorriso por muito tempo. — Capitão Victor pode dispensar seus homens por enquanto, essa é à hora de sairmos de cena, vamos deixar que eles aproveitem enquanto podem, aproveite também a euforia da multidão para sair de cena e mande seus homens aguardarem no local designado, por novas ordens. — Disse o secretário Robert Nixon.

— Ok senhor! Vou dispensar os homens para o local escolhido, mas o que eu faço enquanto isso?

— Você capitão, volte para o hotel e espere. Vou investigar qual será o melhor momento para atacarmos, pois sei que eles vão me proporcionar esse momento; quando chegar o momento certo não desperdiçaremos, agora vá capitão e só me ligue se for extremamente necessário, pois vou estar muito ocupado fazendo o papel de aliado daqueles malditos aliens até descobrir um momento na falha da segurança.

******

Nesse mesmo instante os teranianos se aproximam do Presidente e da comitiva presidencial.

— Imperador Dánturia, esse é o Presidente dos Estados Unidos da América Ronald Hushis Keney um dos maiores

Presidentes da história americana. — Disse a subsecretária Delaine.

— Desculpa senhores, mas às vezes a subsecretária exagera um pouco. Eu tenho um enorme prazer em recebê-los aqui em meu país, como a subsecretaria anunciou: eu sou Presidente Ronald Hushis Keney. O senhor deve ser Stiven, o ufólogo que encontrou o Povo Teraniano e você o assistente Jime, é com imenso prazer e satisfação que os recebo em nome do povo americano e de todo o mundo.

— O prazer é todo meu senhor Presidente e em nome da raça teraniana eu agradeço por essa recepção acolhedora e por confiar em meu povo. Eu sou o Imperador Dánturia. Desculpa pelos trajes, mas o senhor Stiven insistiu, disse que era para minha segurança, eu não julgava necessário, mas ele insistiu e eu aceitei seu pedido. Esses sãos os membros do meu conselheiro: Lorde Skinay, Lorde Toian, Lorde Farcons, Lorde Kanadiary e essa é a conselheira Kerania III, aqueles são os Lordes Shiney e Koldving governantes da cidade da água e cidade da terra respectivamente e a senhora Kireya governante da cidade da lua. Os outros membros do governo ficaram na cidade a espera de respostas do nosso contato com seu povo, nesse momento meu povo todo está nos assistindo. — Disse o Imperador.

— O seu povo está nos assistindo! Como? — Pergunta o Presidente.

— Olha no alto da nave! Tem uma equipe de teranianos juntos com humanos transmitindo para o meu povo na lhe tudo que acontece aqui. Eu tenho certeza que todos estão muito felizes com nosso primeiro contato e mais uma vez muito obrigado por permitir a aproximação do meu povo. Esse feito jamais será esquecido na história desse planeta.

— Eu é que agradeço a Imperador por nos escolher e nos permitir entrar em seu mundo, mas também não podemos esquecer o ilustre Stiven Gámbor e sua equipe por nunca desistirem de procurar por vestígios de vida em outro planeta. Saiba senhor Stiven que está prestando um grande favor, dando uma grande contribuição a seu país e ao mundo por ter feito essa descoberta e por ter sido o primeiro a contatar os teranianos, pois se outros homens tivessem encontrado os teranianos não sei e nem quero imaginar o que teria acontecido. Saiba que seu nome será lembrado por muitos e muitos séculos na história da humanidade. — Disse o Presidente

— Muito obrigado senhor Presidente, eu agradeço as homenagens e as honras, mas no momento estou muito preocupado com os teranianos e a segurança do Imperador, pois eles estão muito expostos aqui. Devemos entrar agora e nos apresentar ao mundo através de uma coletiva de imprensa, pois sinto que eles correm perigo aqui fora, percebo certa hostilidade. — Disse Stiven.

— Como assim perigo? Eu tratei pessoalmente da segurança e de tudo o que você está vendo. — Disse a subsecretária Delaine.

— Desculpa subsecretária Delaine, mas vem comigo, por favor.

— O que foi senhor Stiven?

— Calma senhora! Só estou seguindo meus instintos como eu faço sempre. Agora pega esse binóculo e olha aquele caminhão de lixo parado ali no meio da avenida, não está suspeito? Mas não e só isso, olhe aquele carrinho de cachorro quente. Está parado no meio da multidão, mas o que é suspeito não é ele estar parado o que é suspeito é ele está parado e vazio no meio da multidão. Como um carinho de cachorro quente pode estar vazio numa multidão dessas? Mas, o que mais me deixou desconfiado é qual empresa pagaria para limpar vidraças às 19h45 da noite em frente à Casa Branca ocorrendo num evento como esse que estar acontecendo hoje?

— Mas senhor Stiven o caminhão de lixo e o de cachorro quente eu entendo, mas porque as vidraças lhe deixaram preocupado? — Pergunta a subsecretária Delaine. — Afinal não tem ninguém lá.

— Esse é o problema, porque quando chegamos e a nave pousou tinha homens em todos estes lugares.

Nesse instante o rádio da subsecretária de segurança nacional chama a sua atenção.

— Atenção subsecretária Delaine aqui é o oficial Brayan, atenção subsecretária está me ouvindo?

— Delaine na escuta prossiga o que está acontecendo, oficial Brayan.

— Senhora Delaine encontramos um caminhão de lixo suspeito abandonado no final da rua, um dos atiradores de elite jura ter visto o Falcão Azul na janela de um dos prédios próximo a Casa Branca. — Disse o oficial Brayan.

— Mas quem é o Falcão Azul? — Pergunta Stiven.

— Falcão Azul! Ele é o melhor atirador e imobilizador de alvo do exército americano, é uma lenda viva entre os homens e se ele esteve por aqui significa que o capitão Victor está ou estava por perto. — Disse a subsecretária Delaine.

— Capitão Victor esse eu conheço, meio patriota meio mercenário. É da parte suja do exército, faz parte dos tomates podres da cesta. — Comenta o Stiven com o tom de voz baixo para que os teranianos não o ouçam.

— Oficial Brayan investigue o que aconteceu e depois me passe o relatório, estarei na Casa Branca junto com o Presidente e o Imperador.

— Ok subsecretária, câmbio e desligo. — Disse o oficial Brayan que no mesmo instante se dirige para o meio da multidão onde os homens do capitão Victor acabam de fugir. Senhor Stiven acho que o seu faro para perigo está mesmo apurado, suas suspeitas foram confirmadas, mas não vamos falar disso agora, temos um acordo de paz para confirmar, e um contrato de cooperação entre os povos para ser concretizado. — Disse a subsecretaria Delaine.

— Olá senhorita Delaine! Tivemos algum problema de última hora? — Pergunta o Presidente preocupado com o estranho silêncio da subsecretária de segurança nacional.

— Não senhor Presidente!

— Então vamos continuar a recepção, depois quero saber o que realmente aconteceu. Entendeu?

— Sim senhor Presidente, entendi! — Responde à senhorita Delaine.

— Senhor Dánturia.

— Fala Lorde Skinay! O que o preocupa? — Pergunta o Imperador.

— Senhor! Acho que houve algum problema com a nossa chegada!

— Se aconteceu já devem ter resolvido, pois estão voltando, se houve algum problema o senhor Stiven irá nos informar. — Disse o Imperador.

— Senhor! Acho que não deveria confiar tanto nesse humano já que estamos no mundo dele e você sabe que os humanos não são confiáveis.

— Mas você também devia lembrar que foi um humano que salvou sua vida quando você estava à beira da morte, lembra-se? — Pergunta o Imperador Dánturia ao Lorde Skinay.

— Eu sei meu Imperador, não precisa me lembrar dessa história, mas nem por isso devemos deixar de estar um passo à frente dos humanos? Isso é para nossa segurança. — Disse Lorde Skinay.

— Temos que nos unir a eles para tentar salvar o planeta ou não teremos com que nos preocupar. Agora liguem os tradutores, pois eles estão voltando, fala o Imperador.

— Desculpa senhores, mas tivemos um problema que já foi resolvido, agora vamos entrar porque o mundo quer conhecê-los. Todos querem ver os vizinhos do Triângulo das Bermudas. — Disse a subsecretária Delaine.

— Senhorita Delaine! — Disse Jime chamando atenção da subsecretária.

— Pois não Jime?

— A senhora já perguntou se eles querem passar por essa tortura de coletiva de impressa?

— Jime! Você não pode falar assim com a subsecretária de segurança nacional, a senhorita Delaine é um oficial de alta patente do governo americano. — Disse Stiven recriminado o jovem Jime.

— Mas Stiven! Temos que zelar pelo bem-estar e segurança dos teranianos.

— Jime, não faz isso.

— Fique calmo Stiven, ele está certo. Nós precipitamos em marcar essa coletiva para esse exato momento. Devíamos ter perguntado primeiro ao Imperador se concordariam em participar de uma coletiva de impressa e depois marcar. Vou cancelar a coletiva e remarcar para outro dia. — disse a subsecretária Delaine.

A Hora da verdade!

— Senhorita Delaine, não vai ser preciso desmarcar essa tal coletiva se é tão importante para nossa apresentação ao mundo. Vamos participar para esclarecer as dúvidas do seu povo. Será melhor para o seu povo e para o nosso povo, só pedimos permissão para que meu povo também veja essa coletiva, para que assim saibam o que está acontecendo entre o seu mundo e o nosso. Vamos nos concentrar nessa tal coletiva que deve ser muito importante para a nossa apresentação ao seu povo. — Disse o Imperador que nesse mesmo instante está sendo preparado e orientado pela subsecretaria Delaine para a coletiva de imprensa.

— Venha Imperador Dánturia, me acompanhe até a sala de imprensa, o Presidente irá sentar-se ao seu lado para dar a certeza de que a aliança foi feita e a paz é uma certeza entre os povos.

— Sim subsecretaria Delaine! Aceito o convite e concordo com a ideia, isso será também uma demonstração para o meu povo. — Disse o Imperador. — Esta é a hora da verdade e o meu povo tem que estar comigo neste momento tão importante.

Vinte minutos depois estão todos na sala de coletivas da Casa Branca, tudo está pronto para começar aquela que será a mais importante entrevista da história da Casa Branca. Todos prontos com a certeza de que haverá paz e harmonia entre os povos, todos estão expressando felicidade, todos menos um homem, que só visa o bem próprio e o lucro pessoal.

— Senhor Presidente, Imperador, vamos começar a coletiva em 10 segundos. — Informa a subsecretária Delaine contando o tempo, neste mesmo instante começa a coletiva que será transmitida para mais de cem países.

— Boa noite! Eu sou Ronald Hushis Keney, Presidente dos Estados Unidos da América e esse ao meu lado é o Imperador Dánturia líder do Povo Teraniano. — Disse o Presidente americano levantando-se e indicando com as mãos o Imperador Dánturia. — Algumas pessoas podem não estar entendendo o que está acontecendo e o que estamos fazendo na rede mundial de comunicação, mas não se preocupem vamos explicar! — Estamos aqui hoje para apresentar ao mundo um tratado de aliança entre este país e o povo teraniano para trabalharmos juntos contra a destruição do planeta. Hoje é um dia histórico para o mundo, pois estamos nos comunicando com seres de outro mundo, seres de outro planeta, mas que por incrível que pareça, vivem em nosso planeta a mais de 600 anos. A pergunta que não cala é, "porque só agora eles se revelaram, só agora revelaram a sua existência". Eu respondo. — Disse o Presidente ainda de pé.

— Eles só estão aqui por que estão ameaçados de extinção, ameaçados como nosso povo também está, devido à destruição que estamos provocando em nosso mundo. Eles querem nos ajudar a salvar o nosso planeta e sei que podem fazer isso, e é por isso que o governo americano está firmando um acordo de paz e cooperação com os teranianos, mas não será só o meu país que estará nesse acordo: todo os paises do mundo que quiserem entrar nessa cooperação deverá entrar em contato direto com a Casa Branca, pois com a eminente destruição do planeta pela nossa poluição, estamos tomando uma iniciativa para solucionar esse problema que se não resolvido logo poderá levar a raça humana a extinção. Pela má exploração das reservas naturais e por estarmos poluindo o nosso planeta. Poderemos leva-nos o nosso planeta ao destino que se abateu sobre o povo teraniano resultando na catástrofe que dizimou mais de 90 % da sua população, após o caos natural, o planeta foi atingido por um meteoro que condenou o planeta ao fim da sua existência, agora ele está vendo a história deles se repetindo em nosso planeta.

— Não teremos o mesmo fim que eles tiveram, sei que vocês, povos do mundo inteiro farão a diferencia neste momento tão crucial. Hoje fomos agraciados com esses mensageiros enviado por Deus para nos alertar antes que seja tarde e é por isso que peço para que o mundo ouça tudo o que esse ser de grande sabedoria e experiência tem para nos falar e assim nos ajudar com o maior problema da humanidade. A sobrevivência a qualquer custo.

— Presumo que muitos de vocês assim como eu devem estar imaginados: será que eles são confiáveis? Será que vale a pena arriscar? Nesse mesmo instante peço para que olhem para trás e lembrem o que nossos ancestrais viveram o que estamos vivendo e tudo o que os nossos filhos e netos poderão viver, ou não viver, para experimentar. Se o passado não foi muito bom, o presente se apresenta muito hostil com guerras e catástrofes, então o que será que o futuro nos reserva? — Pergunta o Presidente fazendo uma pausa de 5 segundos, e continua: — Peço para que o mundo inteiro pense nisso com muita atenção. — Disse o Presidente olhando firmemente para câmera de TV.

— Deixo aqui minha palavra de total apoio aos teranianos, também tenho confiança que eles podem nos ajudar e ajudar ao mundo em que vivemos, pois este é o mundo que eles também vivem. Sem mais demoras passo a palavra ao Imperador teraniano. Que Deus abençoe a todos. — O Presidente americano se vira e passa a palavra ao Imperador teraniano.

O Imperador Dánturia do alto de sua imperiosidade observa atentamente tudo que o Presidente diz e de imediato levanta-se para cumprimentá-lo

— Eu sou o Imperador Dánturia, 7º Imperador teraniano no reino da Terra. Após o pronunciamento do seu Presidente não tenho muito que falar. Ele falou tudo como um verdadeiro líder que faria de tudo para salvar seu povo e seu país, eu só tenho que agradecer: a recepção que foi feita para meu povo e deixar aqui a minha palavra de apoio e paz ao seu mundo e seu povo; deixar a certeza de que nossos mundos irão conviver em paz e harmonia; juntos teremos a certeza que poderemos salvar o planeta e assim termos uma vida melhor e um mundo próspero para todos, agora sei que todos vocês têm muitas perguntas para fazer, então podem começar a perguntar, pois como dizem em seu mundo, estou pronto.

O Imperador Dánturia faz uma breve apresentação e sede logo um espaço para que os repórteres ali presentes o façam as perguntas que julgarem necessárias.

— Boa noite vossa majestade, eu sou Jaqueline Ganes repórter do canal CNN e gostaria de começar a entrevista.

— Boa noite! — Responde o Imperador teraniano, e continua: — Pode perguntar o que quiser senhorita Jaqueline, estou aqui para responder as suas dúvidas.

Nesse momento a subsecretária interrompe a repórter e avisa que só poderá ser feita uma pergunta por jornalista! E completa.

— Então façam a sua pergunta bem formulada para que não haja dúvidas nem falhas.

— Ok senhora Delaine! Minha pergunta é. — disse a repórter lendo um pequeno bloco de papel onde haverá feito algumas anotações anteriores. — Qual a sua ideia de paz? Gostaríamos de saber também se os seus costumes vão influenciar em nosso modo de vida? — Pergunta a repórter Jaqueline.

— Bem senhorita a minha expressão de paz é, sem violência, sem agressão, ou seja, sem guerras. Paz significa convivência sem confronto algum. Pode não parecer, mas isso é possível. Em nossa ilha existem 60 mil terráqueos além de 17 milhões de teranianos vivendo em paz e harmonia. Agora a respeito das influências de cultura não temos a menor intenção de interferir no modo de vida do seu povo. Apesar de que será impossível fechar os olhos para tudo o que está acontecendo, pois creio que seja impossível nos manter tão afastados dos seus costumeis já que fomos revelados e bem aceitos em seu mundo, e depois dos trabalhos em conjunto o choque cultura será inevitável.

— Ok senhorita Jaqueline, suas respostas foram respondidas, próximo. — Disse a subsecretária Delaine. — Próximo.

— Mas eu ainda não acabei! — Resmunga a jornalista Jaqueline Ganes.

— Eu falei uma pergunta bem formulada, próximo. — A subsecretaria Delaine sabe que não poderá deixar que todos os repórteres sufoquem o recém-chegado com tantas perguntas.

— Oi! Aqui! Aqui senhor! — Disse outro repórter levantando a mão ocupada por uma caneta.

— Sim, pode falar. — Autoriza a subsecretária Delaine

— Eu sou Jong Lírios do canal 21+HMT a maior rede de televisão do mundo. Tenho a pergunta que todo jovem gostaria de fazer e deve estar imaginando agora em suas casas, com essa revelação bombástica: a existência do seu povo e de sua tecnologia podendo ir e vim ao espaço quando quiser. Vocês irão aceitar e treinar jovens da terra para voarem pelo planeta e no espaço em sua força aérea? Já que vocês têm uma tecnologia tão avançada. Também queria saber se irão cooperar para com o povo da terra na exploração no espaço? Sem dúvidas isso faz parte da cooperação entre os povos.

— Bem senhor Jong Lírios! E esse é o seu nome certo? — Pergunta o Imperador.

— Sim vossa majestade! E esse é meu nome Jony Lírios.

— Como eu estava falando a sua amiga jornalista, senhor Jony, faremos o possível para não interferir em seu modo de vida, mas será inevitável o choque de conhecimento. Primeiro temos que nos concentrar em salvar o planeta que está em um risco iminente, mas a longo prazo tenho certeza de que existirão muitos terráqueos voando pelos céus do seu planeta e explorando o espaço.

A subsecretaria interrompe o repórter Jony para dar a vez a um próximo repórter.

— Mas senhorita Delaine! Eu ainda não acabei com as perguntas.

— Eu avisei! Todos terão direito a uma única pergunta e bem formulada. Então o próximo a fazer a pergunta tenha mais atenção.

— Senhor Imperador! Boa noite. — Disse o repórter se pondo de pé. — Eu sou Marcos Suares repórter do canal Discovery. Gostaria que nos explicasse porque estão tão assustados com a situação do nosso planeta já que os cientistas dizem que estamos em risco, mas isso é para daqui a 200 ou 300 anos?

— Não, senhor Marcos Suares. Os seus cientistas estão errados com essa previsão e com muitas outras previsões. As suas geleiras estão derretendo quatro vezes mais rápido do que eles imaginam. Se continuar como está em menos de 100 anos as águas cobrirão cerca de 70% da área de terra do seu planeta, haverá guerras e conflitos pela água potável que será o bem mais precioso do mundo, pois sem água não existirá vida; o calor será de 50 a 80 graus tornando impossível caminhar ao dia, mas a noite também não será tolerável, pois a temperatura irá cair para até 30 graus negativos deixando o seu mundo em desespero.

— Como o seu povo sabe de tudo isso? Vocês possuem uma máquina que pode ver o futuro? — Pergunta Marcos Suares.

— Eu assisto o jornal sobre o clima e o tempo louco no mundo, senhor Marcos Suares, e também temos uma tecnologia de precisão que é fundamental para o equilíbrio e controle de vida em nossa ilha. Mas digo isso por experiência própria, pois o nosso planeta já passou por estes acontecimentos que o seu planeta está sofrendo e hoje, por não darmos mais atenção a esses acontecimentos o nosso planeta existe mais.

Então todos fazem um minuto de silêncio e se olham com o mesmo pensamento, "será que ele está falando a verdade? Será que devemos acredita nele? " A coletiva se estende por mais de duas horas onde o Imperador teraniano é bombardeado por várias perguntas de repórteres do mundo inteiro.

— Próximo e último, pois o Imperador ainda tem muito que conversar com o Presidente e depois descansar! — Disse a subsecretária Delaine administrando toda coletiva com firmeza e sabedoria.

— Aqui senhor! — Disse o repórter levantando a mão. — A minha pergunta é simples e direta, sei o que deve estar passando em quase todas as mentes do planeta; e por isso tenho que fazer essa pergunta. Vocês não pensão em nos atacar ou invadir o nosso planeta, vossa majestade, quando estivemos relaxados e confiantes em vocês ao ponto de baixar a guarda e as defesas baixas?

— Não devia fazer esse tipo de perguntas para constranger e duvidar do Imperador. Ele é um convidado da Casa Branca e tem que ser respeitado.

— Está tudo bem senhorita subsecretária! — Comunica o Imperador e continua: — Qual é o seu nome meu rapaz?

— Eu sou Henrique Princeton, vossa majestade! — Responde ele e continua: — Porque o senhor diz: o seu planeta e não o nosso planeta vossa majestade? — Pergunta o repórter Henrique.

— Senhor Henrique quando chegamos em seu planeta, era o mais primitivo que já tínhamos visitado, se quiséssemos invadir e dominar seu planeta esse seria o melhor momento, mas ao contrário do que todos pensam procuramos encontramos um local que nos mantivesse isolado e invisíveis do seu povo. Então peço para que não pensem que estamos querendo invadir, porque isso jamais passou em nossos pensamentos ao contrário, estamos tentando salvar o seu mundo para garantir um futuro brilhante e evoluído para o seu povo e a minha raça. — Disse o Imperador e continua: — O planeta pertence a vocês terráqueos, meu povo é só um intruso que veio pedir abrigo em seu mundo.

— Sinto muito, mas a coletiva acabou, pois, o Imperador tem muito o que conversar com o Presidente, sobre tudo que está acontecendo e vai acontecer a partir de hoje com o mundo que conhecemos. Então peço a todos que aguardem, pois vocês terão outras coletivas, entrevistas e muito assunto para vender jornal e revista por muitos anos. Agora temos que começar a resolver outros problemas de diplomacia, acordo e aliança com outros líderes do mundo que nos espera nesse momento crucial que poderá transformar o mundo. — Disse a subsecretária Delaine. Ao se afastar da coletiva de imprensa. Nesse momento Stiven se aproxima da subsecretaria Delaine e a entrega um pequeno pacote. — O que é isso senhor Stiven? — Pergunta a subsecretaria.

— É um tradutor teraniano! Guarde! Isso pode ser útil em algum momento.

— Útil para que? — Pergunta a subsecretaria.

— Apenas guarde senhorita Delaine. — Responde Stiven se afastando da subsecretaria Delaine. Ela fica sem entender porque aquele gesto do Stiven, mas não contesta e guarda o tradutor.

******

— Se eles pensam que vão ficar nesse papinho de acordo e paz estão muito enganados. — Resmunga para si mesmo o secretário de segurança nacional Robert Nixon, que planeja interferir de qualquer jeito naquele acordo de paz. — Alô Victor? — Pergunta o secretário Robert ao telefone.

— Sim sou eu senhor secretário! O que o houve? — Pergunta o capitão Victor.

— Já sei como fazer para sequestrar o tal Lorde dos aliens bem embaixo do nariz desses idiotas. Eles não vão nem saber o que os atingiu. Agora quando estivermos no controle, o mundo vai nos pedir ajuda e estaremos prontos para servi-los por um preço bem razoável é claro, então me espere no local marcado que estarei lá em 10 minutos. — Disse o secretário Robert Nixon.

Enquanto muitos rezam e torcem para que o mundo tenha uma chance melhor, outros só pensam em se dar bem num momento crucial para o futuro da humanidade; pessoas sem escrúpulos que só se importam com o que vão ganhar, como se a vida alheia não importasse;

Dez minutos depois de ter acabado a coletiva.

— E então senhor! Qual é o plano? — Pergunta o capitão.

— Fique calmo capitão, preciso comer alguma coisa, estou faminto, vamos jantar, enquanto nos alimentamos eu conto o que vamos fazer! — O secretário Robert está com tudo planejado.

— E então senhor Robert, o que vamos fazer? — Pergunta outra vez o capitão Victor sobre o plano do seu superior.

— Calma, meu jovem capitão! — Disse ele fazendo um sinal para o garçom. — Garçom, traga aquele vinho que está escolhido! — O secretário Robert estampa na face uma expressão de plena felicidade.

— Sim, meu senhor! — Responde o garçom ao seu ilustre freguês, o secretário Robert.

— É senhor, vejo que o senhor tem mesmo um ótimo plano, pois já está até comemorando! — Comenta o capitão Victor.

— Tem razão já estou comemorando, pois o que vamos fazer nunca foi feito antes, por isso sei que será um plano infalível.

— Então senhor o que vamos fazer? Qual é o seu plano agora?

— Vamos sequestrar o Lorde alien dentro da Casa Branca!

— Mas senhor, isso é loucura! Não têm como tirá-lo lá de dentro sem que ninguém veja, pois, aquele lugar é uma verdadeira fortaleza.

— Eu sei Victor, é por isso que meu plano não vai falhar.

— Senhor! Sei que o senhor é o secretário de segurança nacional e conhece bem a Casa Branca, mas não tem como tirar alguém lá de dentro sem que ninguém veja. A Casa Branca é impenetrável, não tem como dar certo esse plano. — Disse o capitão Victor.

— Sim capitão Victor, você tem razão a Casa Branca é impenetrável, mas para quem está do lado de fora, pois quem está do lado de dentro, como eu estive por mais de trinta anos não é. Conheço todos os seus segredos, todas as saídas de emergências, lugares especiais que nem mesmo o Presidente conhece, será como tirar doce de criança. Eu sou o secretário de segurança, Robert Nixon, eu ordeno quem entra e quem sai. Prepare seus homens que a hora está chegando. Escolha oito homens, os melhores para essa operação porque vamos pegar a raposa na cama. — Disse o secretário Robert.

— Sim senhor, não se preocupe tenho os homens certos para esta operação.

— Agora vá capitão. Prepare os homens, agiremos amanhã às 18h50.

— Mas senhor, esse horário não será muito perigoso? Está é a hora da troca de guarda e todos estarão em alerta. — Disse o capitão Victor ainda não acreditando no plano que o secretário quer executar.

— Não deveria me questionar capitão Victor, só seguir minhas ordens sem contestar; mas vou saciar sua curiosidade: nesse horário teremos maior chance porque é a hora em que os aliens rezam para o Deus deles assim como os mulçumanos, a diferença é que cada um deve fazer a oração, só, nunca acompanhado. Nessa hora faremos um ataque surpresa e pegaremos alien que vai está no quarto 17 na ala oeste da Casa Branca. Já tenho tudo planejado é só seguir o meu plano e tudo acabara bem. Amanhã eu vou pessoalmente passar o plano para seus homens para ter certeza que vai dar tudo certo; este é o endereço, me espera lá. Agora vai e deixa-me saborear minha refeição com gosto de vitória.

— Mas o senhor vai se mostrar para os homens, vai revelar sua identidade? — Pergunta o capitão Victor.

— Sim capitão, eu me revelarei para eles, pois quando souberem quem estão trabalhando para o secretário de segurança nacional e não para um mercenário sem escrúpulos ou terroristas, irão trabalhar com mais dedicação e certeza de que estão trabalhando para o seu Presidente e seu país. Agora vá e me encontre amanhã no local e horário marcado, deixe que eu cuide do resto.

— Sim senhor secretário, estarei no horário marcado e com os homens certos. — Disse o capitão Victor saindo do restaurante, ele ainda tem dúvidas sobre os planos do secretário Robert, mas sabe que não pode ir contra as ordens do secretário de segurança nacional dos Estados Unidos da América.

— A propósito, quando estiver executando um plano ordenado por mim, não tome mais nenhuma decisão antes de me consultar, entendeu?

— Por que o senhor diz isso? Eu devia ter atacado mesmo com a vida do Presidente em risco?

— O que tinha em cima da nave ontem, não era nenhum grupo de soldados, e sim uma equipe de filmagem dos malditos aliens, agora vá e não me desaponte mais. — Disse o secretário Robert observando o capitão Victor saindo da restaurante porta a fora.

— Sim senhor secretário, já entendi e não vou precipitar-me outra vez! — Responde o capitão Victor.

— Ah! Mais uma coisa. — Disse o secretário Robert levantando-se da mesa e caminhado em direção a porta do restaurante fazendo o capitão Victor parar com um pé dentro e outro fora da porta de saída do estabelecimento. — Temos que dar um fim nesse tal Stiven Gámbor, ele pode nos dar muito trabalho. Sinto que ele tem que sumir antes de botar as unhas de fora. — Disse o secretário Robert com sentimento de raiva e ganância que trasborda dos seus olhos.

— Ok senhor! Estarei amanhã na hora e local marcado não se preocupe. Estou com um bom pressentimento.

— Pressentimentos, isso é para os fracos, capitão Victor! Eu sou o secretário Robert Nixon e faço acontecer não sigo pressentimentos, agora vai deixa-me comer em paz, pois amanhã será o dia mais importante da minha vida. — Mas com a saída do capitão do restaurante o secretário tem outro pensamento. — Depois que eu conseguir tudo o que quero, tratarei de me livrar desse capitão e de seus homens incompetentes, eles poderão me causar problemas no futuro. Vou tomar posse da tecnologia dos malditos aliens e serei o homem mais poderoso do mundo.

******

— Vossa majestade, o senhor está bem? — Pergunta Jime observado a expressão abatida do Imperador Dánturia.

— Sim Jime, estou bem, só estou ansioso para encontrar os outros líderes do seu povo e saber o que eles pensam do meu povo e da minha presença no seu mundo.

— Quanto a isso o senhor não precisa se preocupar, pois os líderes estão ansiosos para conhecê-los e ao seu conselho imperial teraniano, disso eu tenho certeza, pois a curiosidade é um defeito da humanidade um defeito que está nesse momento ao seu favor. — Disse o jovem Jime sorrindo.

******

Algumas horas depois, em outra sala de reuniões da Casa Branca, já se encontravam 19 líderes mundiais que foram convidados pelo Presidente americano, entre eles, os Presidentes da Inglaterra, Japão, China, Brasil, Índia, Alemanha, Canadá, Coréia do Sul, Rússia até o líder do Irã país ameaçado por uma possível guerra, compareceu ao convite feito pelo Imperador teraniano e o Presidente americano.

— Nunca pensei que iria viver para presenciar uma cena dessas, tantos Presidentes importantes reunidos na Casa Branca, realmente é incrível até o Presidente do Irã está aqui, ele está sentado ao lado do Presidente da Coréia do Sul, isso é mesmo um milagre. O que o senhor pôde fazer vossa majestade! A sua presença é mesmo um grande acontecimento para o mundo e para a história da humanidade. — Comenta Jime espantado olhando todos os Presidentes ali presentes.

O Imperador Dánturia olha para o jovem Jime com um olhar de esperança, esperança de poder ver um mundo melhor, neste exato momento é levado até o centro da sala onde se encontra um pedestal colocado para sua apresentação.

— Boa noite senhoras e senhores! Esta é uma noite que ficará registrada para sempre na história da humanidade. Os acontecimentos que se seguirão a partir deste dia servirão de exemplo para os futuros habitantes do mundo. Hoje é um dia especial, um dia em que todos lembrarão como "o Dia da Fusão" este dia será celebrado em homenagem ao ser que conseguiu desfazer as fendas entre os países mais desenvolvidos do mundo. Ele pôde unir tantos líderes em um mesmo lugar promovendo um acontecimento que nem mesmo a vossa santidade "o papa" conseguiu realizar. Não pretendo me demorar com mais explicações por isso passo a palavra para o nosso mais novo aliado e responsável por esse feito que elevara o nível de evolução da humanidade, o Imperador Dánturia, senhor do império teraniano; mas antes peço para aqueles que apoiam o ato do Imperador, se coloquem de pé, para que assim possam conceder uma salva de palmas para o ilustre teraniano que conseguiu realizar essa façanha tão desejada pela humanidade. — Disse o Presidente Ronald Hushis Keney se colocando de pé e aplaudindo o Imperado Dánturia.

Todos os líderes mundiais ali presentes se põem de pé e aplaudem o Imperador teraniano, em retribuição ele se curva e agradece a homenagem que lhe foi feita.

— Obrigado! Eu sou Imperador Dánturia representante do povo teraniano. Agradeço pela homenagem, mas o meu único desejo é que seu povo possa viver em paz com meu povo. Que o mundo possa conhecer a paz e a cooperação entre os povos assim como o nosso povo pôde alcançar. Para que seu planeta possa viver em harmonia sem que a metade do seu povo tenha que sofrer ou morrer, para entender que não há diferenças entre seres da mesma raça.   Preto ou branco, oriental ou ocidental, rico ou pobre, neste planeta só existi um povo, uma só nação, um só planeta. Sim, as diferenças existem, mas estão lá em cima. — Disse o Imperador apontando para o céu. — No infinito espaço. Lá sim existem seres no universo que exterminariam as nossas espécies pelo simples fato de não coexistir, seres que usariam a sua espécie e a minha espécie como alimento. Pensem nisso e veja se ainda encontram alguma diferença entre os seus. Enquanto vocês viverem em confronto entre si não enxergarão o universo como ele é realmente. Não irão descobrir o que existe lá fora. Não irão evoluir para um grau maior de riqueza e sabedoria de uma nova era que está a chegar. Vocês terão que parar com essas guerras inúteis que só levaram a destruição do seu planeta. O primeiro passo é transformar sua energia nuclear em energia de locomoção e geração de força, e não, usá-la em armas que devastam o seu mundo. Vocês estão descobrindo que a energia nuclear é o futuro do seu mundo, e assim que descobrirem como usar essa tecnologia em benefício do seu povo estarão dando um passo gigantesco para um grau de evolução maior.

— Mais como podemos conseguir isso: paz mundial e cooperação entre os povos? — Pergunta o tradutor do Imperador Tim Uan Lin soberano da Coréia do Sul que ficou interessado em abrir suas fronteiras após o discurso do Imperador Dánturia.

— Isso o senhor e todos aqui presentes irão descobrir em breve, agora precisamos firmar um acordo de paz entre os povos que vivem em conflito para a segurança do seu planeta. Porque só com a paz mundial declarada vocês terão o direito de aprender sobre a nossa tecnologia, para que assim possam salvar o seu planeta e mais a diante possam se defender de outros inimigos, outros povos que vivem no espaço, em outros planetas que já tentaram invadir o seu planeta, mas foram expulsos pelo meu povo ao longo dos anos. Peço a ajuda do seu povo, pois não poderemos mais defender o seu planeta sozinho, precisamos da ajuda do seu povo para salvar e proteger o seu planeta dos invasores e parasitas que vivem de sugar a riqueza dos planetas e exterminar os seus habitantes. É por esse motivo também que levei o meu povo a se revelar ao seu mundo, para que juntos e em paz possamos conviver em segurança e defender o planeta. Agradeço a presença de todos e o apoio que estão dando a meu povo nesse momento que é crucial para nossa estada nesse mundo. Obrigado!

Nesse momento o Imperador passa o microfone às mãos do presidente dos Estados Unidos e agora com a palavra está o Ronald. A negociação segue tranquila entre os governantes não estão na Casa Branca, mas o que ninguém sabe é que o perigo que os ameaça neste momento presente não vem do espaço ele está mais perto do que podem imaginar. Entre o presente na está o secretário de segurança nacional Robert Nixon que tenta de tudo para não deixar aquele acordo se concretizar e assim acontecer a paz tão sonhada.

— Se vocês pensam que vai acabar tudo bem, estão muito enganados. Verão a surpresa que eu estou preparando para vocês, seus idiotas, amanhã há essa hora eu estarei rindo de vocês e do seu "sucesso" e desespero. — Pensa alto o secretário Robert Nixon escondido observando reunião dos líderes mundiais.

As negociações seguem noite adentro e as horas se passaram. Enquanto isso o capitão Victor organizava seus homens para uma ousada, louca e perigosa investida na Casa

Branca, uma ação super. Secreta, a missão mais importante da sua vida.

Washington 26/04/2010 19h50

No hotel a beira da cidade Washington o capitão Victor e seus homens preparam-se para sua mais importante missão, missão essa que ele imagina ser a serviço do Presidente. Victor é meio patriota, meio mercenário disso todos os militares sabem, mas o que eles desconhecem é que as técnicas usadas pelos homens do capitão Victor se julgadas os condenaria a pena de morte. Rapidamente ele organiza seus homens mais preparados para aquela missão em seguida se dirige para o endereço informado pelo secretário Robert Nixon.

— Bem homens! Está na hora de partimos, hoje vocês irão conhecer o homem que nos contratou, o homem que nos tornou quem somos hoje. Esse homem é um dos homens mais importantes dos Estados Unidos da América, ele é responsável pela existência do nosso grupo o (GRT= Grupo de repressão ao terrorismo) e nossas e inúmeras missões. — Antes que o capitão Victor complete a descrição do seu empregador o secretário adentra no prédio onde o grupo está reunido.

Segredo militar!

Em uma das ruas próximas à Casa Branca um carro preto e luxuoso para e dele desce o secretário, neste mesmo momento as portas de um prédio abandonado se abrem e por ela adentra o secretário Robert Nixon deixando os homens espantados ao descobrirem quem ordenava as missões.

— Mas é o secretário Robert Nixon! — Disse o Falcão.

— Sim é ele mesmo, Falcão Azul! — Confirma o capitão Victor.

— Agora entendo porque nunca paguei uma multa de trânsito. — Comenta ele com ironia fazendo todos darem umas longas gargalhadas nesse momento.

— Sim podem rir meus caros soldados, pois é chegada a hora de colhermos os frutos que plantamos pelo nosso país ao longo de suas vidas, e tempo de desfrutar do sangue que foi derramado em inúmeras missões. Hoje vocês irão entrar para a história e fazer acontecer o que nenhum homem jamais conseguiu: vocês irão sequestrar o nosso inimigo dentro da Casa Branca. — Disse o secretário Robert. Nesse momento o silêncio paira sobre o recinto.

— Mas senhor, isso é impossível, é suicídio. — Disse um dos soldados rompendo o silêncio.

— Não é suicídio. Vocês irão entrar e sair, da Casa Branca, sem disparar nenhum tiro. — Disse o secretário deixando os homens sem entender.

— Mas como vamos entrar e sair na Casa Branca sem sermos visto, senhor? Aquilo lá é uma fortaleza impenetrável! — Disse o Falcão Azul.

— Não é impenetrável! Você nunca leu sobre o Cavalo de Tróia ou a Queda do Império Romano? — Pergunta o secretário Robert deixando surgir um discreto sorriso no canto esquerdo da boca.

— Já li, mas o que isso tem a ver senhor? — Pergunta o Falcão Azul.

— Muita coisa! Todos perderam suas batalhas. — Responde ele. — Mas não por um ataque supremo e devastador do inimigo e sim, todos viram seus impérios desmoronarem de dentro para fora, então vamos atacar de dentro para fora. — Responde o secretário caminhando em velho casebre em direção ao porão. — Venham, vou mostrar a todos o que estou falando, mas antes todos terão que fazer um juramento de que esse é um segredo que nunca será revelado, esse local nunca existiu, entenderam? Este será um segredo militar ficou claro? — Pergunta o secretário e todos respondem em um auto e sonoro som! "Sim senhor secretário. " — Bem! Agora venha comigo,

Então um dos soldados estranha o lugar e comenta com outros dois que vem atrás do grupo com ele.

— Cara isso aqui é um porão? Se for é muito sinistro, parece um daqueles laboratórios de filme de terror, como o de

Frank Stein. — Comenta um dos soldados gesticulando com as mãos e fazendo algumas caretas.

— Sim soldado! Aqui é um porão acima de qualquer suspeita. — Confirma o secretário.

— Estamos muito distantes do alvo. Se vamos entrar na Casa Branca o que estamos fazendo aqui? — Pergunta um dos soldados.

— Vocês vão ter conhecimento de uma coisa que nem mesmo o Presidente tem, e espero que continue sem saber, pois, eu sou o último sobrevivente que sabe da existência desse segredo.

— Mas que segredo senhor? — Pergunta o capitão Victor.

— Venham comigo e deixem de perguntas! Mas que fique bem claro: essa informação não pode vazar vocês serão os primeiros a tomar conhecimento dessa informação que jamais poderá ser revelada. — Então o secretário Robert solta um grito com uma voz que estremece até o chão. — Então, vocês estão me ouvindo?

E todos respondem mais uma vez em respeito à alta patente do secretário Robert Nixon.

— Sim senhor! Estamos entendendo e esquecendo o que estamos vendo neste momento, senhor? — Respondem os soldados.

— Agora você soldado, qual é o seu nome?

— Eu não tenho nome, senhor, não existo, senhor! — Responde o soldado.

— Mas como os seus companheiros lhe chamam soldado? — Pergunta o secretário.

— Anjo Negro, senhor! — Responde o soldado.

— Mas porque Anjo Negro se você é branco? — Pergunta o secretário Robert.

— Porque eu tenho o dom da vida e da morte presos a minha mão, o meu passado é obscuro e sombrio, senhor! — Responde o soldado.

— Agora sei que você escolheu os homens certos capitão, Anjo Negro vem cá! — Disse o secretário.

— Sim senhor! O que ordena? — Pergunta o soldado.

— Está vendo aquele machado na parede? — Pergunta o secretário Robert apontando com o dedo.

— Sim senhor!

— E daquele outro lado um extintor! — Fala o secretário Robert ainda apontando.

— Sim senhor! Estou vendo, mas o que quer que eu faça? — Pergunta o soldado.

— Pega o machado e tira aquele extintor da parede, arrebenta a parede onde tem a marca vermelha do extintor. — Disse o secretário.

— Sim senhor! — Responde o soldado.

Então o soldado faz o que o secretário Robert ordena e quando o soldado bate contra a parede descobre que ela é oca e que por trás da falsa parede existe um misterioso túnel. Eles não tinham ideia e nem imaginavam aonde aquele túnel poderia os levar.

— Agora apreciem uma das maravilhas da Guerra Fria, esse túnel foi criado nos anos 60 para fuga dos Presidentes Richard Nistoon e seu sucessor Jimmy Carter se houvesse necessidade, mas nunca foi usado. Então ele foi esquecido e eu como responsável pelo projeto na época fui incumbido de fechar o túnel, mas não o fechei. Achei que algum dia poderia ser útil, agora sei que fiz a coisa certa, hoje sei que esse túnel vai garantir o sucesso da nossa operação. Agora todos prestem atenção, não vou tolerar falhas, esse é um plano perfeito, não atirem se não for extremamente necessário. — Disse o secretário Robert.

— Não vamos falhar senhor! — Responde o capitão Victor.

— Agora prestem atenção, no final desse túnel tem duas saídas uma que os levará a sala do Presidente e outra até o quarto de número 17. Lá no quarto 17 vai estar o tal Lorde Skinay que é o braço direito do Imperador alien. Antes de entrar vocês têm que encontrar uma pequena abertura na parede, que está protegida por uma camuflagem, para observar o quarto, agora vocês têm todas as informações necessárias para uma operação perfeita, agora vão e não falhem!

— Sim senhor secretário, não vamos cometer erros! — Disse o capitão Victor.

— Qualquer dúvida capitão Victor estarei no celular, agora fiquem atentos que ligarei na hora certa e avisarei para começarem a agir. — Disse o secretário Robert subindo a escada e saindo do velho casebre.

No prédio o capitão Victor e seus homens se preparam para sua missão mais importante.

— Ele desejou boa sorte? Para gente? Eu não acredito no que ouvi, depois de tantas missões ainda temos que ficar ouvido recomendações desse cara. — Disse um dos soldados.

— Mas esse cara paga o nosso salário que não é nada mal, e, além disso, ele é o secretário de segurança nacional há mais de trinta anos. Agora vamos! Deixem de tanta reclamação, pois um futuro glorioso nos espera. — Disse o capitão Victor.

— O capitão tem razão, devemos seguir com nossa missão até o fim. — Disse outro soldado, o Sombra.

— Capitão! Olha só esse túnel, parece ter saído de um daqueles filmes da Segunda Guerra Mundial. — Comenta um dos soldados.

— Cala a boca seu idiota, vamos andando, às vezes fico me perguntando por que escolho você nessas horas. — Disse o capitão Victor.

— Será porque eu sou o melhor em tecnologia do grupo e como vamos entrar na Casa Branca o senhor não poderia me deixar para trás? Por exemplo, olha só isso é um interruptor, será que funciona?

— Não mexa nisso soldado pode ser uma armadilha. — Disse o capitão Victor olhando soldado remexendo alguns fios velhos.

— Não se preocupe senhor eu sei o que estou fazendo, se eu colocar esse fio aqui e esse aqui nós podemos ter um corredor iluminado, Ou! Não! O que estar acontecendo? Não funcionou, mas por quê? — Pergunta o soldado olhando seu companheiro.

— O que está acontecendo aqui? Vocês querem chamar a atenção para nos descobrirem!? — Pergunta o capitão Victor.

— Não senhor, eu só estava tentando iluminar o corredor, mas não dá a rede é muito velha.

— É claro que é uma rede velha! Tem mais de 60 anos. Esqueça a luz e vamos embora, você agora tem medo de rato, soldado? — Pergunta o capitão com ar de ironia.

— Desculpa senhor.

— Vamos, pois, esse túnel deve ter mais de um quilômetro de extensão, temos que estar prontos para quando o secretário der o sinal de positivo.

Algum tempo depois.

— Olá senhor secretário! Onde esteve? Precisamos muito da sua ajuda. — Disse a subsecretária Delaine.

— Estive muito ocupado, mas o que você quer? — Pergunta o secretário Robert.

— O que o senhor tem? Parece preocupado com alguma coisa! — Disse o Imperador Dánturia.

— Não é nada vossa majestade, pode falar o que deseja estou a sua disposição. — Disse o secretário Robert.

A subsecretária Delaine fica sem entender o que está acontecendo, pois há alguns dias atrás o secretário Robert não queria nem escutar a palavra, alienígena ou teranianos, mas agora ele está como se fosse intimo deles.

— Disposição! Agora entendo essa palavra e porque vocês humanos a usam tanto, agora sei que posso confiar no senhor, antes não confiava, mas o seu Presidente disse que podíamos confiar no homem que é o responsável pela segurança do país. — Disse o Imperador afirmando as palavras do Presidente.

— Pode falar o que o senhor deseja vossa majestade.

— Lorde Skinay quer trocar de quarto com a conselheira.

— Mas por quê? O quarto 17 é o melhor quarto da Casa Branca. — Disse o secretário Robert que fica preocupado vendo que seu plano não sairá como planejado.

— Ele quer ficar ao meu lado por motivos de segurança. Sei que não vai acontecer nada comigo, mas ele é comandante da guarda imperial, é meu segurança inseparável por isso quer ficar ao meu lado.

— Não sei, vou ver se podemos fazer a troca depois das seis, mas acho que não será problema trocar de quarto. A conselheira não se sentirá excluída por ser tirada do seu lado? — Pergunta o secretário Robert.

— Quanto a isso não se preocupe, afinal ela só quer o meu bem. Ninguém do seu mundo sabe ainda, mas ela é como a minha primeira dama para o seu mundo. — Disse o Imperador.

— O senhor não deveria estar falando sobre essas coisas para qualquer pessoa da Terra, meu senhor. — Recrimina Lorde Skinay, ele demonstra claramente que não confia no secretário Robert.

— Não se preocupe Lorde Skinay, o secretário Robert é de confiança. — Afirma o Imperador Dánturia achando conhecer os falsos valores do secretário Robert...

— Ah! Então ela é a sua esposa? — Pergunta o secretário Robert com uma expressão de surpresa.

— Não! Em nosso mundo não nos casamos como fazem vocês humanos, escolhemos uma parceira para reprodução e perpetuação da nossa espécie. Mas não convivemos juntos, no entanto ficamos ligados até o fim da vida e não podemos ter outro parceiro, só o que escolhemos. — Disse o Imperador Dánturia.

— Olha, se essa moda pegasse aqui na Terra não ia ser nada bom. Mas pode deixar que faremos a troca agora mesmo, sem problema, pode avisar a conselheira que em 10 minutos o quarto vai estar pronto para ela, e o Lorde vai poder ficar despreocupado e sem problema. — Confirma o secretário Robert que nesse momento sente que a sorte está ao seu lado.

— Muito obrigado senhor Robert por nos tratar tão bem e nos dar essa atenção que será fundamental para nossa convivência. — Disse o Imperador.

— O senhor não precisa agradecer, eu só estou fazendo o meu trabalho, agora dá licença que vou tratar dessa troca pessoalmente. — Disse o secretário Robert.

Após o secretário Robert se afastar do Imperador, Lorde Skinay desliga o tradutor e expressa sua opinião sobre o secretário Robert na linguagem teraniana para que os humanos ali presentes não entendam.

— Meu senhor eu não confio nesse terráqueo, secretário Robert e não me sinto bem andando ao lado dele, pois ele tem uma áurea maligna. — Disse Lorde Skinay.

— Você é muito desconfiado Lorde Skinay, ele só está fazendo o trabalho dele e garantindo a sua segurança.

Mas o que o Imperador não sabe é que a desconfiança do Lorde Skinay não é sem fundamento.

— Agora sim, sei que estou com sorte em vez de um Lorde vou ter uma Imperatriz sobre meu controle, isso está saindo melhor do que eu esperava. — O secretário Robert sabe que a Imperatriz será uma moeda de troca muito mais valiosa do que o Lorde Skinay, então ele trata logo de se comunicar com o capitão Victor e lhe passa as novas ordens. — Tenho que comunicar isto ao capitão Victor, pois isso será mais fácil do que eu imaginava e com a Imperatriz sobre meu domínio eles não irão se negar a negociar.

O secretário Robert percebe que com a Imperatriz terá a certeza de que seus planos serão executados com perfeição.

— Alô! Capitão Victor! Temos uma pequena mudança nos planos.

— Qual senhor será a mudança, senhor? — Pergunta o capitão Victor.

— Não iremos mais sequestrar o Lorde e sim a conselheira, pois será ela que estará no quarto 17. — Disse o secretário Robert.

— Sim senhor secretário, já entendi. Mas será que a tal conselheira terá o mesmo impacto que o Lorde iria provocar? — Pergunta o capitão Victor.

— Não capitão! Ela será uma aquisição melhor que o Lorde, pois ela é a primeira dama da ilha dos aliens, ou seja, mulher do Imperador, agora vá e só me ligue quando estiver com o pacote em segurança entendeu?

— Já estamos na entrada secreta do quarto só esperando ela ficar só, pois está com alguns aliens. Estamos esperando eles saírem e aí agiremos.

— Ok! Estou esperando notícias, vou desligar. — Disse o secretário Robert já comemorando a execução de seu plano.

— Está com algum problema senhor secretário? — Pergunta o Stiven ao se aproximar.

— Não! Porque senhor Stiven? — Responde o secretário com outra pergunta.

— Por que o senhor estava falando sozinho no meio do corredor! — Comenta Stiven.

— Não estou com problema nenhum, só estou pensando alto. Olha desculpa não dar mais a atenção ao senhor, mas tenho que ir, pois tenho muito a fazer. — Disso secretário Robert se afastando do Stiven e do Jime.

— Sabe Jime não consigo engolir esse secretário, ele cheira a maldade e traição; não sei não, mas não consigo confiar nele. — Disse Stiven.

— Mas porque Stiven? — Pergunta o Jime.

— Não sei! Mas vamos deixar isso para depois, temos que nos preocupar com outras coisas, agora venha vou te apresentar meu irmão. — Disse Stiven.

— Você tem um irmão Stiven? Eu não acredito nisso, você tem um irmão e nunca nos contou?! — Disse Jime com ar de espanto.

— Sim Jime, eu tenho um irmão e ele trabalha aqui. Agora vamos que eu te apresento, pois ele trabalha em uma das áreas de livre acesso.

— Mas em que ele trabalha Stiven? Como ele é? — Pergunta o Jime demonstrando estar muito curioso.

— Trabalha na sala de observação por satélite. Agora vem, é por aqui. — Responde Stiven.

Mas ao chegar à porta da sala onde deduz que seu irmão trabalha o Stiven é Jime são barrados.

— Desculpe senhor, mas não pode passar por esta porta sem autorização. — Disse o agente que está de guarda na porta da sala por onde Stiven pretendia adentrar.

— Pode deixar agent, eu assumo a responsabilidade pelos amigos aqui. — Disse um homem que coincidentemente estava saído da mesma sala era o operador de observações dos satélites da Casa Branca, Calvin Gámbor, o mesmo fica bastante feliz ao ver o irmão.

— Espera! O senhor é o Stiven Gámbor? — Pergunta o agente.

— Sim sou eu por quê? — Responde o Stiven com outra pergunta.

— Desculpa senhor Stiven eu não o reconheci fora da televisão. O senhor tem acesso livre em 90% do prédio.

— Obrigado, agente. — Responde Stiven.

— Tem outra coisa muito importante! — Continuou o agente.

— O que é? — Pergunta Stiven demonstrando certa preocupação.

— O senhor pode me dar o seu autógrafo, é para o meu filho, ele é seu fã, se eu conseguir um autógrafo seu para ele, será uma grande alegria que irei lhe proporcionar. — Disse o agente retirando caneta e um pequeno talão de notas do bolso.

— Mas eu não sou nenhum ator de Hollywood para dar autógrafos. — Responde Stiven sorrindo.

— Não é ator, certo. — Disse o agente sorrindo. — Mas é um dos homens mais importantes do mundo, hoje. — Responde o agente.

— Tudo bem! Agente toma aqui o seu autógrafo. — Disse o Calvin Gámbor entregando o pequeno talão de notas agora com uma assinatura de Stiven Gabor. —Agora precisamos ir, tenho muito para conversar famoso aqui. Vamos, vem Stiven temos muito que conversar.

Então Calvin Gámbor segue pelo corredor abraçado com seu irmão Stiven.

— E aí como está? Seu malandrinho? Há quanto tempo não te vejo, quase cinco meses, vem cá e me dá um abraço. — Disse Stiven abraçando seu irmão casula.

— Cinco não! Nove meses, maninho. Você já esqueceu? A última vez que nos vimos foi no aniversário da tia Hut. Mas, vem cá. Foi você mesmo que achou os tais teranianos? — Pergunta seu irmão Calvin ele está tão curioso quando o resto do mundo.

— Sim fui eu junto com o Jime e a Marry. Na verdade, eu não os achei, eles me acharam. — Responde Stiven.

— Mas isso não importa, quem achou quem! O que é mais importante é que seu trabalho foi reconhecido e agora todos lhe respeitam e não zombam mais de você. — Disse Calvin ao lembra-se das piadas que escutava sobre seu irmão ufólogo. Piadas como: (O caçador maluco dos ETS), (o maluco que delira olhando para lua) e (um otário perdido nas estrelas). E muitas outras que ele não gosta de lembrar.

— Não vamos nos preocupar com isso. E agora me fale uma coisa! Como está a mãe e o papai? Como eles reagiram a todas essas notícias? — Pergunta o Stiven.

— Eles estão bem, estão um pouco surpresos com as notícias, mas estão bem! Agora, me fala de você! Como está? E quem é esse jovem que o acompanha? É o seu ajudante, o tal do Jime? — Pergunta o Calvin.

— Olha só! Eu sou o mais velho e você e o caçula então eu é que tenho que me preocupar com você e não você comigo entendeu? — Disse Stiven sorrindo. — Mas respondendo sua pergunta! Sim, esse é o meu braço direito o Jime. — Nesse momento Stiven está tão relaxado que esqueceu até o que não se dava conta do que tinha feito pelo mundo e o que representava agora para o seu país naquele momento.

— Não fala isso Stiven, eu já tenho 29 anos e não sou mais o irmãozinho que você protegia na escola. — Disse o Calvin abraçando o irmão Stiven.

— Você pode fazer cem anos que vai ser sempre minha caçulinha, agora vem cá. — Disse Stiven abraçando o irmão passando a mão sobre a cabeça, assanhado os cabelos encaracolados do irmão Calvin, eles passam algum tempo conversado pelos corredores da Casa Branca agem como se estivessem em um lugar qualquer.

******

Mas, o que ninguém imagina é que por baixo da sede do país, que é a maior potência do mundo, existem muitos segredos que irão abalar a estabilidade do governo e a credibilidade da respeitada **segurança americana** tão elogiada pelo mundo inteiro.

— Homens andem com calma agora. — Disse o capitão Victor fazendo sinal com a mão para que seus homens andem devagar. — Estamos nos aproximando das portas então tenham cuidado aonde pisam não sabemos o que podemos encontrar aqui.

— Capitão, como vamos saber se o quarto está certo, pois estamos nesse corredor sem nenhuma visão do lado externo, não temos uma planta exata, nem sabemos em que local da Casa Branca nós estamos.

— Fique calado soldado, está tudo sobre controle, é só esperar o sinal do secretário Robert para agir. — Disse o capitão Victor já parado e meio ao longo corredor subterrâneo olhando para a possível porta que o secretário Robert informou. Ali! Ele espera por um sinal.

Alguns minutos depois o celular do capitão Victor vibra.

— Homens! Está na hora! A maldita alien já deve estar só no quarto, temos que agir agora ou não teremos outra chance. — Disse o capitão Victor.

— Senhor! Essa deve ser a abertura que o secretário falou! — Disse um dos soldados passando a mão sobre uma pequena fenda na parede de acesso ao quarto de nº17, nesse mesmo momento um dos soldados acha a abertura na parede que o secretário Robert tinha informado para observar antes de entrar no quarto.

— Deixa-me observar o perímetro. — Disse o capitão observando aquela fenda que pela parte interna do quarto está camuflada com os detalhes da decoração do papel de parede do quarto. — Ela está só e realmente eles são grandes, até que eles não são feios como a maioria dos aliens que o povo imagina.

Os soldados se revezam para observar a Imperatriz quando um dos soldados expressa um ar de espanto.

— Oh! Meu Deus, eu não acredito no que meus olhos estão vendo! — Fala um dos soldados em tom de crítica.

— O que foi que você viu de tão estranho soldado, para deixá-lo assim? — Pergunta o capitão, curioso.

— Desculpa senhor, mas eu não pude evitar! Olha isso! — Disse o soldado apontando a fenda na parede para que o capitão observe a Imperatriz e entenda o motivo da expressão de espanto.

Curioso o capitão Victor olha atentamente, pela pequena abertura da parede no quarto 17 e vê a Imperatriz sem roupas com dois metros de altura, uma cor pálida e sem seios uma visão que deixa todos os soldados espantados.

— O senhor tem certeza que esse bicho feio é uma fêmea? — Pergunta o atirador Falcão Azul sem consegui distinguir o sexo do ser teraniano que está dentro daquele quarto.

— O secretário Robert confirmou que seria a fêmea que estaria no quarto 17. — Responde o capitão.

— Cara eu nem quero imaginar como eles se reproduzem. — Disse um dos soldados com a expressão de desprezo olhando a Imperatriz teraniana...

— Vamos deixar de conversa fiada e concluir a missão. Falcão Azul acerte-a temos que deixá-la paralisada. — Ordena o capitão.

— Não dá senhor, teremos que entrar, pois existem muitas cortinas e panos no quarto, ela só fica por trás dos panos. Teremos que entrar para acertá-la, mas vamos deixar que ela se vista. — Disse o Falcão Azul. — Que bichos estranhos são esses teranianos, olha para ela! Parece não ter genitália e eu não queria descobrir mais nada sobre esses malditos aliens esquisitos.

— Cara, olha aquilo! Ela não tem genitália sim! Tem as partes no mesmo lugar cobertas por uma pele, que coisa mais louca, depois de hoje eu nunca mais comerei frango assado. — Disse um dos soldados aterrorizado com a teraniana sem roupas.

— Vamos deixar de jogar conversa fora e entrar agora, ao meu comando! Um dois três e vamos, vamos, vamos.

No momento em que os homens do capitão Victor invadem o quarto da Imperatriz ela leva um baita susto por ver aqueles homens entrado em seu quarto por uma passagem na parede, uma porta que não existia, o susto fica ainda maior quando a Imperatriz ver os homens apontando armas em sua direção.

— O que está acontecendo? Quem são vocês e porque estão apontando essas armas para mim?

— Acerta ela agora, Falcão! — Ordena o capitão. — No momento que o soldado Falcão Azul mira na Imperatriz ela dá um salto que a leva de um lado ao outro do quarto passando por cima dos soldados os deixando de boca aberta, espantados pela agilidade e a força que ela tem. Mas o que a Imperatriz não sabia é que ela antes de saltar já tinha sido atingida por um dardo tranquilizante.

— Cara que loucura como ela pula alto e que força ela tem!

— Não se distraia soldado, acerta outro dardo agora, acerte antes que ela consiga pedir ajuda. — Grita o capitão correndo para porta de saída do quarto. Neste momento mais outro dardo é atirado e mais um terceiro, depois outro e quando a Imperatriz percebe já está sem força e quase sem movimento, ela tenta pedir ajuda, mas a sua voz já não tem som e seu corpo já não responde a sua vontade, o desespero da Imperatriz fica ainda maior quando os soldados começam a amarrá-la.

— O que está acontecendo? Porque vocês estão fazendo isso? — Pergunta a Imperatriz sussurrando quase sem voz. — O que eu fiz para vocês e para o seu povo? — Pergunta ela, mas ninguém responde deixando a Imperatriz sem saber o que está acontecendo, o silêncio dos soldados é a sua única resposta. — O que está acontecendo? A luz está sumindo! O que estar acontecendo? — Pergunta a Imperatriz que vai adormecendo perdendo os sentidos. Ela adormece sobre os efeitos dos dardos tranquilizantes enquanto os homens do capitão Victor se reagrupam para escaparem da cena do crime.

— Capitão, o soldado Neblina foi atingindo por um dardo e está desacordado. — Disse o Falcão Azul vendo o amigo caído, apagado dormindo feito uma criança.

— Levem-no para o furgão. — Ordena o capitão Victor.

— Ok senhor! — Responde o Falcão Azul segurando nos braços do companheiro desacordado.

— Vocês dois. — Disse o capitão olhando e apontando para os outros dois soldados, Jerno e Torano, estes responsáveis por amarrarem e amordaçarem a Imperatriz. — Ajudem o falcão a carregar o soldado Neblina até o furgão. — Vocês acabem de amarrar a Imperatriz alien agora e a levem para o túnel, eu vou logo em seguida. — Ordena o capitão Victor.

— Sim senhor, Capitão. — Responde um dos soldados.

— Agora vocês dois, arrumem logo essa bagunça, eu tenho uma coisinha a fazer!

— Sim senhor, estaremos esperando do lado de fora com o furgão. — Responde um dos soldados.

Então o capitão vai até os pertences da Imperatriz e vasculha tudo até que encontrar algo, após encontrar o que procurava se dirige para saída na parede até o túnel que leva para saída.

— Vocês dois arrumem a bagunça e não deixem nenhum rastro de luta ou desordem no quarto. Os demais venham comigo. Estaremos esperando-os no porão, deixem a saída como estava para não deixar vestígios, façam um serviço perfeito. — Disse o capitão saindo do quarto satisfeito pela captura da Imperatriz e por conseguir alguma coisa de valor entre os pertences da Imperatriz conselheira. O capitão Victor sai do quarto e os dois soldados ficam para concluir a missão sem deixar vestígios do sequestro.

— Vamos logo Reybol, temos que sair daqui antes que apareça algum segurança. Os soldados aqui primeiro atiram depois perguntam.

Já no porão do velho prédio

— Olha capitão! Ela ainda está se mexendo. Eu não acredito após ter recebido cinco dardos tranquilizantes ela ainda continua reagindo se eu der mais uma dose ela pode não resistir, o coração dela pode parar. — Disse o soldado Falcão Azul.

— Isso é se ela tiver coração! — Comenta um dos soldados.

— Porque você diz isso soldado, acha que ela não tem coração? — Pergunta o capitão já no porão em um clima mais relaxado.

— Não se preocupe, ela não vai acordar agora, pois a dose que foi aplicada nela pode derrubar um elefante. Os movimentos que ela está fazendo é o corpo reagindo à substância tranquilizante, alguns animais reagem dessa forma a substancia que é usada nos dardos. Agora quanto ao soldado Neblina ele só vai acordar amanhã pela manhã com uma bela dor de cabeça. — Disse o soldado Jerno perito em substancias.

Nesse momento, todos dão uma boa gargalhada olhando para o soldado desacordado de nome Neblina.

— Eu acho que o soldado Neblina não dorme assim desde os sete anos de idade. — Disse Falcão azul. — Olha lá ele está até babando.

Mas quando parecia tudo perfeito surgem os dois soldados na saída do túnel correndo porão adentro.

— Temos que sair daqui agora! — Disse o soldado Reybol.

— O que houve soldado? Porque essa pressa? Já estamos quase fora daqui. — Pergunta capitão Victor.

— O tal do Stiven, amigo dos aliens, apareceu quando estávamos acabando de arrumar a bagunça e tivemos que... — disse o soldado Reybol que não completa a frase, pois é interrompido pelo capitão Victor.

— Droga o que vocês fizeram? Mataram-no? Isso não poderia ter acontecido, eu falei que não queria tiros nem morte. — Disse o capitão Victor correndo para a saída do prédio abandonada.

— Não o matamos! Ele está vivo senhor. Só o deixamos amarrado e amordaçado no armário ele vai ficar lá por muito tempo até acharem ele. Mas devemos sair daqui agora. — Confirma o soldado Reybol.

— Então vamos homens temos que sair daqui logo, não podemos ser descobertos. Espero que vocês não tenham deixado que ele visse está entrada secreta! Ou deixaram? — Pergunta o capitão Victor.

— Não senhor, pois quando saímos, ele já estava amarrado, amordaçado e de olhos vendados dentro do guarda-roupa.

— Ok! Vamos, temos que sair daqui antes que deem por falta dele ou da Imperatriz. — Nesse momento todos os soldados correm contra o tempo, sobem as escadas do velho prédio mais rápido do que desceram, dois corpos são carregados em direção à saída do velho prédio, a Imperatriz e o soldado Neblina. — Falcão Azul vá e olhe a saída para ter certeza que está limpa, nós não podemos ser vistos por ninguém entendeu? Ninguém. — O soldado de nome Falcão Azul vai até a saída do prédio abandonado observa a rua para ter certeza que a área está limpa para todos saírem.

— Podem vir, a barra está limpa, vamos! — Disse Falcão Azul fazendo sinal com a mão para que os demais saiam do prédio, mas de repente. — Ops! Espera! — Disse ele fazendo os companheiros pararem.

— Porque ops? O que está acontecendo lá fora? — Pergunta o capitão Victor.

— Tem um carro de polícia lá fora, ele está parado na esquina.

— Droga, se ele não sair vamos ter que o explodir. — Disse o soldado Reybol.

— Vamos homens não podemos espera mais, vamos ter que explodir aquele carro. — Disse o capitão Victor.

— Não senhor! Espere, não vai ser preciso explodi-lo! A viatura está saindo! — Disse o Falcão Azul. A espera foi uma sabia escolha, pois o carro de polícia logo se evadiu do local deixando os sequestradores à vontade para concluírem seu plano.

— Sombra, vai até o furgão e o traz para cá agora. — Ordena o capitão observando um dos soldados ir até o furgão e o trazer para frente do prédio onde a conselheira está, enquanto isso outro soldado "o Falcão Azul" vai até outro furgão que está parado na mesma rua e o estaciona na porta do prédio atrás do primeiro furgão para despistar qualquer observador que por ali possa ter.

— Vamos homens temos que sair daqui antes que seja tarde, Falcão você vai pela direita e nós vamos pela esquerda nos encontramos no local marcado. — Disse o capitão Victor.

— Ok senhor, nos encontraremos lá. — Disse o Falcão Azul saindo logo em seguida em sentido contrário ao outro furgão que leva a Imperatriz teraniana.

— É isso aí pessoal, conseguimos! Essa foi à missão mais fácil e mais valiosa que já enfrentei na vida, após o secretário ter de resolver tudo que planejou vamos estar nas Bahamas tomando um coquetel e vendo uma revista sobre os aliens que foram expulsos do nosso planeta. — Disse o capitão Victor já comemorando sua vitória.

Notícia desagradável!

Vinte minutos depois, o jovem Jime vai até a o quarto da Imperatriz a procura do Stiven que tinha ido visita-la para ver se a mesma está bem instalada e não tinha voltado. Mas chegando no quarto a surpresa.

— Imperatriz Kerania, Stiven, vocês estão aí? Posso entrar? — O jovem Jime entra vagarosamente no quarto 17, olha para os quatro cantos do quarto e não ver nem a Imperatriz nem o Stiven. — Jurei que vocês estariam aqui. Bem, vou procurar em outro lugar, talvez no quarto do Imperador. — Disse Jime caminhado em direção a saída do quarto, eis que quando o Jime vai saindo do quarto escuta um barulho estranho. — Que barulho é esse? — Se pergunta ele. — Para alguém batendo em alguma coisa. — O jovem olha para os quatro cantos do quarto e não ver nada até que um grande guarda-roupa lhe chama a atenção. — Parece que vêm do guarda-roupa. — Disse ele se aproximando de uma das portas do móvel. — Que barulho é esse? Quem está aí? — Pergunta ele abrindo uma das portas, ele não está cheio de coragem, mas sim consumido por uma grande curiosidade para descobrir a origem do estranho barulho. — Stiven é você? De onde vem esse barulho? Stiven é você, onde você está? O que será que tem aí dentro? Bem não deveria abrir do guarda-roupa da Imperatriz conselheira, mas tenho que abrir ou vou morrer curioso, dou só uma olhadinha rápida e fecho.

— Quando o Jime abre o guarda-roupa ter uma grande surpresa com o que encontra dentro.

— Stiven! O que você está fazendo dentro do guarda-roupa da Imperatriz? Porque você está amarrado e amordaçado? Quem fez isso com você? Onde ela está? — Pergunta o jovem Jime ainda assustado com a cena que presencia.

Mas o Stiven não consegue responder, só resmunga, pois ainda está amordaçado.

— Desculpa Stiven, já vou lhe soltar, mas fala o que houve aqui.

— O que não poderia ter acontecido de jeito nenhum, Jime. Vamos, venha comigo agora. — Disse Stiven que levantasse rapidamente e segue em direção a porta.

— O que houve Stiven? Porque essa pressa toda? E onde está a Imperatriz? — Pergunta Jime.

— A conselheira foi sequestrada. — Responde ele.

— O quê? Como ela pode ser sequestrada? Estamos na Casa Branca?! Não acredito! Temos que falar com o secretário Robert.

— Não! O secretário não. Vou falar com o Presidente, eu não confio nesse secretário Robert.

— Porque não Stiven? O secretário? Ele é responsável pela segurança da Casa Branca e do país.

— Porque eu acho que ele pode estar envolvido. Vamos falar com a subsecretária Delaine, sinto que podemos confiar nela. — Disse o Stiven.

— Hum! Acho que está pintando um clima entra você e a subsecretária. — Comenta Jime com ar de ironia caminhado rapidamente ao lado de Stiven.

— Jime não é hora para esse tipo de piadinha. A conselheira terania está em perigo, estamos com o maior dos problemas em nossas mãos, um problema que pode se tornar uma crise a nível mundial, ou melhor planetária. Temos que correr ou esse incidente se tornará um desastre para humanidade. — Comenta Stiven, ele sabe que um ato terrorista desse pode destruir o acordo de paz entre humanos e teranianos. — Vamos, temos que encontrar a subsecretária e o Presidente isso é urgente. — Disse Stiven.

— Mas aonde vamos achar a subsecretária, Stiven? — Pergunta o Jime.

— Eu sei onde achá-la. — Disse o Stiven.

— Hum! Sabe onde ela fica em!? — Disse Jime sempre irônico. — Eu disse que estava pintando um clima.

— Já disse que não é hora para essas piadinhas Jime e vamos logo, temos que correr. — Disse Stiven.

Com muita pressa Stiven e Jime correm pelo corredor principal da Casa Branca, em direção a sala da subsecretária Delaine.

— Oi! Stiven até que enfim resolveu me visitar em minha sala. — Disse a subsecretaria Delaine.

— Jime, por favor, não fala nada. — Ordena Stiven a seu assistente, olhando seriamente para o jovem temendo alguma piada em má hora.

— Falar o que Stiven? Nem pensei em nada. — Responde o Jime.

— Subsecretária Delaine esquece a cortesia, estamos com o maior dos problemas em nossas mãos. Esta é uma notícia desagradável. — Disse o Stiven.

— Tenha calma Stiven! É tão grave assim? Você parece assustado, está pálido! — Disse a subsecretaria Delaine olhando a expressão de temor no rosto do ufólogo.

— Sim estou muito assustado, pois é pior do que você pode imaginar. Sequestraram a Imperatriz conselheira no quarto em que ela estava. — Disse Stiven ainda atônito.

Nesse momento a subsecretária Delaine dá um pulo da sua cadeira que estava sentada e expressa à mesma expressão de pânico que tomava conta da face de Stiven.

— Como assim sequestraram?! Ela está em um quarto de alta segurança, dentro da Casa Branca, um dos lugares mais seguros do mundo! Isso é impossível de acontecer. — Disse a subsecretária.

— Mas ela foi sequestrada! E eu estou tentando entender, como ela foi tirada daqui sem que ninguém visse ou ouvisse nada. — Disse Stiven.

— Só pode ter sido por alguém que conhece bem a Casa Branca, alguém daqui de dentro, pois não tem outra explicação. — Disse Jime.

— Quando isso aconteceu senhor Stiven? — Pergunta a subsecretaria Delaine.

— Aconteceu a mais de 15 minutos. — Responde Stiven.

— Eu fui ao quarto da Imperatriz para saber se estava tudo

bem, e quando eu entrei tinha dois homens no quarto dela com roupas de militares e óculos especiais de visão noturna. — Explica ele

— Mas porque o senhor só me procurou agora, senhor Stiven? — Pergunta a subsecretária Delaine. — Devia ter me avisado no ato do sequestro.

— Não avisei antes porque eu estava aprisionado dentro do guarda-roupa! — Responde ele. — Quando eu vi os homens, perguntei o que eles estavam fazendo no quarto da Imperatriz teraniana. Perguntei quem tinha autorizado a entrada deles lá. Então um deles me acertou na cabeça com alguma coisa, depois me amaram, amordaçaram e me colocaram no guarda-roupa, foi o Jime que me encontrou e libertou-me.

— Mas você viu o rosto dos homens que estavam no quarto da Imperatriz conselheira, Stiven? Consegue descrevê-los? — Pergunta a subsecretária.

— Sim. Eu pude ver e me lembro perfeitamente, um deles estava no caminhão de lixo que foi abandonado na hora da nossa chegada com os teranianos. O que vamos fazer agora, subsecretária? — Pergunta o Stiven que só pensa na reação que o Imperador vai ter quando souber da notícia.

— Isso! Vamos descobrir agora, pois temos que informá-lo sobre o ocorrido. — Disse a subsecretária Delaine.

Ambos, a subsecretaria e Stiven se dirigem a presença do Presidente com uma notícia que não seria nada agradável.

— Olá senhor Stiven! O que está acontecendo e que cara é essa? — Pergunta o Presidente ao ver a subsecretária chega após o Stiven com a mesma expressão de pânico.

— Senhor Presidente, temos uma notícia que não será agradável. — Disse a subsecretária Delaine.

O Presidente Ronald Hushis Keney olha para a aparência do Stiven e da subsecretária Delaine e vê que eles estão realmente preocupados.

— Sim senhor Presidente as notícias não são boas, são realmente catastróficas. — Completa Stiven.

— Sim senhor Presidente o que aconteceu não poderia ter acontecido aqui na Casa Branca de maneira nenhuma.

— Deixe de tanto rodeio e digam logo o que aconteceu! — Fala o Presidente já angustiado.

Nesse momento a subsecretaria olha para Stiven dar a péssima notícia ao Presidente.

— Senhor Presidente! A Imperatriz conselheira teraniana foi sequestrada. — Disse a subsecretaria Delaine largando aquela bomba na mão do Presidente.

Nesse momento a mesma expressão de pânico domina a face do Presidente que não acredita no que escuta. Não ali, não naquele momento que se apresentava um momento histórico para os Estados Unidos da América e para humanidade.

— Mas o que vocês estão dizendo? Sequestrada? A onde ela estava? Quem a deixou sair só por essa cidade? — Pergunta o Presidente.

— Ela não saiu para lugar nenhum senhor, foi sequestrada aqui dentro! — Disse Stiven.

— Como assim aqui dentro? — Pergunta o Presidente ainda atônito com aquela notícia.

— É senhor Presidente! Ela foi sequestrada aqui na Casa Branca. Sei que é difícil de acreditar, mas aconteceu no quarto em que ela estava senhor Presidente.

Nesse momento o Presidente se levanta da cadeira com um temor do que pode acontecer quando os teranianos descobrirem o fato ocorrido, ele pensa no grau de complicação que pode gerar esse incidente, seu coração está a ponto de e explodir com tamanho acontecimento.

— Mas isso não poderia ter acontecido aqui! Nós estamos na Casa Branca. Este é o lugar mais vigiado e seguro do mundo, o centro das atenções mundiais. E você vem me dizer que a Imperatriz conselheira do povo teraniano, uma visitante convidada pelo Presidente americano foi sequestrada dentro da Casa Branca debaixo do nariz de centenas de agentes especiais? E agora como eu vou informar isso a o Imperador Dánturia?! E o que será do tratado? Isso não poderia ter acontecido, um incidente desse aqui jamais! — Disse o Presidente que nesse momento sente-se incapaz e com um problema quase sem solução em suas mãos.

— Olha senhor isso aconteceu a mais de 30 minutos. — Disse Stiven.

— Mas porque só agora eu fui informado sobre um acontecimento desses? — Pergunta o Presidente.

— Isso eu explico senhor Presidente! — Disse Stiven tentando fazer o Presidente entender o acontecido.

— Mas como eles fugiram? Os corredores estão cheios de segurança até a saída existem mais de 100 homens fazendo a segurança deste prédio. Não tem como eles fugirem pelos corredores, pois até a saída existe um verdadeiro batalhão de segurança. — Disse o Presidente.

— Senhor Presidente eu tenho a suspeita que exista uma passagem secreta no quarto 17 onde a Imperatriz conselheira estava. Quando eles me acertaram e me aprisionaram guarda-roupa, os ouvi falando a seguinte frase: "Quando passar feche bem para não deixar pista". — Informa Stiven observando a expressão de espanto no rosto do Presidente americano. Ele tentava convencer os demais ali presentes sobra uma possível passagem secreta quando foi interrompido pela subsecretária Delaine.

— Senhor! Temos que averiguar o quarto 17 agora. — Disse ela chamando alguns agentes através do rádio. — Lá é o ponto de partida, é a única pista que temos no momento para seguir.

— Senhorita Delaine chame o secretário Robert agora, temos que resolver esse problema o mais rápido possível. — Disse o Presidente.

— Senhor! Acho melhor não envolver o secretário Robert. — Disse Stiven.

— Porque não? Ele é o secretário de segurança nacional responsável pela segurança da Casa Branca, ele vai saber o que fazer. — Disse o Presidente.

No momento que Stiven se manifesta contra a participação do secretário Robert a subsecretária Delaine também manifesta sua teoria sobre o secretário Robert Nixon.

— Posso estar errada, mas também acho que o secretário Robert pode estar envolvido nesse sequestro. — Disse a subsecretária Delaine.

— Senhorita Delaine! Sabe que está fazendo uma acusação muito grave a um superior, um membro do alto escalão do governo americano. O secretário de segurança nacional Robert Nixon está nesse cargo a mais de 20 anos e está na Casa Branca a mais de 30 anos. Se você estiver errada, pode lhe provocar uma demissão do cargo e até prisão. A senhorita sabe disso, não sabe?! — Pergunta o Presidente.

— Sei senhor Presidente, e é por isso que peço tempo para recolher mais provas para poder acusá-lo com provas concretas. — Responde ela.

— Em que se baseia a sua suspeita senhorita Delaine? — Pergunta o Presidente que nesse momento caminha em direção ao quarto 17 junto com Stiven alguns agentes de segurança do governo.

— Em muitas coisas senhor Presidente, primeiro ele não queria que os teranianos entrassem em nosso meio; segundo quando os teranianos chegaram, ele não estava lá para recebê-los; e terceiro ele não se preocupou em garantir a segurança dos quartos dos teranianos aqui instalados, ao contrário ele removeu a segurança do quarto 17 onde estava a Imperatriz. E quarto senhor, Presidente: como o senhor mesmo disse; ele está na Casa Branca há mais de 30 anos, logo é o único daquela época que pode saber de passagens secretas, que todos nos desconhecemos aqui na Casa Branca. — Afirma a subsecretaria.

— Senhorita Delaine porque não me comunicou esses acontecimentos antes? — Pergunta o Presidente.

— Desculpa senhor eu não imaginei que pudesse chegar a esse ponto. — Responde a subsecretária Delaine.

— Desculpa interromper, mas temos que investigar o que houve aqui no quarto e tentar encontrar alguma pista que nos leve a Imperatriz antes que seja tarde demais. — Disse Jime.

— Jime! Você não pode falar assim com o Presidente nem com a subsecretária de segurança da Casa Branca. — Recrimina ao jovem Jime. Stiven sabe que aquele momento e de vital importância para descobrir o paradeiro da Imperatriz teraniana.

— Não o reprima senhor Stiven, ele está certo, temos que nos concentrar em como vamos encontrar a Imperatriz teraniana. Depois nos preocupamos com o secretário Robert. — Orienta a subsecretaria.

Então a subsecretária de segurança nacional liga para o grupo de perícia e investigação da Casa Branca para que façam uma varredura no quarto em que a Imperatriz estava hospedada.

Em 5 minutos o grupo chega ao quarto e começa a investigar.

— Olha senhorita Delaine eu fui atacado aqui nesse local e levado para aquele guarda-roupa. — Disse Stiven apontando para o guarda-roupa que está no canto esquerdo do quarto.

— E a onde você ouviu a voz que falava da passagem senhor Stiven? — Pergunta o encarregado do grupo de varredura.

— Naquele lado! — Responde Stiven apontando para o lado direito do quarto onde não tem móveis.

— Muito obrigado por essa informação, será o nosso ponto de partida. — Informa o agente Jack que acabara de chegar ao quarto.

— Agora não toquem em nada para que não apaguem as impressões digitas. — Disse o agente Jack.

— Façam o que agente Jack está mandando!

— Soldado apague a luz! E acenda a infravermelha. — Ordena o oficial encarregado do grupo de perícia da Casa Branca. — Vamos ver o que temos aqui.

Mas ao apagar as luzes do quarto 17 e acender o infravermelho uma perícia é feita minuciosamente e nada é revelado no quarto.

— Não tem nada aqui senhora, está tudo limpo. — Disse o agente Jack.

— Senhor Marcos, o senhor tem aí aquelas luzes azul que dá para mostrar marcas e manchas de sangue? — Pergunta o Jime.

— Porque meu jovem o que você tem em mente? — Pergunta o agente Jack, curioso com o que Jime tem em mente.

— Olha senhor, eu descobri que se cruzarmos a luz azul do neon com a infravermelha podemos vez marcas de calor humano em qualquer lugar sólido, como o suor, por exemplo. — Disse Jime caminhado na direção do agente Jack.

— Não atrapalha a perícia Jime deixa o oficial resolver isso. — Retruca Stiven.

— Não senhor Stiven, ele não está atrapalhando, pelo contrário ele pode até ajudar. — Disse o agente Jack. — Venha aqui meu jovem, mostre-me o que você sabe.

Então Jime segue sua intuição e junta às duas luzes em seguida aponta em direção as paredes onde o Stiven disse ouvir as vozes sumindo e lá encontra a surpresa.

— Olha lá na parede, são marcas de suor e devem ter cerca de 30 ou 35 minutos ali. — Disse Jime apontando para parede.

— Mas como você sabe que são marcas de suor e quanto tempo tem meu jovem? — Pergunta o oficial curioso com o jovem Jime.

— Bem! Na verdade, eu aprendi isso na internet. "Você iria ficar surpreso com tudo que se aprende na rede", mas isso fica para outra hora. O que eu descobri é que assim como o sangue o suor tem uma substância que emite calor, mas por um curto período e que é invisível ao olho e ao infravermelho. Mas quando cruzamos as e apontamos as luzes na mesma direção "o suor é revelado".

Então o oficial ordena que acendam a luz do quarto, pois já tem uma pista onde possam começar a investigar o local indicado por Jime que nesse momento se sente um verdadeiro investigador.

— Soldado acenda as luzes, agora temos uma pista para investigarmos, graças ao jovem Jime que ajudou muito. Temos essas marcas para nos ajudar dando um ponto de origem para investigação.

— Eu não acredito que estou aprendendo técnicas novas com um jovem que descobriu como enxergar o suor num programa na internet.

— Agente Jack! Encontrei alguma coisa. — Disse o investigador de nome Rodney.

— O que foi? O que você descobriu Rodney? — Pergunta o agente Jack.

— Olha o chão nos cantos da parede! — Fala o Rodney.

— O que tem o chão senhor Rodney? — Pergunta o agente Jack.

— Olhe o chão, está sujo com um pó estranho. — Disse o Rodney.

Então o Stiven se aproxima do local onde o investigador Rodney encontrou o pó, observa e descobre algo muito importante.

— Olha isso senhor. — Disse um dos soldados passando o dedo no chão após encontra um pouco de areia.

— O que foi soldado.

— É sujeira, parece areia. Deve ter caído de algum lugar! — Comenta o soldado Rodney.

— Ou de algum lugar eu de uma parede falsa. — Disse Jime direto e objetivo.

— Mas isso é impossível! Não existe passagem secretas na Casa Branca. — Responde o Presidente.

— Desculpa dizer isso senhor Presidente, mas eu acredito no que o jovem Jime disse.

— Você acha que pode existir uma passagem secreta nesse quarto? — Pergunta o Presidente americano.

— Eu acredito que sim, senhor Presidente. — Responde a subsecretaria e continua: — Soldado arrebente essa parede. — Ordena ela. Eis que quando o soldado dá à primeira marretada abrindo um buraco na parede todos tem uma surpresa.

— Como a subsecretária Delaine suspeitava! Existe mesmo um túnel por trás dessa parede. — Disse o agente Jack.

— Soldados derrubem essa parede agora. — Disse o Presidente.

— Fique calmo senhor Presidente, não podemos nos precipitar, pois não sabemos o que vamos encontrar por trás dessa parede, pode ter alguma armadilha à nossa espera, temos que agir com cautela.

— Não podemos perder tempo, senhor Stiven. — Responde o Presidente. — Soldados derrubem essa parede. — Ordena o Presidente.

— Senhor Presidente, senhor Stiven, senhora subsecretárias se afastem da linha de fogo, pois se aqui existe um túnel, quem entrou por ele pode estar esperando armado, não sabemos, vamos entrar agora, se houver alguém lá, vamos capturar. Agora vamos homens, rápido, temos que abrir logo essa passagem. — Grita o agente Jack.

— Senhor! Não podemos quebrar a parede, temos que olhar a planta do prédio para não atingimos a parte elétrica ou a rede de comunicação. — Disse um dos agentes especiais.

— Soldado. Estamos no meio de um incidente diplomático a nível mundial, não temos tempo para ficar estudando plantas! Quebrem logo essa parede.

Quando o soldado levanta a marreta para dar mais uma marretada na parede: Jime dá um grito interrompendo a ação do soldado.

— Não faça isso! — Grita ele. — Sei que existe uma chave secreta que abre essa passagem é só descobrimos onde está.

— Não temos tempo para jogos de caçadas e descobertas, Jime. — Adverte Stiven.

— Não é um jogo! Olhem aquele quadro na parede. — Disse Jime apontando para o quadro. — O homem aponta para algum lugar. Vê? — Pergunta ele.

— Sim Jime e daí o que a passagem tem a ver com essa pintura? — Pergunta o Stiven.

— Não entende? Essa pintura está diferente. — Disse Jime.

— Diferente como, Jime? — Pergunta o Stiven.

— Não acredito que você não conhece a pintura do homem de terno verde! — Comenta o jovem demonstrando ser um apreciador das artes.

— É claro que conheço, mas o que tem haver isso com a passagem, Jime? — Retruca Stiven. — Não podemos perder tempo com um quadro, temos que encontrar a Imperatriz.

— Você não está entendendo, Stiven! A pintura original do "Homem De Terno Verde" aponta para frente e essa pintura aponta para esquerda. — Disse Jime olhando para o quadro e em seguida olha para os lados como se procurasse alguma coisa.

— E daí Jime? Fizeram uma pintura diferente do original, como eu já disse não temos tempo para jogos. — Disse Stiven.

— Não! Tem algo suspeito! A pintura está apontando para alguma coisa ou algum objeto. Os espiões muitas vezes usam pinturas para guardar um segredo ou mandar alguma mensagem um para os outros. — Comenta Jime.

— Meu jovem! Essa pintura não aponta nada, ela foi colocada aqui hoje para decorar o quarto da Imperatriz. — Responde o Presidente.

— Não senhor Presidente! O Jime tem razão, agora pude perceber o que ele quis dizer. — Disse a subsecretária dando credibilidade à palavra do jovem Jime. — Nenhum quadro foi trocado deste quarto a mais de 30 anos, o secretário Robert fazia questão de manter esse quarto exatamente como está. O secretário Robert dizia que o quarto 17 jamais deveria ser modificado era uma questão de preserva a memória dos visitantes que aqui passaram.

— Isso sim é muito estranho! — Comenta o Presidente americano.

— Jime! Você acha mesmo que existe alguma chave para abrir está passagem.

— Sim senhora! Só precisamos identificar para onde ele aponta. — Confirma Jime.

— Parem todos! Vamos tentar encontra a possível chave que Jime está procurando, afinal ele merece um voto de confiança. — Disse o Presidente.

— Mas senhor Presidente não temos tempo para isso. Só precisamos arrebentar essa parede e entramos. — Disse o agente Jack.

— Não podemos fazer isso oficial! O Presidente tem razão não podemos arrebentar as paredes, pois existe uma rede de eletrônicos que percorre as paredes em todo prédio se atingimos uma dessas redes será um caos, poderemos deixar toda Casa Branca às escuras. Ou pior, poderemos comprometer e rede de comunicações nacional.

Enquanto todos discutiam o que fazer, o jovem Jime estava a observar o ambiente à procura de um sinal de onde poderia encontrar a chave que abriria a passagem secreta.

— Jime! Olhe! Será que ele está apontando para esse interruptor, será que é essa a chave? — Pergunta o investigador.

— Não! Essa não é a pista. Está muito fácil; [nesse momento o jovem Jime tem um estalo, na mente um impulso que lhe mostra a verdade]. É isso. Ele não está apontando e sim olhando. — Disse o jovem Jime caminhado rapidamente de um lado para o outro do quarto.

— Como assim olhando Jime? — Pergunta a subsecretária.

— Ela não está apontando a chave e sim olhando a chave, a chave que está na base da parede, procurem no rodapé deve ter alguma falha que esconda a chave da passagem secreta. — Disse Jime também procurando por vestígio que possam provar e assim dar credibilidade sua ideia.

— Mas como você sabe que está no rodapé, Jime? — Pergunta o Stiven ainda sem entender muito o que está acontecendo com o jovem aprendiz.

— Olha o rodapé! — Disse ele apontando para base da parede. — Em todo quarto o rodapé é inteiro, sem emendas, mas aqui ele está com uma emenda. É como se estivesse sido removido. É isso que estar deixando poeira no canto da parede, agora se puxar aqui, vamos...

Ao puxar a estreita tira de madeira que fazia o rodapé da parede Jime descobre um pequeno pino escondido.

— Não faça isso Jime! Não aperte esse pino. Você não sabe para que ele serve. — Grita Stiven.

— Não se preocupe Stiven é só empurrar esse pino, com certeza uma passagem vai se abrir. — Disse Jime olhando a parede falsa se abrindo, após ter puxado o pino que estava escondido por trás de um falso rodapé. Todos ficam parados observando uma falsa porta abrindo-se em um dos quartos da casa mais vigiada do muno, um dos lugares mais seguros do planeta, a Casa Branca. Por trás da falsa porta que se abre surge um túnel longo e escuro. Nesse momento todo olham a porta já aberta em seguida olham espantados para o jovem Jime por ele ter achado a chave que abre a passagem secreta e ao mesmo tempo ficam aliviados por não terem que arrebentar a parede. O Presidente olha para jovem Jime e pensa "Tantos investigadores tantos peritos e um simples assistente de ufólogo resolveu aquela charada".

— Meu jovem, quando isso tudo acabar você deve me procurar, entendeu!? — Disse o agente Jack.

— Tudo bem, mas agora temos que ver aonde esse túnel vai dar. — Disse o Jime.

— Desculpas, meu pequeno Indiana Jones, mas a partir daqui nós assumimos, e você fica com o Presidente e o senhor Stiven. — O agente Jack reconhece que a ajuda do jovem fora de vital importância, mas colocar a sua vida em risco já é um caso a ser pensado com mais cautela.

— Mas isso não é justo, na melhor parte eu fico de fora. — Disse Jime.

— Jime não fala isso, temos que ficar aqui para informar ao Imperador Dánturia o que aconteceu. — Disse o Stiven.

— Senhor Presidente, o senhor deve ir com o senhor Stiven e o Jime, deve informa ao Imperador o que aconteceu. Eu vou com o agente Jack investigar esse túnel e ver onde ele vai dar. Agora temos que ir, manteremos o senhor informado.

— A subsecretária Delaine adentra no túnel, sumindo na escuridão junto com alguns agentes coordenados por Jack Huns agente da inteligência americana.

— Bem Jime! Agora nós vamos fazer a pior parte que é informar ao Imperador sobre o desaparecimento da Imperatriz conselheira. — Stiven com uma expressão de preocupação e medo pela reação que o Imperador Dánturia caminha a passos lentos pelos corredores da Casa Branca, ele tenta ganhar tempo para assim formular a melhor forma de dar aquela triste notícia...

— Bem senhor Stiven, o senhor vai avisar ao Imperador Dánturia; eu vou estar na sala presidencial esperando por ele, lá sei que vou ter mais autoridade para encará-lo e ao mesmo tempo vou informar aos generais o que está acontecendo, creio que eles poderão ajudar de alguma forma.

Enquanto o Presidente se dirige a sala presidencial, o Stiven e o Jime vão ao encontro do Imperador e seus conselhos para dar a péssima notícia que poderá abalar o tratado de paz entre os povos.

******

— Meu Imperador! Devemos ir até os aposentos da Imperatriz. Devemos saber como ela está sendo tratada. — Assim como os terráqueos o Lorde Skinay sente a necessidade de averigua se a Imperatriz está bem protegida e acomodada.

— Sabe Lorde Skinay, se há uma coisa que eu sempre vou seguir, são os seus conselhos. Vamos lá ver se ela está bem acomodada no quarto que os terráqueos prepararam para ela. — Disse o Imperador.

Nesse mesmo instante Stiven Gámbor e seu assistente Jime vem em direção ao quarto do Imperador teraniano com uma notícia que confirmara o pressentimento do Lorde Skinay e não irá agradar o Imperador Dánturia.

— Olha meu Imperador é o senhor Stiven, ele não está com uma aparência muito boa. — Disse Lorde Skinay olhando fixamente para Stiven e Jime. — Eu não acredito! Aconteceu alguma coisa com a Imperatriz.

— Olá senhor Stiven! O que aconteceu? Está com uma cara péssima! — Disse o Imperador.

— Não estou muito bem senhor. — Responde Stiven.

— O que houve senhor Stiven? Aconteceu algo com a Imperatriz Kerania? — Pergunta Lorde Skinay.

— Aconteceu sim. Aconteceu um problema muito sério com ela. — Disse Stiven

— Eu sabia que tinha algo de errado, eu estava sentindo. Fala logo o que houve com a Conselheira. — Lorde Skinay está aflito com uma expressão de revolta e preocupação.

— Calma Lorde Skinay! — Disse senhor Stiven.

— O que houve com a Imperatriz Kerania, senhor Stiven? Onde ela está? Deixa a gente ver ela. Como ela está? — Pergunta o Imperador.

— Não vai ser possível vê-la agora, pois ela não está no quarto. Nem na Casa Branca também. Ela sumiu de lá. — Responde Stiven aflito.

— Como assim sumiu?! Aqui não é o lugar mais seguro do seu mundo? — Pergunta Lorde Skinay. — Como a conselheira pode sumir daqui de dentro sem que ninguém veja!

— Sim. Sem dúvidas é o lugar mais seguro do mundo, mas aconteceu uma coisa que ninguém entende como pode acontecer. Um fato que nem os três últimos Presidentes tinham conhecimento.

— Eu não quero saber de detalhes e erros do seu governo. Só quero saber onde está a Imperatriz. — Disse Lorde Skinay que nesse momento já não consegue se controlar.

— Calma Lorde Skinay! Vamos resolver junto esse problema. Vossa majestade eu vim pedir a ajuda dos senhores para juntos podermos encontrá-la.

— Isso não podia ter acontecido senhor Stiven, ela é a Imperatriz do meu povo e se o meu povo souber desse acontecimento a nossa missão de paz será arruinada. Temos que achá-la o mais rápido possível. — Disse o Imperador Dánturia.

— É por isso que estou aqui Imperador, para pedir a sua ajuda, pois vocês têm uma ligação muito forte talvez possa nos ajudar a localizá-la. — Disse Stiven.

— Sim senhor Stiven, já sei o que você precisa. — Disse o Imperador e continua: — o que irá nos ajudar agora é uns "votos" um localizado que possa encontrá-la em qualquer lugar do planeta, estou certo senhor Stiven? — Pergunta o Imperador.

— Sim senhor Dánturia. É exatamente isso que preciso para localizá-la. — Responde Stiven.

— O problema é que não temos nenhuns votos em nossas mãos, só em nossa ilha. Confirma o Imperador.

— Na verdade temos uns votos na nave, meu Imperador. Eu pensei em trazer caso precisasse; mas ele só funcionara se o teraniano estiver acordado. — Disse Lorde Skinay.

Então Lorde Skinay vai até a nave, pega o aparelho e usa para tentar encontrar a Imperatriz, esforço em vão, pois a Imperatriz está desacordada e isso impede as leituras e localização dos votos.

******

Enquanto isso no túnel.

— Oficial onde será que esse túnel vai dar? — Pergunta à subsecretária, ela fez questão em acompanhar o agente Jack e seus homens.

— Olha senhora, aonde o túnel vai sair, não sei. Isso nós vamos descobrir, mas uma coisa eu tenho certeza, esse túnel tem mais de 30 anos de existência e pelo que pudemos ver, ele não era usado há muito, muito tempo mesmo. Mas o que me intriga é como esse túnel passou tanto tempo desconhecido pelo serviço de segurança e uma pergunta ainda mais curiosa, quem tinha conhecimento sobre esse túnel e como sabia onde ia sair? Pois se nem o Presidente tinha conhecimento sobre esse túnel.

— Não sei! Mas tenho uma suspeita. — Responde a subsecretaria e continua: — Essa informação não pode vazar de jeito nenhum, pois se a imprensa descobre um acontecimento desses vai ser um escândalo sem precedentes na história do governo americano. Então vamos esquecer o que estamos vendo e nos preocupar onde este túnel vai sair, pois só assim vamos descobrir o responsável pelo sequestro da Imperatriz e prendê-lo antes que aconteça um incidente de proporções mundial. — Disse a subsecretária Delaine.

O agente Jack e seus homens andam por toda extensão do túnel observando o que nele havia tentando achar pistas, após andarem por mais de um quilômetro de túnel encontram o porão do velho prédio.

— Olha agente Jack, tem uma saída à frente. — Disse um dos soldados.

— Fiquem calmos homens, não devemos nos precipitar, pois a vida da Imperatriz teraniana está em perigo. — Disse a subsecretária Delaine.

— A subsecretária tem razão, não podemos pôr a vida da Imperatriz teraniana em risco. — Os agentes e soldados da Casa Branca avançam com cautela, pois eles não sabem o que vão encontra pela frente. — Tenham cuidado. — Alerta o agente Jack. Os homens invadem a área que tem após a porta de saída do túnel e fazem uma varredura completa no prédio, mas não encontram nada suspeito.

— Está tudo limpo aqui. — Disse um dos soldados, caminhando pelo porão e continua: — Não encontramos nada; só essa embalagem de chocolate. — Disse ele estendendo a mão e entregando a embalagem de chocolate coqueis. — Vai ser enviada para o laboratório, para ser periciada. Fizemos uma varredura completa e não encontramos nada que possa dar uma pista do que aconteceu naquele quarto e nesse porão. — Responde um dos soldados.

— Como vamos informar ao Presidente que não achamos nada?! E não temos nenhuma pista a seguir?! — Disse o agente Jack. — Quem planejou e realizou esse sequestro realmente sabia o que estava fazendo. — O pensamento que passa na cabeça do agente Jack é o mesmo que passa na cabeça da subsecretaria Delaine.

— Não se preocupe com o Presidente eu informo tudo a ele, por hora devemos nos concentrar em descobrir pistas da Imperatriz teraniana, temos que descobrir quem está por trás desse sequestro, vamos ver aonde essa escada vai dar. —

Disse a senhorita Delaine em pé no primeiro degrau da escada que leva a saída do velho prédio que foi construído para servir como rota de fuga para os Presidentes, mas que nunca foi usado. O agente Jack ordena que os soldados subam as escadas para ver aonde vai sair aquele acesso que leva até um dos quartos da Casa Branca.

— Senhor pode subir! — Grita um soldado já na saída do prédio. — Está tudo limpo! — Disse ele no final da escada dando certeza de que não há perigo algum na saída do prédio.

— Agora, vamos ver aonde esse acesso vai sair, vamos rezar para alguém ter visto alguma coisa. — Disse a subsecretária Delaine.

E quando o agente Jack e a subsecretária Delaine vão saindo do prédio escutam um ruído que vêm do porão abaixo da escada que acabaram de subir.

— Senhor Jack escutou isso? — Disse um dos soldados apontando para escada. — Tem alguém lá embaixo e está vindo pelas escadas em nossa direção. — Disse um dos soldados que fica em estado de alerta.

— Fiquem calmos! Não atire temos que ver quem está vindo! Pode ser a resposta que procuramos. — Disse o agente Jack olhando atentamente para o início da escada.

Nesse momento surge no pé da escada Stiven acompanhado do Jime e de um teraniano.

— Hei! Abaixe a arma sou eu Stiven.

— Senhor Stiven o que faz aqui? — Pergunta a subsecretária Delaine.

— Vim por ordem do Presidente e a pedido do Imperador Dánturia, trouxe uma pessoa que pode nos ajudar muito nas investigações.

— E quem pode ser? Um novo perito, ou um especialista em sequestro? — Pergunta o agente Jack tendo uma surpresa ao ser apresentado ao Lorde Skinay.

— Agente Jack esse é Lorde Skinay, primeiro homem no comando do Exército Imperial Teraniano. Acho que ele poderá nos ajudar. — Disse Stiven. O agente Jack olha fixamente para Lorde Skinay demonstrando que está sem saber o que dizer nem o que fazer, mas Lorde Skinay estende a mão e o cumprimenta.

— Olá! Eu sou Lorde Skinay membro da Guarda Imperial Teraniana.

— Olá! Eu sou o agente do serviço secreto Jack chefe do setor investigações da Casa Branca, mas vamos deixar de formalidades e ir direto ao que interessa se o senhor puder nos ajudar será uma honra, pois nossos recursos para descobrir alguma pista já estão se esgotando. — Disse o agente Jack expressando um ar de decepção.

— Não pode ser. Eles têm que ter deixado alguma falha, pois não existe crime perfeito. — Disse o Jime.

— A única coisa que achamos foi uma embalagem de cereal de chocolate vazia, mas não sabemos se foi deixada pelos sequestradores. Nesse momento deve estar sendo examinada. — Informa o agente Jack.

— Agente Jack mande seus homens ver se tem alguém nas redondezas que possa ter visto alguma coisa que nos ajude.

Olhem por toda rua a os arredores do prédio. — Ordena a subsecretária Delaine.

— Mas teremos que descobrir quem tinha o conhecimento sobre esse túnel, pois quem tinha conhecimento sobre esse túnel e não informou ao Presidente deve ser julgado como traidor do governo americano por estar colocando em risco a vida do Presidente e agora a paz mundial. — Disse o Jime.

— Soldado Gansley! Onde você está? — Pergunta o agente Jack chamando-o através do rádio de comunicação.

— Estou aqui na esquina da rua procurando alguma testemunha, senhor. — Responde o soldado Gansley.

— O que está acontecendo aí? Já encontrou alguma pista? — Pergunta o agente Jack.

— Não senhor. Estou investigando e assim que encontrar o informo de imediato. — Neste momento algo lhe chama a atenção. — Espera! Acho que encontrei alguém que pode nos ajudar. — Disse o soldado Gansley observando uma pilha de papelão que se mexia como se estivesse viva.

— O que você encontrou soldado Gansley? — Pergunta o agente Jack.

— É só um mendigo. — Responde o soldado Gansley puxando os papelões. — Mas talvez ele tenha visto alguma coisa que possa v a nos ajudar.

— Calma! Já estamos indo ao seu encontro, não se precipite em fazer nada, deixe que eu o interrogue. — Disse o agente Jack, mas quando chegam ao encontro do soldado Gansley e do mendigo, observam que ele está apavorado em pânico ele quando vê outros soldados se aproximando o mendigo começa a gritar desesperado.

— Olha cara eu só vi os furgões, mas não sei de nada. E não devo nada ao governo, então vocês não podem me prender, eu não fiz nada, sou um livre cidadão americano e pago meus impostos. — Disse o mendigo que está desesperado por ver tanta gente armada ao seu redor.

— Calma meu amigo, não vamos te machucar e nem te prender. Só queremos umas informações. — Disse o agente Jack. — Fale sobre os furgões que você viu!

— Ah! Uma informação, tudo bem. Mas quanto vão me pagar por essa informação? — Pergunta o mendigo.

— Pagar? Eu sou a subsecretária de segurança nacional e não vou tolerar esse tipo de impertinência. — Disse a subsecretaria olhando nos olhos do pobre mendigo. — Leve ele da minha frente e arranquem tudo o que ele sabe, investiguem também se ele não está envolvido com o sequestro. — Ordena ela.

Nesse momento surge entre os presentes, Lorde Skinay olhando para o mendigo com um olhar penetrante de desprezo e fúria deixando o mendigo apavorado.

— Não! Por favor! Não deixe esse alien me comer, por favor, eu falo o que vocês quiserem, mas não deixa ele me pegar. — Grita o mendigo apavorado com a presença do Lorde Skinay.

— Calma senhorita Delaine! Não vamos conseguir nada assim. — Disse Stiven intervindo naquele momento em que os ânimos estão muito exaltados. — Olá amigo! Eu sou

Stiven Ganbor e gostaria de te fazer uma pergunta, não se preocupe, ninguém aqui vai te pegar ou te comer, só queremos algumas respostas.

— Tudo bem eu falo o que o senhor quiser. — Disse o mendigo apavorado.

— Ok! Qual é o seu nome? — Pergunta o Stiven.

— Oi! Meu nome é Hernani, mas pode mim chamar de catador. — Responde o mendigo

— Está bem catador. Agora me fala o que você viu aqui nessa rua nas últimas horas? — Pergunta Stiven.

Nesse momento o catador reconhece o Stiven. Lembra-se de tê-lo visto dias atrás nas televisões das vitrines, de lojas nas calçadas pelas ruas.

— Hei! Você é o Stiven, o amigo dos aliens? — Pergunta o mendigo.

— Sim, sou eu por quê? Há algum problema com isso? — Pergunta o Stiven sorrindo.

— Não, pelo contrário eu sou seu fã. Quando eu dizia que vi os aliens no porto há um mês, ninguém acreditava me chamavam de bêbado louco, mas agora graças a você todos acreditam em qualquer coisa que eu digo. Quando passo todos dizem, olha o catador, ele viu um alien de perto e não é mentira porque ele não mente. — Comenta o catador com os olhos banhados em lágrimas. — Cara, eu amo você! Pois você me tornou popular entre minha gente. Além de garantir meu café da manhã todos os dias. Então pode perguntar o que quiser. — Disse o mendigo olhando admirado para Stiven.

— Obrigado! Mas eu só quero saber se você viu algum movimento estranho naquele sobrado hoje? — Pergunta o Stiven

— Olha! Eu estava aqui no meu canto desde as 05h que é a hora de me recolher para descansar, vi quando os caras chegaram: eram 7. Não, não, eram 8, não eram 9. Mas um veio e ficou pouco tempo, e foi embora em um carro grande como aqueles que saem sempre da Casa Branca. — Disse o mendigo Hernani.

— Sim! E os outros que ficaram o que fizeram? Vai falando mendigo. — Pressiona o agente Jack.

— Tenha calmo agente Jack! Deixa-me falar com ele. — Disse Stiven tentando fazer o catador se sentir seguro para continua falando tudo que sabe. — E então o que os outros fizeram catador?

— Um deles ficou na porta vigiando, vestido de mendigo, enquanto os outros ficaram lá dentro por muito tempo muito tempo. Eu estranhei porque esse sobrado nunca tinha sido visitado antes, e hoje foi um entra e sai. — Disse o mendigo.

— E o que houve com os que entraram no sobrado? — Pergunta o Stiven.

— Após muito tempo lá, eles saíram e um deles foi até o furgão que estava estacionado aqui em minha frente e depois outro furgão chegou. Mas um dos furgões saiu vazio e o outro com oito pessoas, isso eu não entendi. — Disse o mendigo.

— Não entendeu o que catador? — Pergunta o Stiven.

— Chegaram nove, mas um foi embora. Então ficaram oito, um na porta e 7 lá dentro, mas quando os que estavam lá dentro saíram eram oito e dois estavam sendo carregados. E um deles estava enrolado em um lençol branco, mas esse era maior do que todos os homens que entraram. — Disse o catador.

— Muito obrigado por essa informação Hernani, ou seja, catador foi muito importante a sua ajuda. Toma isso aqui vai, te ajudar a comer uns dias. — Disse o Stiven, dando 400 dólares ao mendigo.

— Cara! É por isso que eu te admiro, você é mesmo um homem de bem. — Disse o catador contando o dinheiro que o Stiven lhe deu.

— Stiven! Você deu 400 dólares àquele mendigo?! — Pergunta o Jime acompanhado o chefe de volta para o velho prédio.

— Olha Jime isso não foi nada comparado com as informações que ele nos deu. Agente Jack leve o mendigo para tentar fazer um retrato falado de algum dos homens que ele viu. — Disse Stiven.

— Eu tenho quase certeza de quem foi o primeiro homem que esteve aqui e foi embora. — Disse a subsecretária. — Pois essa é uma estratégia nossa.

— De que a senhora está falando, subsecretaria? — Pergunta Jime.

— Nada não Jime esquece! — Disse a subsecretária caminhando na direção do velho prédio.

E quando todos vão se afastando do mendigo, deixando-o apenas com um soldado que está fazendo um retrato falado de alguém, o mendigo grita repentinamente chamando o Stiven.

— Senhor Stiven! Senhor Stiven!

— Olha Stiven! É o catador! Está te chamando. O que ele quer agora? Será mais dinheiro?

Quando o Stiven se aproxima, o mendigo de nome catador lhe dá um pedaço de papel com alguns rabiscos.

— Eu ia quase esquecendo. Toma aqui a placa do furgão que eu anotei, iria jogar na loteria para ver se dava sorte. Mas já me deu mais sorte do que eu preciso. — Disse o mendigo com um sorriso amarelado estampado no rosto.

— Olha catador! Esse número lhe deu mais sorte do que você imagina. Soldado leva o catador para tomar um banho, dá um café a ele e faz um retrato falado dos homens que ele puder lembrar. Mas isso tem que ser em sigilo, ninguém pode saber. — Ordena a subsecretária Delaine.

— Obrigado senhora e desculpa minha ignorância! — Disse o mendigo Hernani de cabeça baixa.

— Não se preocupe meu rapaz, você não sabe, mas acaba de prestar um grande serviço ao seu povo e a seu país. — Disse a subsecretaria Delaine com uma expressão de muita gratidão. — Leve-o daqui, cuidem muito bem desse homem. — Ordena a subsecretária Delaine que na mesma hora manda investigarem a placa do furgão.

— Senhora! Temos que descobrir agora a quem pertence esse carro. — Disse o agente Jack se aproximando da subsecretaria tentando ver o que está escritor.

— Já estou tratando disso agente Jack. — Então a subsecretária Delaine pega o telefone celular e faz uma ligação. — Alô agente Holkins? — Pergunta a subsecretária.

— Sim é o agente Holkins! Quem fala?

— Aqui é a subsecretária Delaine! Agente, quero que você investigue uma placa, tem que ser rápido e sigiloso entendeu? Olha se é rastreado por GPS e a quem pertence, tem que ser o mais rápido possível. Vou desligar e fico esperando uma resposta urgente. — Disse a subsecretária.

— Agora preciso informar ao seu Presidente e ao meu Imperador sobre tudo que aconteceu sobre o que encontramos e o que vamos fazer daqui para frente. — Disse Lorde Skinay. Que até então esteve calado.

— Agente Jack, contate o oficial Jordan perito em demolição quero esse túnel lacrado em duas horas entendeu? — Pergunta a subsecretária Delaine.

— Sim senhora, assim será feito! — Responde o agente Jack.

— Senhor Stiven, Lorde Skinay venham comigo. Vamos ao encontro do Presidente e do Imperador, pois temos que planejar o que vamos fazer a partir de agora, para não pôr a vida da Imperatriz em risco.

******

— Vossa majestade o que está acontecendo? Onde está Lorde Skinay e a Conselheira? — Pergunta Lorde Farcons.

— Lorde, temos grandes problemas em nossas mãos. — Disse o Imperador.

— Que tipo de problema vossa majestade? — Pergunta Lorde Farcons.

— A Conselheira foi levada daqui! — Disse o Imperador com uma expressão abatida.

— Não pode ser! Isso não poderia ter acontecido, não com a Conselheira Imperatriz. — Disse Lorde Farcons.

Nesse momento chega Lorde Skinay junto com Stiven e Jime ambos caminham até a presença do Imperador.

— Vossa majestade, não pudemos encontrar a Imperatriz com os votos, pois ela deve estar desacordada, mas encontramos alguém que viu o transporte que a levou e já está sendo investigado. Logo teremos boas notícias. — Disse Stiven.

— Senhor Stiven não podemos perder mais tempo, temos que encontrar a Conselheira. — Disse Lorde Farcons.

— Olha Lorde Farcons, sei que os seres humanos não têm muito respeito pelo seu próprio governo, mas não podemos passar por cima das leis deles. Então vamos deixar para o senhor Stiven resolver como devemos prosseguir. Só podemos acompanhá-lo para segurança da conselheira. — Disse o Imperador.

— Perdoe-me Imperador Dánturia. O que aconteceu aqui foi um ato de traição contra o Presidente e o povo americano, tenha certeza que o culpado será encontrado e punido. — Disse o Presidente.

— Eu faço minhas as palavras do Presidente. — Concorda Stiven demonstrando toda sua indignidade com o autor de tamanha traição.

— Porque pensa isso senhor Stiven? — Pergunta o Imperador Dánturia.

— Porque quem entrou no quarto 17 onde estava a Imperatriz, sabia da passagem secreta. — Disse Stiven. — Nem o Presidente sabia desse túnel. Quem tinha as informações sobre esse túnel tinha a obrigação de informa ao Presidente e ao serviço secreto, e não fazê-lo demonstra sim um ato de traição.

— Então usaram essa passagem secreta para levarem a Imperatriz Kerania! Mas eu vou encontrá-la. — Disse o Imperador.

— Nós vamos encontrá-la! — Concorda Lorde Skinay com as palavras do Imperador. — Quem a pegou sabia que ela estaria lá, mas que poderia ser?

— Só quem saberia que a Imperatriz estaria no quarto 17 era eu, o Jime, o Imperador, o Lorde Skinay, o Presidente e a subsecretaria Delaine. — Disse Stiven fazendo uma lista daqueles que tinha a informação sigilosa.

— Não Stiven! Lembre-se que o Imperador pediu ao secretário Robert para trocar a Imperatriz e Lorde Skinay de quartos? Ele também sabia que a Imperatriz estaria lá. Se ele não está aqui compartilhando de tamanha dor ele é sem dúvidas o principal suspeito. — Disse o Jime expressando o sentimento de todos ali presente, mas como é de lei comum e ninguém pode acusá-lo sem provas, afinal todo mundo é culpado até que se prove o contrário.

— Eu vou pegá-lo, e ele vai ter que dizer o que fez com a Imperatriz conselheira. — Disse Lorde Farcons expressando toda sua fúria.

— Não Lorde Farcons, espera. Não podemos colocar a vida da Imperatriz em risco, temos que agir com cautela. — Disse Stiven tentando acalmar o Lorde.

— O Stiven está certo Lorde Farcons! Vamos à nave lá tentaremos localizar a Imperatriz conselheira, se pressionamos o secretário Robert e for ele o responsável pelo sequestro poderemos perdê-la para sempre. — Disse o Imperador do alto da sua inteligência centenária.

— O Imperador está certo Lorde Skinay, pois o tipo de pessoa que o secretário Robert pode ser, eu não quero descobrir. Temos que ter cuidado, qualquer passo em falso poderemos estar colocando a vida da Imperatriz em risco. — Disse Stiven.

— Olha meu Imperador! — Disse Lorde Farcons indicando uma mulher que caminha pelo logo corredor da casa branca, corredor este que leva ao salão oval. — É a subsecretária, está vindo para cá. O que devo fazer? Pergunta o Lorde demonstrando está pronto para agir.

— Nada! E não se preocupe Lorde Farcons, ela está do nosso lado e está nos ajudando em tudo, ela é de extrema confiança. — Responde Stiven fazendo o Lorde se desarmar.

A subsecretaria Delaine caminha a passos rápido aproximando-se dos presentes, mas de imediato ela dirige a palavra primeiramente ao Imperador Dánturia, pois ela sabe que terá de dar alguma satisfação positiva sobre aquele sequestro ousado e ofensivo que afronta diretamente a segurança deixando todos em estado de alerta.

— Vossa majestade. Sei que já foi informado do terrível fato ocorrido aqui, peço desculpas pelo acontecido e prometo que faremos tudo que for possível e impossível, para encontrar a Imperatriz, assim como punir os culpados por tamanha traição. — Disse a subsecretária Delaine.

— Senhorita Delaine! — Disse Stiven chamando a atenção da subsecretaria. — Lorde Skinay tem uma boa notícia.

— Só será boa se disser que encontraram a Imperatriz conselheira. — Responde a subsecretária Delaine.

— Não a encontramos, mas os teranianos possuem um equipamento que podem localizá-la em qualquer lugar do planeta. — Disse ele.

— E o que estamos esperando? Vamos resgatá-la agora, não podemos perder mais tempo. — Disse a subsecretária.

— Não é tão fácil assim. — Disse Lorde Skinay. — Só poderemos localizá-la quando ela estiver acordada, pois o voto só funciona se ela estiver acordada e pedir ajuda.

— Como funciona esse aparelho? Ela pede socorro, eles ouvem? — Pergunta a subsecretária.

— Não! Os votos é um aparelho que registra as ondas celebrais, ou seja, é ligado a um senhor implantado na cabeça de todos os teranianos. — Explica Lorde Skinay. E continua.

— Esse senhor é ativado com a força do pensamento ele serve como localizador e tem um alcance quase que ilimitado.

— Porque só pode ser localizado se pedir ajuda? — Pergunta à senhora Delaine.

282

— Senhor é o que vocês humanos chamam de chip, e só podemos localizar o teraniano que está desaparecido se ele pedir ajuda, pois o senhor, ou seja, do chip. O chip é implantado para ajudar e não rastrear, ao contrário do que pareça o senhor só pode ser ativado por quem o está usando, através de ondas do cérebro. — Disse Lorde Skinay.

Quando todos estão direcionados nas explicações do Lorde Skinay o celular da subsecretária, chama a sua atenção, toca.

— Alô! — Disse ela.

— Senhora Delaine?

— Sim é ela! Quem fala? — Pergunta a subsecretária.

— Aqui é o agente Holkins! Estou com os dados do carro que a senhora mim pediu.

— Ótima notícia. Quem é o proprietário e onde o encontramos. — Disse a subsecretária Delaine.

— Olha! O proprietário na verdade é a proprietária, o nome dela é Jessica Kalvim Amanso, mas encontrá-la será impossível, pois ela morreu há 05 meses. — Disse o agente Holkins.

— Então o carro é roubado? — Pergunta a subsecretária Delaine.

— Sim senhora, é roubado. Tem uma queixa de roubo registrada no estado da Virginia há mais de 05 meses e a proprietária estava desaparecida até o mês passado quando a encontraram em um desfiladeiro, ou seja, o que restou dela.

— Confirma o agente Holkins.

— Então voltamos à estaca zero nas investigações, pois até que a Imperatriz acorde, nós estaremos de mãos atadas. —

Disse a subsecretária com expressão de impotência por não poder fazer nada.

— Alô, alô, subsecretária. — Chama o agente Holkins ainda ao celular.

— Alô! — Responde à senhora Delaine.

— Senhora, eu ainda não acabei, tenho mais informações. — Disse o agente Holkins.

— Desculpa agente Holkins, pode prosseguir com as informações que conseguiu. — Disse a subsecretária.

— Consegui localizar o furgão através da placa, pelo GPS.

Nesse momento a subsecretária sente desaparecer a sensação de impotência que estava lhe consumindo.

— Pode prosseguir agente Holkins, que estou anotando. — Disse subsecretária.

— A senhora não quer que eu envie um fax para sua sala? — Pergunta o agente Holkins.

— Não há tempo para fax, agente Holkins, fala logo que estou anotando.

— O furgão está na Rua River Steiro, no lado leste da cidade, em um galpão abandonado na antiga fábrica de pneus Nortendis. — Informa o agente Holkins.

— Ok! Agente Holkins muito obrigado, a sua ajuda foi fundamental.

— Não precisa agradecer senhora Delaine eu só estou fazendo o meu trabalho, boa sorte. — Disse o agente Holkins que desliga o celular sentindo-se um americano orgulhoso com o dever cumprido.

— São notícias do furgão senhora Delaine? — Pergunta o Stiven.

— Sim temos uma pista Stiven e vamos lá agora, temos que ser rápidos. — Disse a subsecretária Delaine.

— Então vamos logo, temos que salvá-la o mais rápido possível. — Disse Stiven.

— Não devemos nos aproximar em suas máquinas, pois podemos chamar atenção, devemos ir em nossa nave agora mesmo. — Disse Lorde Skinay.

Então a subsecretária Delaine aciona todos os agentes para a operação de resgate da Imperatriz.

— Agente Jack prepare os homens, temos a localização de um dos furgões usado no sequestro, temos a localização do furgão que o catador deu a placa. — Disse a subsecretária.

Então a subsecretária ordena que o agente Jack reúna seus homens e preparem-se para uma ação de extrema importância. O agente Jack reúne seus homens e se dirigem para o local designado pela subsecretária de segurança nacional.

— O localizador está funcionando? — Pergunta à senhorita Delaine.

— Está funcionando perfeitamente! — Disse Stiven.

Chegamos atrasados!

— E então o que estamos esperando? Vamos logo para o local onde o aparelho está indicando. Vamos em minha nave agora, pois como eu já falei, em suas máquinas chamaremos muito a atenção.

Então Lorde Skinay e o ufólogo Stiven seguem em direção ao possível local do cativeiro da Imperatriz. Na nave dos teranianos todos estão com um só pensamento, libertar a Imperatriz teraniana e não deixar que esse golpe tome proporções mundiais. A subsecretária Delaine fica na Casa Branca ao lado do Imperador Dánturia para acalmá-lo e tentar apaziguar a situação. Os demais seguem em direção a seus veículos para o local indicado, alguns em carros, e outros em helicópteros sobrevoando a cidade que naquele momento é o centro das atenções mundiais.

Dez minutos depois!

— Atenção todas as unidades, estamos nos aproximando do perímetro, executem reconhecimento visual por terra, que estaremos dando cobertura aqui de cima. — Disse Lorde Skinay na ponte de comando da nave, ao lado do Stiven.

— Olha agente Jack, lá está à fábrica do endereço, mas não estou vendo nenhum movimento suspeito. — Disse o agente Eric, encarregado pela primeira aproximação da área alvo.

Então um dos soldados entra em contato pelo rádio com o agente Jack.

— Agente Jack.

— Prossiga soldado! — Responde o agente Jack.

— Encontrei o furgão! Está nos fundos da fábrica, mas está vazio.

— Atenção senhor Stiven! Aqui é o agente Jack.

— Stiven na escuta prossiga!

— Encontramos o furgão no fundo do galpão, ele parece abandonado e não detectamos movimentos suspeitos.

— Ok agente Jack, espera que estamos aterrissando em uma área ao lado galpão e já estaremos aí.

— Ok senhor Stiven estamos aguardando.

— Não faça nada antes de chegarmos aí, entendeu? Sei que você e seus homens são os melhores no que fazem, mas esse é um caso especial.

— Entendi senhor Stiven! Estou na espera. Câmbio e desligo. — Responde o agente Jack desligando o rádio comunicador e o colocando no suporte preso a cintura. — Homens fiquem apostos, mas só entrem quando eu mandar. — Ordena o agente Jack.

3 minutos depois.

— Nós já estamos aqui agente Jack, qual a posição? — Pergunta o Stiven.

— Não tivemos nenhum contato visual ou movimentação suspeita até agora. — Responde o agente Jack.

— E então Lorde Skinay! O que seu aparelho diz? Ela está aí dentro? — Pergunta o Stiven.

— O vortns relata leituras de DNA da Conselheira por aqui, mas estão incompletas, eu não consigo entender. Tem DNA por muitos lugares diferentes. — Disse Lorde Skinay.

— Homens! Todos a postos. Vamos entrar em 15 segundos. Soldado Rubro leve o grupo B pelos fundos, Alone você leva o Dedo de Ouro se posiciona no telhado. — Disse o agente Jack apontando para o alto do galpão.

— Eu posso ajudar! Tenho muitas habilidades que vocês não conhecem. — Disse Lorde Skinay.

— Eu não poderia lhe impedir que nos ajude, não tenho esse direito, só peço cautela, pois esses homens estão aqui para matar ou morrer lembre-se disso Lorde Skinay! Agora vamos.

— Eu acho melhor eu esperar aqui fora! — Disse Stiven.

— Toma essa arma senhor Stiven, pois você pode precisar. — Disse o soldado Rubro entregando uma pistola nove milímetros na mão de Stiven.

— Mas eu não quero arma, não sei nem atirar. — Responde Stiven.

— O senhor vai ter que aprender a usar. O senhor fica aqui e informa qualquer movimento estranho. — Disse o soldado Rubro.

No momento em que os homens correm para frente da fábrica abandonada e outros se dirigem para o telhado, Lorde Skinay aproveita a grande movimentação para invadir a fábrica dando um super salto que o leva até uma pequena marquise onde se encontram várias janelas de vidro, por onde ele entra rapidamente na velha fábrica.

— Cara, o que foi isso? — Pergunta o agente Jack espantado com a cena que presenciou.

— Foi o tal Lorde teraniano senhor! — Responde o soldado Rubro.

— Como ele consegue saltar tão alto? — Pergunta o agente Jack.

— Olha senhor! Ele soltou quase 5 metros de altura. — Disse o soldado Rubro com uma expressão de espanto.

— Senhor Stiven você não me falou que ele tinha essa habilidade. — Comenta o agente Jack.

— Agora não é hora para explicações, temos que resgatar a Imperatriz. — Disse Stiven.

Os demais soldados invadem o prédio abandonado e não encontram nenhuma hostilidade, vasculham todo o prédio, mas não acham nada.

— Está vazio! — Disse o agente Jack. — Chegamos atrasados.

— Não acredito! Ela não está aqui. — Lamenta-se Lorde Skinay.

— Olha senhor só achamos essa manta estranha!

— Deixa-me ver essa manta. — Disse Lorde Skinay. — É a veste da Imperatriz.

— Senhor o lixo está cheio daquelas embalagens de cereal que encontramos porão no final túnel.

— Lorde Skinay! O senhor não poderia ter entrado assim, poderia ter posto a operação a perder ou poderia ter morrido. — Disse o agente Jack.

— Desculpa não o informar agente Jack, mas quando eu entrei já sabia que a governante não estava aqui, pois o vortns não estar emitindo nenhum sinal, só estou tendo a leitura da manta que se encontra na mão do soldado. — Explica Lorde Skinay.

— Quer dizer que a roupa que ela usava também é um sinalizador? — Pergunta o agente Jack.

— Sim, era mais um sinalizador. Mas eles devem ter pensado nisso e destruíram o sinalizador. Agora sem a roupa e sem o snork estar ativado vai ser impossível encontrá-la. — Lamenta Lorde Skinay.

— Sim Lorde Skinay! Será uma missão quase impossível como você disse, quase, mas não será impossível. Nós á acharemos, custe o que custar. — Disse o agente Jack.

— Temos que informar tudo ao Imperador ele precisa saber o que está acontecendo.

— Eu só estou preocupado com uma coisa! — Comenta Stiven.

— O que pode ser agora, senhor Stiven? — Pergunta o agente Jack.

— O Imperador Dánturia vai ficar abalado quando receber essa notícia que só achamos a veste da Imperatriz. — Disse Stiven.

— Isso será humilhante para o meu senhor, pois só ele pode ver a Imperatriz sem vestes, e agora ela está nas mãos desses malditos humanos sem as vestes. — Disse Lorde Skinay demonstrando toda sua revolta.

— Olha Skinay, eu sei que o que aconteceu foi terrível, mas temos que nos concentrar em procurar e achá-la a qualquer custo, pois a aliança depende desse resgate, assim me orientou a subsecretária Delaine. — Disse o agente Jack.

— Sim agente Jack! O senhor tem razão, não podemos nos desviar do verdadeiro objetivo dessa missão que é resgatar a Imperatriz nesse momento decisivo para uma aliança entre os povos. Se falharmos acontecerá uma revolta e descontentamento que poderá levar a uma guerra entre os povos, e o senhor sabe que uma guerra trará prejuízos e dor para todos nós. — Disse Stiven.

— Eu sei meu amigo Stiven, é por isso que vamos encontrar a Imperatriz conselheira antes que o conselho teraniano fique sabendo do sequestro. Se isso acontecer nem o Imperador poderá controlar. — Disse Lorde Skinay.

******

Enquanto eles discutem e tentam encontra uma nova pista que os leve ao paradeiro da Imperatriz a subsecretaria de segurança nacional, senhorita Delaine recebe mais uma informação que poderá ajudar muito na localização da Imperatriz conselheira.

— Alô! É a subsecretária Delaine? — Pergunta o agente de trânsito Holkins.

— Sim, sou eu agente Holkins! O que houve? Tem alguma novidade? — Pergunta a subsecretária Delaine.

— Tenho novidades para senhora sobre o caso dos teranianos! — Diz o agente Holkins.

— Então fala logo que estamos precisando de toda ajuda possível. — Disse a subsecretária Delaine.

— Pude descobrir que o endereço que eu dei à senhora está na lista de observação da rota dos teranianos e que todos movimentos dos últimos dois dias foram gravados para segurança do perímetro; e a senhora não vai acreditar quem esteve nesse endereço a mais ou menos quatro horas? — Pergunta o agente Holkins.

— Quem foi? — Pergunta à senhora Delaine.

— O capitão Victor do comando GRT (Grupo de repressão ao terrorismo) junto com alguns homens, senhora! — Informa o agente Holkins.

— Mas o que o capitão Victor estava fazendo lá? — Pergunta a subsecretária.

— Não dá para dizer o que ele foi fazer, só podemos ter uma certeza que ele esteve lá nesse endereço. — Disse o agente Holkins.

— Olha Holkins essa informação é muito valiosa e não pode vazar de jeito nenhum, está me entendendo? — Pergunta a subsecretária esperando uma confirmação de sigilo.

— Sim senhora, estou entendendo. Agora estou tentando localizar onde foi parar os helicópteros que trafegaram naquela região àquela noite, pois sumiram da visão do satélite como num passe de mágica. — Disse o agente Holkins.

— Agente Holkins, eu quero que você me dê à última localização de onde foram vistos os helicópteros.

— Sim senhora! O último sinal registrado foi na zona 27, na Alameda das Oliveiras.

— Ok! Agente Holkins, obrigado! Qualquer novidade não existe em mim avisar ok!? — Ordena a subsecretária Delaine.

No mesmo instante a senhorita Delaine liga para Stiven dando uma nova esperança da localização da conselheira.

— Alo! Stiven? — Pergunta a subsecretária.

— Sim sou eu, senhorita Delaine! O que houve?

— Tenho novidades, Stiven!

— Pode falar senhorita que estou na escuta. — Responde Stiven.

— Tenho uma nova localização do possível cativeiro da conselheira. — Disse a subsecretária Delaine.

— Ok senhorita Delaine, pode falar que estou anotando.

— Verificar a Alameda das Oliveiras lt. E quadra 409.

— Anotei, mas o que há nesse endereço que possa nos ajudar? — Pergunta o Stiven.

— O agente de trânsito Holkins registrou uma grande movimentação de helicópteros nessa área quando os teranianos chegaram.

— Já estamos indo para lá agora investigar. — Disse Stiven.

— Passe o endereço para o agente Jack.

— Sim senhora! — Disse Stiven desligando o telefone. — No mesmo instante Stiven desliga o telefone celular e entrega o endereço anotado ao agente Jack para que ele coordene a ação de averiguação do local indicado.

— O que houve senhor Stiven? — Pergunta Lorde Skinay.

— Parece que suas preces foram ouvidas, Lorde Skinay. Temos mais uma pista para seguir. Vamos para a Alameda das Oliveiras Lt. E, quadra 409. Temos o que investigar este endereço. — Disse Stiven.

— Mas esse endereço! É de um ferro velho afastado do centro da cidade! — Informe o agente Jack tendo certeza do que fala.

— Então vamos a esse ferro velho para investigamos. — Disse Lorde Skinay.

— Atenção todas as unidades dirijam-se para o ferro velho das Alamedas. — Informa a todos através do rádio o agente Jack.

Enquanto Stiven e os outros se dirigem ao ferro velho a subsecretária vai informar pessoalmente ao Presidente e o Imperador o que está acontecendo e a quantas andam a operação para o resgate da conselheira.

— Senhor Presidente já conseguimos encontrar o local do cativeiro da conselheira, mas estava vazio e só achamos as vestes da Imperatriz. — Disse a subsecretária Delaine.

— Mas isso é terrível, como será que estão tratando a Imperatriz? — Pergunta o Imperador com uma expressão de preocupação e tristeza por estar acontecendo aquilo tudo com a sua companheira.

— Temos que rezar para não acontecer nada a ela, pois não quero nem imaginar as consequências que esse sequestro pode provocar. — Disse o Presidente dos Estados Unidos da América, Ronald Hushis Keney

— Senhor Presidente, tenho uma recomendação do Lorde Skinay.

— E qual é senhorita Delaine? — Pergunta o Ronald Hushis Keney.

— Lorde Skinay pediu para não contarmos para o Imperador que a Conselheira está sem as vestes para não o constranger, pois ela é a Primeira Dama dos teranianos, entendeu? E o senhor sabe o que isso poderia provocar, e sabemos que não queremos agravar essa situação que já está difícil de sustentar. — Disse a subsecretária.

— Onde o grupo está agora, subsecretária? — Pergunta o Presidente Ronald Hushis Keney.

— Agora? Estão indo para um novo local para averiguação e logo teremos notícias. Mas por hora é só, estamos no escuro meu Presidente.

— Obrigado senhorita Delaine e deixa que eu cuide por enquanto do Imperador. Só trata de encontrar a imperatriz. — Recomenda o Presidente.

Mais um rastro perdido!

— Lorde Skinay! — Chama um dos teranianos que pilota a nave.

— Sim! O que houve? — Pergunta o Lorde.

— Estamos nos aproximando do local indicado. — Disse o piloto da nave.

— Stiven, será que vamos encontrar alguma coisa nesse monte de ferro velho? — Pergunta o Jime.

— Jime! Aconteceu tanta coisa que eu já tinha esquecido que você está aqui na nave. — Disse Stiven.

— Isso porque eu sei a hora de ficar calado e de olhos abertos. — Disse o Jime.

— Sim pequeno Jime, você é o verdadeiro terráqueo que pode ser aliado de um teraniano. — Cometa Lorde Skinay.

Em meio àquela conversa e observações o jovem Jime olha pela janela da nave e vê algo que lhe chama sua atenção no meio do ferro velho.

— Olha Stiven! O que é aquilo lá embaixo? — Pergunta o Jime apontando o para o ferro velho.

— Aquilo o quê? Não estou vendo nada, só um monte de carro velho empilhados. — Disse Stiven.

— Eu estou vendo pequeno Jime; Stiven informe ao agente Jack. — Disse Lorde Skinay.

— Mas o quê? Eu não estou vendo e tenho que ver para informar ao agente Jack. — Disse o Stiven.

— Olha ali próximo àquela pilha, onde tem um carro vermelho no topo, olha ao lado dele tem um furgão parado. — Disse Jime apontando.

— Ora Jime é só um furgão não é nada demais. — Disse Stiven.

— Não Stiven! Olha! É sim um furgão preto, mas você não acha que este furgão está muito novo para estar parado jogado aqui nesse ferro velho? — Pergunta o Jime.

— Não Stiven! O Jime está certo, tudo que possa ter ligação com sequestro e for suspeito tem que ser investigado. Agora informa ao agente Jack para que ele se aproxime, pois não podemos nos aproximar, para isso teremos que desligar o escudo de invisibilidade. — Disse Lorde Skinay.

Então o Stiven entra em contato com o agente Jack e informa do acontecido.

— Atenda agente Jack! Aqui é o Stiven.

— Jack na escuta, pode prosseguir!

— Estamos tendo contato visual com um furgão preto que está dentro do ferro velho, essa é a pista que devemos seguir. — Informa Stiven.

— Senhor Stiven esse ferro velho é imenso vamos levar algum tempo para vasculhá-lo, mas vamos esquadrilhar tudo. — Responde o agente Jack.

— Não vai precisar vasculhar já temos uma localização: vocês devem ver um furgão preto na oitava pilha de carro a partir da entrada do ferro velho indo pela direita, está próximo a sede. Vamos demorar alguns minutos, pois não há espaço para aterrissarmos por perto, então está por sua conta agente Jack. — Disse Stiven.

Nesse momento os homens do agente Jack se dirigem em direção do furgão indicado. Ao se aproximarem do local onde está o furgão suspeito uma grande lona escura chama a atenção de um dos soldados.

— O que houve soldado? Porque parou? — Pergunta o agente Jack.

— Olha senhor! Aquela lona. — Responde ela apontando na direção da lona, ele imagina que aquela lona cobre alguma coisa e deduz.

— O que tem a lona? — Pergunta o agente Jack.

— Olha senhor! Tem um helicóptero ali! — Fala o soldado Rubro.

— Ali onde soldado? — Pergunta o oficial.

— Ali embaixo daquela lona onde tem aquele espaço aberto. — Disse o soldado Rubro.

— Como sabe que é um helicóptero? — Pergunta o agente Jack.

— Porque aquela lona é fabricada para proteger helicópteros senhor, mas também dá para ver pelo volume que ela está formando. — Disse o soldado Rubro perito em aviação.

— Atenção equipe "B" vocês investiguem, uma lona preta esticada na primeira pilha de carros próximos a máquina de prensar. — Ordena o agente Jack.

— Ok senhor, já estamos nos aproximando. — Responde um dos soldados.

— Agente Jack, nós estamos com o furgão em nosso alcance, e tudo indica está vazio; estamos nos aproximando e não percebemos nenhuma hostilidade. — Informa um dos soldados.

— Tenham cuidado! Pode ser uma armadilha soldado. — Previne aos seus homens, o agente Jack.

Os agentes e soldados se aproximam do furgão e após constatarem que está vazio informam ao agente Jack.

— Senhor realmente está vazio, mas pelo jeito foi usado a menos de uma hora, tem uma ponta de cigarro que ainda está acesa e o motor está quente, mas esse sem dúvidas é mais um rastro perdido. — Informa um dos soldados.

Então o agente Jack se aproxima do furgão com o restante dos soldados, chegando em seguida o Lorde Skinay, Stiven e seu ajudante Jime.

— Agente Jack manda o número da placa para a subsecretária investigar. — Disse Stiven.

— Não vai precisar senhor Stiven, pois essa placa é a mesma do outro furgão que foi encontrado na velha fábrica. Estamos fazendo uma varredura nas proximidades para termos uma conclusão do perímetro e assim que tivermos uma conclusão informaremos ao senhor. — Disse o agente Jack.

Então o rádio do agente Jack chama a sua atenção.

— Atenda agente Jack! Atenda agente Jack!

— Jack na escuta, prossiga soldado.

— Aqui é o soldado King do grupo B, estamos retirando a lona e é mesmo um helicóptero e podemos dizer que ele é de uso exclusivo do grupo de elite GRT liderado pelo capitão Victor.

— Eu sabia que aquele mercenário estava envolvido nisso, agora ele não tem como escapar. Soldado espere que já estamos indo aí agora. — Disse o agente Jack.

— O que houve agente Jack? — Pergunta o Stiven.

Todos se dirigem para o helicóptero onde espera encontra alguma pista que possa levar até a imperatriz.

— Olha Lorde Skinay, pelo que posso ver não há sinal nenhum que a Imperatriz esteja aqui, mas uma vez chegamos tarde para o resgate. — Disse Stiven.

— Assim não dá. Essa situação está ficando insustentável, agora tenho que ir falar com o Imperador sobre o que está acontecendo e que medidas devem ser tomadas a respeito desse sequestro e a respeito do conselho teraniano. — Disse Lorde Skinay.

Então o agente Jack chama a atenção do senhor Stiven para um detalhe que acabara de achar no helicóptero.

— Senhor Stiven vem ver uma coisa. — Disse o agente Jack.

— O que houve oficial? — Pergunta o Stiven.

— Olha só isso aqui no fundo desse assento. — Disse o agente apontando para o banco do helicóptero.

— Não estou vendo nada. — Disse Stiven.

Então o agente Jack passa a luz azul de uma lanterna sobre a parte traseira do encosto do banco do helicóptero, luz essa que revela alguma imagem ou rabisco escrito com alguma tinta diferente que eles não estão acostumados a ver.

— Está parecendo, é uma mensagem e só pode ter sido deixada pela Imperatriz. — Disse Stiven.

— Como o senhor sabe que foi ela que deixou senhor Stiven? Pode ser um truque para nos desviar da pista certa.

— Eu sei que é uma mensagem da imperatriz! Jime. Chamem Lorde Skinay. Ele precisa ver isso.

— Sim Stiven. — Jime corre em direção ao Lorde Skinay que está próximo ao furgão a abandonado.

— Lorde Skinay, Stiven está chamando, parece que achou alguma pista. — Disse Jime.

— Achou uma pista? — Pergunta Lorde Skinay.

— Você precisa ver isso, Lorde Skinay. — Disse Jime.

— O que está esperando? Me leve agora onde ele está. — Disse o Lorde que está aflito por alguma pista da conselheira.

Lorde Skinay se aproxima do helicóptero e olha para Stiven que aponta para o banco do helicóptero com a lanterna de luz azul. Deixando o Lorde de olhos arregalados e uma expressão de aflição e ao mesmo tempo com uma expressão de alívio;

— E então Lorde Skinay é uma mensagem? O que diz aí? — Pergunta o Stiven.

— Sim! É uma mensagem para mim e foi feita com fluido de vida. — Responde Lorde Skinay.

— Mas o que diz aí? E o que é fluido de vida? — Pergunta o agente Jack.

— O fluido de vida que o Lorde se refere, agente Jack, é o sangue da Imperatriz teraniana. — Responde ele. — Assim é chamado o sangue teraniano.

— Então significa que ela está ferida? — Pergunta Jime demonstrando estar muito preocupado.

— Tenha calma meu jovem ela está bem, só está atordoa porque ficam injetando algo nela que a faz dormir! — Disse Lorde Skinay.

— Como podemos ter calma senhor Lorde Skinay? A Imperatriz está ferida. — Disse o agente Jack.

— É por isso que não a localizamos! Ela está sempre desacordada, sempre sedada. — Disse o jovem Jime.

— Ela está bem! A Imperatriz mesma se feriu, pois, queria me deixar essa mensagem! Nós teranianos podemos liberar fluido de vida sem sentir dor. Ela está dizendo que está bem, só está assustada, não é para tentar localizá-la com o vortns, pois está com algum aparelho terrestre na cabeça que bloqueia qualquer localizador. Mas ela está pedindo para não deixar o Imperador desfazer o acordo de paz com os humanos. Os homens que a pegaram só querem impedir esse tratado de paz, e roubar a nossa tecnologia para vender a outros terráqueos.

— Cara! Ela diz isso tudo, só nessa mensagem? — Pergunta o agente Jack.

— Sim, ela deve ter passado muito tempo nessa aeronave. Também disse para falar ao Imperador que ela está bem e que não está ferida; ela deixou essa mensagem, pois sabia que íamos achar a aeronave. Ela diz ainda que está sendo levada para um lugar chamado de Base de Neva. — Disse Lorde Skinay.

— Base de Neva, o que quer dizer? — Pergunta o agente Jack.

— Não sei. A mensagem está incompleta. — Responde Lorde Skinay.

— Ela não teve tempo para terminar de escrever. — Disse o Jime.

— O que importa é que sabemos que ela está bem e temos mais uma pista para seguir. — Disse o agente Jack.

— A Imperatriz é uma fêmea corajosa! Ela deixou essa pista mesmo correndo risco de vida. — Disse o Jime.

— Jime não fala isso, pois o Lorde pode se exaltar muito mais. — Disse Stiven.

— Não se preocupe senhor Stiven! Eu já estou calmo. — Disse Lorde Skinay. — Agora tenho que ir informa ao Imperador pessoalmente, pois ele solicita a minha presença.

— Ok Lorde Skinay! Eu vou com você. — Disse Stiven.

— Não, senhor Stiven. — Disse ele olhando seriamente para o ufólogo. — O senhor ajuda o agente Jack nas investigações, e eu vou sozinho até o Imperador

— Se você quer assim Lorde Skinay! Assim será! Agora que sabemos que a Imperatriz está viva. Temos uma nova esperança de encontrá-la e resgatá-la com vida. — Stiven olhando Lorde Skinay caminhado em direção a sua nave sabe que ele tem algo a esconder, sabe também que não pode pressioná-lo, pois o momento não o permite.

— Homens façam uma varredura geral na área, não deixem passar nada, nem um fio de cabelo. — Ordena o agente Jack.

— Senhor! Achamos uma coisa aqui. — Disse um dos soldados.

— O que foi soldado? — Pergunta o agente Jack.

— São rastros de outro helicóptero e carros que saíram de tras desta pilha de carros. — Confirma o soldado conhecido por nome de Telescópio.

Então o oficial se dirige até o local porá investigar os rastros no chão e deduz.

— Eles com certeza trocaram de helicóptero aqui nesse mesmo local; e pelas marcas no chão é um helicóptero de uso doméstico. — Disse o agente Jack passando a mão no chão sobre os rastros, olhando a sua volta como se procurasse por algo a mais. — Se esse helicóptero de uso doméstico com certeza deve um bloqueador de torre de controle com certeza, e é por isso que não foi notificado, pois esse espaço aéreo é proibido para helicópteros domésticos, agora mais do que nunca tenho certeza! O secretário Robert está envolvido nessa traição ao Presidente, e ao país.

— Mas porque ele está fazendo isso? — Pergunta Stiven.

— Eu também quero entender o porquê! — Disse Jime olhando fixamente para o agente Jack!

— Olha Stiven! Como a Imperatriz informou na mensagem, ele é um mercenário que só pensa no bem próprio não se importa com as vidas alheias, só o secretário de segurança nacional pode impedir ou autorizar voos domésticos nesta área. Vocês podem ir eu vou fica aqui mais um pouco, preciso ter certeza de tudo. — Disse o agente Jack.

— Que maldito! — Disse Lorde Skinay. — Agora tenho que ir, pois o Imperador solicita minha presença.

— Mandarei alguns soldados o acompanhar para sua segurança!

— Obrigado agente Jack, mas não será preciso, pois irei na minha nave, tenho guerreiros teranianos eles podem me proteger se for preciso, mas obrigado agente Jack, sei que você é do tipo de humano em quem meu povo pode confiar. — Disse Lorde Skinay caminhado em direção a sua nave.

— O senhor não precisa agradecer. Eu é que peço desculpa por não poder dar um fim a esse transtorno. — Disse o agente Jack.

— Não se preocupe agente Jack o senhor já ajudou mais do que imagina. Agora tenho que ir ao encontro do Imperador.

Quando o Lorde se dirige para sua nave e levanta voo o agente Jack chama a atenção de Stiven.

— Senhor Stiven! — Chama ele.

— Sim! Agente Jack. — Responde Stiven parado olhando para o céu observando a nave do Lorde Skinay desaparecendo na escuridão da noite.

— Você não acha que Lorde Skinay ficou estranho depois que leu aquela mensagem? — Pergunta o agente Jack.

— Sim agente Jack eu achei, mas não quis falar nada porque pensei que só eu tinha percebido. Aquela mensagem tinha algo mais, e ele não quis no falar. — Comenta o Stiven.

— Stiven espera um pouco.

— O que houve oficial?

— Vamos descobrir o que vai acontecer com Lorde Skinay e se ele está nos escondendo algo.

— Ok! Agente Jack faça o que tem que ser feito para o bem de todos. — Disse Stiven.

O agente Jack liga para um dos seus homens de confiança na Casa Branca. Lá ele tentara descobrir o que Lorde Skinay está escondendo sobre a mensagem deixada pela imperatriz teraniana.

— É o agente George? — Pergunta o agente Jack ao telefone.

— Sim senhor sou eu. — Responde George.

— Tenho uma missão muito importante para você. — Disse o agente Jack.

— Sim senhor! Pode ordenar.

— Quero que você fique no encalce do Lorde Skinay e descubra tudo que ele planeja fazer de anormal aí na Casa Branca, mas não deixa que ele perceba que está sendo observando. Logo estarei aí.

— Pode deixar senhor. Serei a sombra do Lorde sem ele perceber!

— Eu tenho certeza disso.

— Sim, senhor oficial!

— Não deixa que o secretário Robert tome conhecimento dessa informação ou de alguma outra que você venha a descobrir. Entendeu?

— Sim senhor! Mas porque o secretário Robert não pode saber? Afinal ele é o secretário de segurança nacional. — Comenta o agente George.

— Porque é uma operação de extremo sigilo. Entendeu?
— Pergunta o agente Jack.

— Sim senhor! Farei como ordena.

O agente Jack sabe que não pode confiar mais no secretário de segurança nacional, pois para ele todas as evidências apontam o secretário de segurança nacional Robert Nixon como mandante do sequestro da Imperatriz teraniana.

******

Nesse mesmo instante Lorde Skinay está indo ao encontro do Imperador com mais informações sobre o sequestro da Imperatriz em segundos a nave teraniana se aproxima da Casa Branca.

Chegando lá chegando lá ele não perde tempo e vai direto a presença do seu imperador onde informa todo acontecimento, mas ambos conversam no idioma teraniano para que os demais presentes não entendam o que eles falam.

Com as próprias mãos!

"— *Meu Imperador! Tenho notícias da nossa Imperatriz Conselheira.* — *Disse Lorde Skinay aproximando-se do Imperador Dánturia fazendo posição de reverencia.* "

— Eu sei que ela está bem, pois você já me ligou para dar notícias, Lorde Skinay. — Responde o Imperador Dánturia.

Então o Lorde faz um sinal para o Imperador pedindo que ele desligue o tradutor e assim falem na língua teraniana. O Imperador faz o que o Lorde pede e o mesmo explica o que está acontecendo.

""— *Sim senhor ela está bem, mas muito preocupada com o senhor!* — *Disse Lorde Skinay conversando no idioma teraniano agentes passam de um lado para o outro sem entender o que os dois extraterrestres conversam.*

— *Como assim, muito preocupada comigo? Ela está em um local desconhecido nas mãos de criaturas bárbaras que desprezam sua própria espécie e diz que está preocupada comigo? É bem o jeito da Conselheira.* — *Disse o Imperador.*

— *Olha, meu senhor, a Conselheira deixou uma mensagem dizendo onde ela está e como podemos localizá-la.* — *Disse Lorde Skinay. Ambos conversam na língua teraniana esperando assim não ser traídos mais uma vez.*

— *Como ela fez isso! Como ela conseguiu estando ela em posses desses seres bárbaros?* — *Pergunta o Imperador.*

— Ela nos deixou um rastro de fluido de vida que podemos localizar com o nosso detector de fluido corporal. — Disse Lorde Skinay.

— É claro! Com o detector de fluido podemos rastrear uma gota de fluido a mais de 60 vários, (ou seja, vinte quilômetros). Mas espera um pouco! Como ela se feriu? Será que ela não está perdendo muito fluido? — Pergunta o Imperador já preocupado com os ferimentos da Imperatriz.

— Não se preocupe meu Imperador ela está bem, ela vai nos deixar um rastro de fluido por onde passar e assim descobriremos a sua localização. — Disse Lorde Skinay demonstrando estar confiante no resgate da imperatriz.

— Então não perca tempo! Vá e a encontre. Que o grande Sued nos abençoe. — Disse o Imperador sentindo uma grande esperança, um sentimento que até então era desconhecido por sua espécie.

— Sim, meu Imperador, eu vou agora mesmo entrar em contato com o comando teraniano para que me enviem o capitão Tarone junto com o localizado de fluido corporal.

— Calma Lorde Skinay, antes temos que nos preparar, pois não podemos chamar a atenção do Conselho, não queremos que eles saibam que a Conselheira Imperatriz foi feita prisioneira pelos humanos. Avise ao capitão Tarone para manter em sigilo absoluto ele tem que vir como se fosse uma viagem diplomática.

— Na verdade não devemos trazer o capitão Tarone. Podemos o ordenar que envie um soldado de confiança para não deixar o Conselho com uma impressão errada do que está acontecendo. E eu tenho o teraniano certo para esse serviço que vai poder até nos ajudar no resgate da Imperatriz, pois ele é um dos melhores guerreiros do esquadrão de defesa aérea do nosso império. — Afirma Lorde Skinay.

— Sim Lorde Skinay! Sei que posso deixar tudo por sua conta, confio plenamente em você e sei que fará o melhor pela nossa raça. Agora vá e faça o que for certo e preciso para encontrar a Imperatriz e resgatá-la com vida. — Disse o Imperador Dánturia depositando toda sua esperança em seu fiel Lorde conselheiro e comandante da guarda imperial teraniana.

— Meu senhor o senhor nunca a chamou de Imperatriz antes! — Disse Lorde Skinay.

— Eu sei Lorde Skinay. — Responde o imperador e continua: — A partir de hoje as leis do nosso mundo mudarão e ela será conhecida como Imperatriz do povo teraniano e não mais como a Conselheira, então vá e faça o que tem de ser feito.

— Obrigado Imperador Dánturia o senhor não vai se arrepender de ter me escolhido, como comandante da guarda imperial teraniana. Eu vou resgatá-la e punir esses malditos com as próprias mãos — disse Lorde Skinay expressando o verdadeiro sentimento de lutar por um povo uma nação Inter planetária. "

******

Mas o que Lorde Skinay e o Imperador Dánturia não sabem é que tem alguém escutando toda a sua conversa.

— Alô! Agente Jack?

— Sim sou eu! Quem fala? — Pergunta o agente Jack.

— Aqui é o soldado George! Tenho novidades para o senhor!

— Então fala George o que você descobriu?

— Eu ouvi Lorde Skinay conversando com o Imperador dos aliens sobre algo que pode ajudá-los a encontrar a Conselheira que ele chamou de Imperatriz. — Disse o soldado George e continua: — Eu entendia tudo o que eles falavam, mas pela expressão de alivio do Imperador eles têm um plano de resgate.

— Olha soldado George não informe nada a ninguém sobre o acontecido, entendeu?

— Sim senhor Jack! E o que devo fazer? — Pergunta o agente George.

— Não faça nada, só fique de olho nos movimentos dele, estaremos aí em um minuto. Não deixe que eles saibam que você está de posse de um tradutor. — Disse o agente Jack.

— Ok senhor assim será feito.

******

Do outro lado o secretário Robert Nixon contata seus mercenários a fim de ter notícias de sal mais valiosa encomenda.

— Alo! Capitão Victor?

— Sim quem fala?

— Como assim quem fala? Sou eu, seu idiota!

— Oh! É o senhor! Desculpe senhor Robert!

— Fica calado e presta atenção! Os malditos aliens descobriram como encontrar a fêmea deles, não sei como, mas sabem como a encontrar. Por isso vocês terão que sair da cidade, ficar o mais longe possível do centro entendeu?

— Sim senhor!

— Então saiam da cidade agora e vão para o sítio que nos encontraremos lá para planejarmos tudo que deve ser feito. Vá agora. — Ordena o secretário Robert.

— O sítio está a quase 50 quilômetros daqui e há muitos policiais a procura da fêmea dos aliens. Será quase impossível chegar até lá. — Disse o capitão Victor.

— Nada é impossível se vocês agirem como sempre, pois vocês são os melhores no que fazem, agora vão rápido antes que seja tarde.

— Ok senhor! Vamos conseguir. O senhor está certo, somos os melhores em tudo que fazemos. — O capitão Victor se enche de vaidade e orgulho ao receber o elogio do segundo homem mais importante dos Estados Unidos da América. — Não vai ser um grupinho de policiais idiotas de rua que irá nos impedir de executarmos nossa missão a glória é nossa. — Disse o capitão olhando para seus homens e expressando um falso orgulho patriota.

— Ok capitão! Vou aguardar resposta. — Disse o secretário Robert desligando o telefone.

— Ok homens, vamos agir. — Disse o capitão Victor.

— O que houve senhor? — Pergunta um dos soldados.

— Teremos que bolar um plano para transportamos essa coisa feia daqui para o sítio. — Disse o capitão Victor respondendo à pergunta do soldado.

— Mas capitão como fazemos isso com tantos policiais lá fora a nossa procura? — Pergunta o Falcão Azul, um soldado extremamente frio e cruel. Sentimentos que foram forjados no cumprimento das inúmeras missões de resgates quase suicidas e guerras sem vitórias.

— Fique calmo, Falcão! Somos os melhores no que fazemos; não vai ser um grupinho de policias gordos e carecas que vai nos impedir de completarmos uma missão. Já executamos missões no Iraque, Colômbia, Índia, Angola, Israel e até no Irã e em muitos outros lugares que fariam esses idiotas borrarem as calças. Nunca falhamos, não vai ser aqui que iremos falhar com esses policiais de rua mal treinados e mortos de fome. — Comenta o capitão Victor ostentando toda sua superioridade militar.

— O senhor tem razão capitão! Não devemos temer essa que é a mais fácil de todas as missões que já executamos. — Disse o soldado conhecido como Sombra.

— Ok! Agora, vamos aos preparativos para sairmos daqui eu já tenho um plano que será perfeito para fugirmos e conseguimos chegar até o sítio. — Disse o capitão Victor com um maldoso sorriso nos lábios.

— Então o que estamos esperando capitão Victor? — Disse o Lobo, um soldado perigoso e astuto.

— Toma essa lista soldado, compre todos esses itens, mas lembre-se que você só tem meia hora para comprar tudo que está na lista e voltar aqui, pois é só o tempo que temos para nos prepararmos e fugirmos...

— Sim capitão! Vou e volto num piscar de olhos. — Responde o soldado de nome Lobo.

O capitão planeja fugir da cidade e enganar as barreiras policiais das rodovias da cidade e assim tentar chegar ao sitio indicado pelo secretário Robert.

******

— Vossa majestade!

— Olá senhor Presidente! A que devo a honra de sua visita a meus aposentos, pois o senhor tem um país para governar, o senhor vindo até aqui deve ser muito importante.

— Meu governo sim é muito importante, mas não é tão importante quanto à dor que está sentido Imperador Dánturia. Eu vim aqui para saber como vossa alteza, está se sentido, pois com esses acontecimentos não poderia deixar, vossa alteza, sem atenção. Também vim informá-lo que estamos fazendo o possível e o impossível para localizar a Imperatriz Conselheira e sei que logo estaremos com ela em nosso convívio em paz e protegida. — Disse o Presidente.

— Eu também espero poder encontrá-la logo, senhor Presidente, pois a nossa aliança depende da segurança da Imperatriz. Se acontecer alguma coisa com ela o acordo de paz estará cancelando. — Disse o Imperador.

— Vossa alteza quer dizer que em vez de um acordo de paz entraremos em guerra? — Pergunta o Presidente.

— Não se preocupe senhor Presidente, pois guerra não existirá, mas paz não será a palavra certa. — Responde o Imperador.

— Ok! Já entendi caro amigo, mas isso não irá acontecer, tenho confiança na minha acessória e nos agentes que trabalham comigo, são competentes e confiáveis.

— Espero que não sejam confiáveis como este membro do governo que traiu a sua confiança.

— Vossa alteza! Tenha certeza que este é sem dúvidas um fato isolado.

Enquanto o Presidente tenta aliviar a pressão que o Imperador está sofrendo, Lorde Skinay trata de colocar seu trabalho em prática, ele está se dirigindo para nave que está estacionada no jardim da Casa Branca onde irá fazer contato com seu império.

******

— Lorde Skinay o que está acontecendo com o senhor, está tão calado e sério. Será que posso ajudar em alguma coisa? — Pergunta o agente George.

— Não, senhor George, está tudo bem. Espera aqui que vou me comunicar com o meu império e não posso permitir a sua presença na nave. — Disse Lorde Skinay.

— Tudo bem, não há problema, vou esperar aqui fora, só quero que saiba que se precisar de alguma coisa, qualquer coisa, eu estarei aqui e o ajudarei com muito prazer. — Disse o soldado George.

— Ok! Vou me lembrar disso, agora tenho que ir preciso realmente me comunicar com meus capitães de esquadra, sou chefe da guarda imperial teraniana e não posso ficar sem contatá-los por muito tempo.

— Deve ser uma grande responsabilidade comandar um exército de guerreiros tão fortes que pilota naves espaciais, o senhor não acha, Lorde Skinay? — Pergunta o agente George tentando ganhar tempo para seu agente Jack chegue a Casa Branca.

— Já percebi que você não vai desistir! Vejo que está muito curioso para conhecer a nave por dentro, vem, vou deixar você entrar, mas não mexe em nada, está entendendo? — Disse o Lorde ao agente George esperando o agente na porta de entrada da nave. Realmente era o mesmo de deixar qualquer um curioso para conhecê-la por dentro, pois as naves teranianas eram como todas as naves descritas nos filmes que milhões de pessoas já assistiram.

— Sim senhor! — Responde o agente George. — Cara, isso é um sonho para mim, meu filho não vai acreditar quando eu contar a ele a onde eu entrei.

— Vem por aqui e não mexe em nada. — Disse Lorde Skinay olhando fixamente para o agente George boquiaberto admirando a nave por dentro. Todos aqueles comandos e símbolos que ele não entendia faziam a nave ser ainda mais misteriosa e fascinante. Já na ponte de comando o Lorde entra em contato com o império teraniano. — Combatente Trugan! — Chama Lorde Skinay.

— Sim meu Lorde!

— Acompanha o agente George, tenho que fazer uma coisa. Fique de olho nele para não mexer em nada, leve ele para conhecer a nave, tenho que ir a ponte e vou demora um pouco. — Disse Lorde Skinay.

— Ok! Meu Lorde. Vem terráqueo! — Disse o combatente Trugan puxando assunto com o agente. — Qual o seu nome?

— Meu nome é George! E o seu? — Pergunta o agente George tentando demonstrar muita curiosidade para que não sejam percebidas suas verdadeiras intenções. — Cara esse lugar é incrível.

— Não! Incrível é o seu mundo. — Responde o combatente Trugan.

— Eu não entendo como vocês falam tão bem com esses tradutores, parecem até que vocês são humanos. — Disse o agente George.

— Mas eu me sinto humano também, pois eu nasci nesse planeta então me sinto um terrestre. — Responde combatente o Trugan.

— Eu também lhe acho um terrestre, não um humano e sim um terrestre. — Disse o agente George confirmando o pensamento do combatente Trugan. — Você nasceu no planeta terra e que nasce na terra é terrestre.

— Obrigado por não me tratar com indiferença e me ver assim do jeito que sou. Agora vamos que, vou te mostrar o resto da nave imperial. — Disse o Trugan.

— Não precisa agradecer, pois você não é diferente de muitos humanos que conheço.

Aproveitando o momento de descontração com o combatente Trugan o agente George esquece sua verdadeira missão, nesse mesmo instante Lorde Skinay está em contato com a sua ilha que fica no Triângulo das Bermudas.

— Nave imperial para o capitão Rosfok! Nave imperial para o capitão Rosfok!

— Capitão Rosfok na escuta! Prossiga meu Lorde.

— Rosfok vou ser breve. Quero que você mande um rastreador de fluido de vida para as coordenadas que estou lhe enviando.

— Sim, meu senhor! Mas para que precisa de um localizado de fluido corporal? Quem está ferido ou perdido?

— Não tenho tempo para explicar agora capitão, mande com urgência o que eu lhe pedi, junto com o localizador o envie o combatente Turak para operá-lo, pois vou precisar dele aqui; mais uma coisa, ninguém deve ter conhecimento dessa informação está entendendo? — Ordena Lorde Skinay com ar de autoridade.

— Sim meu Lorde! Ele estará aí o mais rápido possível, não se preocupe, pois nenhum teraniano ficará sabendo do que está acontecendo. Que Sued os proteja seja lá o que estiver acontecendo. — Disse o capitão Rosfok.

— Obrigado capitão, enquanto espero vou lhe contar o que está acontecendo, só peço que se certifique que não tem ninguém na escuta.

******

Enquanto Lorde Skinay explica o que está acontecendo a seu capitão, o agente Jack e seus homens correm para não deixa que Lorde Skinay faça algo que possa pôr em risco a vida da imperatriz. Assim ele corre para chegar à Casa Branca antes que seja tarde demais.

— Agente Jack, será que o Lorde encontrou algum meio para encontra a Imperatriz e não que no informe? — Pergunta Stiven.

— Não sei senhor Stiven, mas se tiver encontrado vou descobrir agora mesmo. — Responde o agente Jack. — Achei muito estranho o comportamento dele, talvez ele saiba como encontrá-la, mas não quis dizer por achar que não pode confiar em mim. O senhor deve convencê-lo que estamos do lado dele e queremos achar a Conselheira tanto quanto ele, pois disso depende a nossa aliança. — Comenta o agente Jack.

Nesse momento o helicóptero está chegando à Casa Branca com o agente Jack e o Stiven, ambos estão muito preocupados com o comportamento do Lorde Skinay, a intuição de pesquisador de Stiven nunca o deixou na mão, ele sente algo de errado está acontecendo, sente que Lorde Skinay está lhe escondendo algo que pode fazer toda diferencia no resgate da imperatriz.

— Onde devo pousar agente Jack? — Pergunta o piloto do helicóptero.

— Pode pousar aqui mesmo. — Disse o agente Jack indicado o jardim da casa branca. — Temos que encontrar Lorde Skinay.

— Não vamos precisar procurá-lo agente Jack, olha ele ali. — Disse Stiven apontando na direção do Lorde Skinay que nesse momento está saindo da nave teraniana. Rapidamente o piloto aterrissa o helicóptero, rapidamente Stiven e o agente Jack desembarcam e seguem de encontro ao Lorde Skinay.

— Lorde Skinay! Preciso falar com o senhor. — Grita o agente Jack chamando, mas Lorde. Ele disfarçar e fingir que não está escutando.

Então o Stiven o chama também.

— Lorde Skinay! Precisamos falar com o senhor.

Nesse mesmo instante ele se vira, olha para Stiven, mas não para e lhe dar a atenção que ele solicita.

— Agora não posso, tenho que ver o Imperador.

— Lorde Skinay tem que ser agora. — Disse o Agente Jack adiantando o passo e se pondo à frente do Lorde.

— Você tem coragem de ficar no meu caminho. — Disse Lorde Skinay olhando fixamente nos olhos do agente Jack.

— Calma agente Jack, deixe que eu fale com ele.

— Ok, senhor Stiven! — Responde o agente Jack saindo da frente do Lorde Skinay.

— Meu Lorde preciso falar com o senhor agora. — Disse Stiven.

— Eu não posso agora senhor Stiven. Estou muito ocupado.

— Desculpa Lorde Skinay, mas já sabemos o que está acontecendo, nos deixe ajudar, ou não confia mais em mim? — Pergunta Stiven.

— Como assim? Já sabem! Do que estão falando? — Pergunta Lorde Skinay.

— Sabemos que tem um meio para encontrar a Imperatriz. — Disse o agente Jack. E continua: — Porque está nos escondendo? — Perguntou ele.

— Vocês estavam me vigiando? Não dei autorizarão, não deveriam ter feito isso. — Disse Lorde Skinay demonstrando toda sua revolta.

— Calma Lorde Skinay! O senhor não está grampeado, só sabemos que o senhor tem um meio de encontrá-la pela maneira que está se comportando e o jeito que está agindo após ter lido aquela mensagem; então imaginamos que o senhor não nos contou tudo o que tinha contido naquela mensagem. — Disse Stiven.

— Lorde Skinay! Só peço que o senhor confie em nós. Só queremos ajudá-lo a encontrar a imperatriz. — Disse o agente Jack.

— Agente tenho ordens do Imperador para fazer o que for preciso para encontrá-la. — Disse o Lorde.

— Eu entendo e apoio a decisão do seu Imperador, mas o senhor tem que entender que não posso deixar o senhor agir só, peço para que entenda que estamos do mesmo lado. Só queremos encontrar a Imperatriz com vida e assim resolver essa situação.

— Olha Lorde Skinay, o senhor pode confiar no agente Jack como confia em mim, se é para salvar um tratado e garantir a cooperação entre os povos temos que aprender a confiar uns nos outros, apesar dos acontecimentos. — Disse

Stiven, e continuou. — O senhor terá que pensar nisso a partir de agora.

— Eu entendi senhor Stiven! — Disse Lorde Skinay olhando seriamente para Stiven. — Peço desculpa por não confiar em você antes. Realmente temos uma forma de encontrá-la.

— Stiven olha! Tem mais uma nave teraniana chegando. — Disse Jime apontando para o céu.

— Fique calmo Jime! Ela está trazendo um aparelho que vai nos ajudar a encontrar a Imperatriz. — Disse o Lorde.

A nave pousa e um teraniano sai de dentro dela carregando um pequeno aparelho em forma de um prato com alguns números digitais nas suas bordas.

— Olha Jime, é seu amigo Turak! — Disse Stiven.

— Não se preocupem, pois fui eu que pedi para o combatente Turak vir até aqui para trazer o aparelho de rastreamento de fluido de vida que só os teranianos possuem. — Disse Lorde Skinay recebendo o estranho aparelho das mãos do combatente Turak.

— Rastreador de fluido de vida! O que é isso? — Pergunta o agente Jack.

— Fique calmo agente Jack. Eu vou explicar. Lembra quando encontraram a mensagem?

— Lembro! Também tenho certeza que o senhor não nos informou a mensagem completa.

— Sim. É isso mesmo. — Disse ele e continuou. — A mensagem foi feita de fluido teraniano deixado pela Imperatriz. — Responde Lorde Skinay.

— E esse aparelho faz exatamente o que? — Pergunta o agente Jack.

— Este aparelho vai nos ajudar a encontra a imperatriz rastreando seu fluido de vida. — Responde o Lorde.

— Entendi! Este aparelho e uma espécie de rastreador de sangue.

Neste momento o jovem Jime interrompe a conversa para tirar uma dúvida.

— Lorde Skinay! O senhor chamou a conselheira de sua imperatriz? — Pergunta Jime.

— Sim Jime. — Disse o Lorde.

— Porque está chamando a Conselheira de Imperatriz?

— O Imperador ordenou que a partir de hoje ela fosse conhecida como a Imperatriz do povo teraniano e não só a Conselheira. Também muitas das nossas leis serão alteradas. — Disse Lorde Skinay.

— Deixa isso para outra hora Lorde, continua a falar sobre a mensagem. — Disse Stiven.

— O senhor Stiven tem razão. — Disse Lorde mudando de assunto. — Junto com a mensagem de fluido de vida, ela também deixou uma pista dizendo como poderíamos achá-la. — Disse Lorde Skinay. E continua: — Foi ela quem se lembrou do localizador de fluido de vida.

— Mas como? Com esse aparelho funciona? — Pergunta o agente Jack.

— O aparelho só funciona se o teraniano que procuramos está ferido, podemos localizá-lo, a mais de dez quilômetros de distância, através do fluido de vida que ela perde. Agora vamos deixar de perder tempo e vamos encontrá-la rápido, antes que seja tarde, pois só temos seis horas até o dia clarear. Esse foi o tempo que o Conselho deu para enviamos uma resposta definitiva sobre o acordo de aliança e paz. — Disse Lorde Skinay.

— Então vamos entrar em ação o mais rápido possível. — Disse o agente Jack.

Nesse momento o agente Jack chama atenção de todos os homens que estão no ferro velho e os outros que estão trabalhando no fechamento do túnel para uma investida surpresa no cativeiro da conselheira Imperatriz que a partir de agora será conhecida apenas como Imperatriz do povo teraniano.

— Atento todo pessoal. — Disse o agente Jack no rádio comunicador e continuou. — Repito! Atento todo pessoal. Fiquem alerta. Temos uma pista da Imperatriz. Estejam todos no ferro velho em quinze minutos para organizamos a estratégia de resgate da imperatriz. — Após passar as ordens o agente Jack segue para o último local indicado onde à imperatriz esteve. — Agora vamos Lorde Skinay, o helicóptero no ferro velho é o último lugar onde ela esteve. É lá que está o último vestígio de sangue da Imperatriz. E é de lá que seguirá a nossa busca. — Disse o agente Jack.

— Ok! Agente Jack! Mas vamos em minha nave, pois é mais rápida e para o rastreador funcionar tem que estar conectado à o painel de controle da nave. — Disse Lorde Skinay.

— Mas Lorde Skinay, não posso ir em sua nave! Como vou coordenar meus homens, estando lá em cima e eles aqui em baixo? — Pergunta o agente Jack.

— Não se preocupe agente Jack essa nave foi modificada para servir o meu povo e o seu. Ela foi modificada para uma possível emergência e graças a seu amigo Stiven podemos contar com esse meio de cooperação. Então se deseja se comunicar com seus homens é só usar esse comunicador. — Disse Lorde Skinay entregando um pequenino fone de ouvido ao agente Jack.

— Tinha que ser o Stiven. — Comenta o Jime deixando surgir um breve sorriso.

— Olha pessoal não queria ser rude, mas temos que partir agora, pois o tempo estar passando. — Disse o agente Jack.

Todos se preparam para resgatar e imperatriz teraniana. Começa então uma corrida contra o tempo para encontrá-la antes que o sol se levante. O presidente Ronald Hushis sabe que se o conselho teraniano descobrir que Imperatriz Kerania estar desaparecida será o fim do tratado de paz ou pior, o início de uma possível guerra entre os povos.

******

— Capitão Victor será que isso vai dá certo? — Pergunta o soldado, Falcão Azul, especialista em tiro a longa distância. — Esse vestido não ficou bem em mim!?

Há, há, há, todos os soldados soltam uma gargalhada ao ver o lendário Falcão Azul um mito das Forças Armadas Americanas dentro de vestido verde.

— Eu não acredito, após ter passado por várias missões em várias zonas de morte do mundo, estou aqui mim disfarçando de mulher, isso é humilhante para fugir de um bando de policias de 5ª categoria. — disse o soldado Neblina que não se conforma em ter que se vestir de mulher para escapar das perseguições e blitz policias.

— Calma Neblina, encare isso como um novo treinamento e se não passarmos vestidos assim por aqueles policiais idiotas não passaremos por mais ninguém. — Comenta o soldado sombra. — Agora deixem de reclamar e me ajudem a carregar essa alien que é muito pesada.

— Não acredito que você teve coragem de tirar o restante de roupa que essa coisa feia estava vestida e depois vestiu esse modelo o nela! Olha só isso, ficou muito feia mesmo, está parecendo uma... — nesse momento os soldados são interrompidos pelo capitão Victor.

— Vocês dois querem deixar de reclamar e parar com as gracinhas. Vamos logo, pois temos que sair daqui agora mesmo ou vamos ser pegos. Eles estarão aqui em pouco tempo. — Disse o capitão Victor.

Mas como o capitão Victor teria tanta certeza que seriam encontrados, como seria possível ele estar a par de tudo que está acontecendo? De alguma forma o capitão Victor estava sempre um passo à frente dos seus perseguidores.

******

Já no ferro velho!

— Meu Lorde, olha estou detectando uma grande quantidade de fluido de vida nessa área. — Informa o combatente Turak.

— Já era de se esperar, pois foi aqui que ela esteve. Agora quero que você localize para onde ela foi levada a partir daqui.

— Olha meu Lorde, tenho que ir lá embaixo para ver se tem algum rastro para seguir. — Disse o combatente Turak.

— Está autorizado combatente Turak. — Disse Lorde Skinay.

Então a nave pousa no meio do ferro velho e Lorde Skinay desembarca junto com o agente Jack e os demais.

— Os homens estão todos aqui? — Pergunta o agente Jack.

— Sim, agente Jack. — Responde o agente Paul segundo no comando da operação de resgate

— Para quem não o conhece, esse é Lorde Skinay e esse é o combatente Turak ambos membros das forças de defesa teraniana. Eles são nossos aliados. Estamos em um momento crucial, um momento de extrema importância para o nosso planeta, um problema que poderá afetar todo o mundo. Então se tem alguma coisa que queiram falar ou desejam saber, o façam agora porque não haverá segunda vez. A partir desse momento estamos entrando no estágio da missão que não teremos tempo para pensar ou vacilar, então se tem alguém aqui que acha que não pode morrer pelo seu país ou pelo seu Presidente que saia agora, pois essa operação jamais pode ser revelada para ninguém. Sem mais deem as boas-vindas a nossos amigos teranianos. E que Deus nos abençoe. — Disse o agente Jack.

Todos os soldados cumprimentam o Lorde e seu subordinado o combatente Turak que ao sair da nave dirigisse imediatamente para o local onde a Imperatriz deixou a mensagem.

— Olha meu Lorde, a Imperatriz deixou uma mensagem por tras da outra e queria que o senhor visse. Olha outra vez ela deixou um lugar para procuramos. — Disse o combatente Turak enxergando, através do rastreador de fluido de vida, uma espécie de fumaça de plasma esverdeada.

— Estou vendo combatente Turak agora ficou claro para mim. — Disse Lorde Skinay. — Agente Jack o senhor tem que descobrir onde fica esse lugar Nevs! — Disse Lorde Skinay.

— Vou descobrir agora mesmo Lorde Skinay. — Disse o agente Jack pegando o aparelho telefônico e ligando para sua superiora. — Alô, subsecretária Delaine?

— Sim, sou eu Delaine.

— Aqui é o agente Jack.

— Pode falar agente Jack.

— Tenho que saber o mais rápido possível a que empresa ou instituição pertence essa sigla Nevs. — Disse o agente Jack.

— Ok agente Jack! Vou mandar investigar e te responderei em 20 minutos. — Disse a subsecretária.

— Olha senhora não temos tanto tempo precisamos dessa informação agora. — Disse o agente Jack.

— Vou ver o que posso fazer! — Responde a subsecretária Delaine.

Então a subsecretária Delaine, junto com alguns agentes de sua confiança na Casa Branca, vasculha os possíveis endereços da sigla informada pelo agente Jack e 10 minutos depois a subsecretaria Delaine liga de volta para o agente Jack.

— Agente Jack, aqui é a subsecretária Delaine.

— Pode falar senhora Delaine.

— Encontrei três endereços que podem encaixar, são eles: 1º produtos agropecuários, que fica no Texas, 2º Nevs a empresa de grife que fica na Califórnia e Lãs Vegas, e a 3º Nevs empresa de embalagem de produtos e grãos que fica a vinte e dois quilômetros ao leste do ferro velho que vocês estão.

— Obrigado senhora vamos investigar esse último endereço. — Disse o agente Jack. E continuou. Esse deve ser o endereço indicado pela imperatriz.

— Agente Jack me mantenha informada de tudo que acontecer. Agora vá e traga a Imperatriz de volta. — Disse a subsecretária.

— Vamos pessoal! Já tenho a informação que a Imperatriz quis nos passar com a mensagem que ela nos deixou. — Disse o oficial.

— Então o que estamos esperando? — Disse Stiven.

— Tenha calma senhor Stiven! Temos que planejar a nossa ação para que não dar nada errado. Homens vocês terão que ir de carros para não chamar a atenção, o helicóptero deve ficar aqui esperando algum sinal. Agora vamos, pois não podemos perder tempo.

Então todos se dirigem ao ponto indicado: os galpões de estocagem da Nevs produtos agrícolas. Já nas proximidades dos galpões abandonados a dúvida continua.

— Agente Jack, tem certeza que é aqui? — Pergunta Lorde Skinay.

— Sim Lorde, resta saber qual desses será o galpão certo, vamos ter que vasculhar todos até encontrá-la. — Disse o agente Jack fazendo um sinal com a mão para que seus homens se espalhem pelo local.

— Espera agente Jack! Você está esquecendo-se do aparelho do Lorde Skinay? — Pergunta o Stiven.

— Turak é com você agora. — Disse Lorde Skinay.

— Já estou rastreando meu Lorde! Tem vestígios de fluidos de vida por todo lado, com certeza ela passou por aqui marcando os lugares, pois sabia que íamos chegar até ela, à maior concentração estar lá naquele lugar, ela deve estar lá. — Disse o combatente Turak apontando para um galpão aparentemente abandonado.

— Homens cerquem aquele galpão, mas não façam nada sem minha ordem. — Disse o agente Jack.

— Oficial eu não tenho certeza se a imperatriz está lá dentro. — Disse Turak.

— Como assim não tem certeza? — Pergunta o oficial.

— Estou tendo a leitura muita concentração de fluido, mas nenhum movimento térmico e isso não é nada bom. — Comenta combatente Turak.

— Porque você disse que isso não é bom, combatente Turak? — Pergunta Lorde Skinay preocupado com a informação.

— Eu não estou entendendo, ou ela está em pedaços ou espalhou fluida corporal por toda parte, tenho que mim aproximar do galpão para ter uma leitura perfeita. — Disse o combatente Turak.

— Agente Jack! Pode mandar seus homens invadir, pois ela não está mais no galpão. — Disse Lorde Skinay.

— Meu Lorde, eu não dei certeza se ela está lá ou não. — Disse o Turak.

— Não se preocupe combatente Turak ela não está mais lá dentro eu sei disso. Pode invadir agente Jack.

— Tem certeza Lorde Skinay? — Pergunta o agente Jack.

— Tenho agente Jack, pode invadir.

— Homens podem invadir, tudo indica que o local está vazio. — Disse o agente Jack. Os homens invadem o galpão e tem a confirmação. Mais uma vez chegaram tarde: o local está mesmo vazio.

— Droga! O que estar acontecendo? Chegamos tarde mais uma vez. Como pode ser?! Eles estão sempre um passa a nossa frente como pode estar acontecendo isso? — Pergunta o agente Jack revoltado e frustrado mais uma vez.

— Olha oficial não devia dizer isso nem me envolver numa operação desse grau de responsabilidade e que é tão importante para o mundo, mais tenho que falar. — Disse o Jime.

— Fala logo Jime e deixa rodeios, o que houve? — Pergunta o agente Jack.

Quando o Jime se prepara para expor a sua opinião o rádio do agente Jack chama sua atenção interrompendo o jovem.

— Agente Jack! Invadimos o galpão e não encontramos resistência, parece estar vazio, parece abandonado, não encontramos nada até agora. — Os homens, soldados da inteligência do governo, vão avançando galpão adentro constatando que o galpão está realmente vazio, e continuam. — Já estamos no centro do galpão, mas até agora não detectamos nenhum sinal de vida, tudo indica esteve ocupado por algum tempo. — Confirma um dos soldados.

— Podem continuar, entraremos logo em seguida. — Disse o agente Jack.

Já dentro do galpão.

— Senhor! Achamos uma coisa estranha. — Relata um dos soldados pelo rádio.

— O que vocês acharam de estranho soldado? — Pergunta o agente Jack.

— Encontramos alguns objetos de uso pessoal feminino em uma lixeira aqui nos fundos do galpão.

— Como assim objetos femininos? — Pergunta o agente Jack.

— Sim senhor! Objetos femininos batons, vestidos, sapatos, perucas e outros objetos dentro de uma caixa. Acho melhor o senhor vir ver pessoalmente.

— Já estou chegando aí soldado, não toque em nada.

— O que houve agente Jack? — Pergunta o Stiven.

333

— Os soldados acharam algo que devemos investigar. — Responde o agente Jack correndo em direção ao local desguiando acompanhado por Stiven, Lorde Skinay e os demais ali presentes.

— O que houve agente Jack? — Pergunta Lorde Skinay.

— Tudo indica que os homens que estavam aqui estão disfarçados de mulher para escapar das barreiras policiais, temos que informar de imediato a subsecretária Delaine. — Disse o agente Jack que no mesmo instante entra em contato com a Casa Branca. — Alô senhorita Delaine?

— Sim agente Jack! Quais as notícias?

— O endereço está vazio! Mas encontramos restos de roupas e acessórios de mulher no local, peço para que espalhe a notícia de possíveis homens disfarçados de mulher num carro.

— Ok! Todas as paradas policiais serão avisadas. — Responde a subsecretária Delaine.

******

— Capitão Victor! Estamos com problemas. Tem uma blitz aí à frente.

— Tenha calma soldado! Não se preocupe iremos passar fácil por essa blitz. — Nesse mesmo instante o capitão Victor contata o atirador Falcão. — Falcão você está preparado? — Pergunta Victor.

— Sim capitão! Estou preparado, com uma vítima já escolhida e no alvo.

— Agora, espere o policial se aproximar do carro para você agir entendeu?

— Sim capitão! — Responde ele.

— Mas não atire sem que eu der meu sinal. — Ordena Victor.

— Sim senhor! Confirmando o sinal. Quando o senhor colocar o braço fora da janela do carro? Estou correto? — Pergunta Falcão Azul, posicionado em uma janela de um prédio abandonado próximo a estrada onde há uma blitz da polícia rodoviária sendo realizada. Um local costumeiro para blitz policial.

— Está certo! Vou desligar o policial se aproxima. — Disse o capitão Victor fechando o celular e o colocando dentro de uma bolsa feminina com detalhes prata e um tom bege. O policial se aproxima do carro acenando com a mão esquerda para que o mesmo pare e simultaneamente ele acenando com a mão direita para que os outros carros passem, fazendo assim o tráfego fluir.

— Boa noite seu policial! — Disse o capitão Victor com uma voz fina. — O que estar acontecendo? — Pergunta o capitão Victor com falso sorriso estampado no rosto e um extravagante vestido de mulher.

— É só uma blitz de rotina. — Responde o policial. — Posso ver seus documentos e os documentos do carro, por favor? — Pede o policial enquanto observa aquele carro cheio de homens vestidos de mulher.

— Pois não seu guarda, aqui estão os documentos. — Disse o capitão Victor colocando o braço sobre a janela do carro para entregar um documento falso ao policial. Há distancia o Soldado Falcão Azul observa toda movimentação próxima ao carro do capitão Victor.

— Ok, eu vou verificar e já volto. — Disse o policial que vai em direção a sua viatura estacionada na lateral da estrada.

— Pois não seu policial. Só peço um pouco de pressa, pois teremos que apresentar um show daqui a 30 minutos e já estamos atrasados. — Disse o capitão Victor, mas o policial ao voltar com os documentos do capitão e do carro olha para dentro do carro e vê aqueles homens vestidos de mulher e fica intrigado.

— Ok! Mas o que vocês são? — Pergunta o policial.

— Somos transformistas e vamos fazer uma apresentação em 30 minutos na Casa Bremen.

— Eu conheço a casa Bremen, mas não me lembro de ouvir nada sobre show hoje.

— Se o senhor quiser posso lhe conseguir um convite, tenho certeza que o senhor aí adora o show. — Disse o capitão se insinuando para o policial.

— Não precisa, mas obrigado assim mesmo.

— Então não podemos demorar, se o senhor puder ajudar nós ficaremos agradecidas. — Responde Victor enrolando um dos cachos do cabelo com as pontas do dedo olhando sorridente para o policial.

— Desculpa senhora ou senhor, mas vou ter que pedir que saiam do carro, por favor.

— Mas porque seu policial? O que estar acontecendo? Vamos nos atrasar desse jeito. — Disse o capitão.

— Por favor, senhor saia do carro e tire a máscara daquele que estar dormindo.

— Sim senhor policial! — Responde o capitão Victor. Nesse mesmo instante coloca o braço para fora do carro dando sinal para o Falcão Azul entrar em ação.

— Esse é o sinal que eu estava esperando, é hora da distração. — Disse o Falcão Azul já com a vítima no alvo escolhida na barreira policial rodoviária.

Nesse momento ouve-se o som de um tiro cortando o vento e atingindo uma vítima que está parada no meio da barreira dentro de um carro, outro tiro é ouvido que tem direção certa e atinge o policial que está ao lado do carro do capitão Victor.

— Oh! Meu Deus, o que estar acontecendo? — Pergunta o policial pensando alto e caído ao lado do carro do capitão Victor. No mesmo instante o policial baleado pega o rádio e liga para o parceiro que está logo à frente controlando a passagem dos carros na saída da barreira, no meio da multidão em pânico alguém está caído, pedindo socorro.

— Socorro seu policial me ajuda. — Disse uma mulher que está ferida no ombro e presa ao cinto de segurança dentro do carro.

— Atento policial Rodney. Atento policial Rodney.

— Rodney na escuta! Prossiga.

— O que estar acontecendo? — Pergunta o parceiro que está à frente tentando controlar a multidão que está desesperada correndo, abandonado seus carros.

— Tem um louco atirando contra os carros provocando pânico peça ajuda à central, temos uma mulher ferida, libere o tráfego ou teremos mais vítimas. — Disse o policial caído com um ferimento de bala na perna direita.

— Atenção central! Temos uma ocorrência de distúrbio na Rodovia 19, na Rua Óregon, na saída leste precisamos de reforço e de uma ambulância temos um policial e alguns civis feridos, repito temos um policial e alguns civis feridos.

Nesse instante o capitão Victor aproveita a distração e arrasta o carro em meio aos outros que tentam fugir dos tiros.

— Falcão Azul! Já estamos livres da barreira, pode parar com a distração e nos encontrar no ponto marcado.

— Já começo a duvidar se o que estamos fazendo está certo, será que não estamos fazendo algo contra o governo e o povo americano, capitão? — Pergunta o soldado com o pseudônimo de Rastreado.

— Cale a boca soldado, você não sabe o que está dizendo, espero que você não fale nem pense mais sobre essa besteira, pois se o secretário Robert souber o que você está falando ou pensando, saiba que vai estar perdido. Ninguém contesta as ordens do secretário de segurança nacional, entendeu?

E todos respondem em coro à mesma frase. "Sim capitão".

— Só tenha cuidado para que seus pensamentos não virem pesadelos mortais entendeu? — Pergunta o capitão Victor.

— Sim senhor! Eu já entendi. — Responde o soldado de nome Rastreado.

— Agora deixe de pensamento errado e olhe se nossa encomenda está dormindo. Temos que cuidar bem da mercadoria, pois ela é muito valiosa, é mais valiosa que as nossas vidas. — Disse o capitão Victor.

— Senhor. Estamos nos aproximando do sítio. — Informa um soldado.

— Agora sei que estamos livres desses idiotas. — Disse o capitão Victor. — Eles nunca no encontrão aqui.

Seguindo as pistas!

No mesmo instante em que o capitão Victor se aproxima do sitio, Lorde Skinay e os outros estão dentro do galpão abandonado que serviu de cativeiro da Imperatriz. Lá eles vasculham tudo em busca de mais pistas que levem ao seu paradeiro.

— Olha meu Lorde! O que é aquilo lá em cima? — Pergunta o combatente Turak apontado para o alto. — Parece um símbolo.

— Estou vendo combatente Turak! — Responde o Lorde. — É um símbolo. Foi deixado pela Imperatriz. Ela está querendo nos dizer alguma coisa.

— Como ela pode deixar uma mensagem naquela altura estando ferida, aprisionada e vigiada? — Pergunta o Jime.

— Isso não importa agora Jime, o que importa agora é o que aquela mensagem significa. — Comenta o agente Jack.

— O agente Jack tem razão. — Concorda Stiven.

— Stiven, você sabe o que aquela mensagem quer dizer? — Pergunta o Jime.

— Não consigo decifrar Jime, mas acho que Lorde Skinay já a decifrou. — Responde Stiven.

— Sim, já decifrei a mensagem. — Responde Lorde Skinay e continua. — O símbolo quer dizer olhe para a frente e veja o invisível.

— Mas o que isso quer dizer Lorde Skinay? — Pergunta o agente Jack. — Olhe para frente e veja o invisível? Sei que

340

estamos seguindo as pistas, mas não consigo entender o que ela quer nos dizer.

— Depende da situação agente. No momento em que estamos significa que devemos olhar para frente e enxergaremos o que não se pode ver, mas onde está à luz que a senhora quer me mostrar minha Imperatriz, onde está essa luz? — Pergunta-se o Lorde tentando decifrar a mensagem.

— O que será que ela quis dizer com "olhe para frente e enxergará o invisível", parece uma espécie de código. O que você acha Lorde Skinay? — Pergunta o Stiven.

— Ainda não posso ver um sentido nisso, mas o cheiro de sangue da Imperatriz está em todo prédio. — Comenta que sem saber estava dando a resposta que o Lorde precisava.

— É isso! — Grita o Lorde dando um susto no jovem aprendiz de ufólogo. – Você descobriu Jime.

Lorde Skinay pega o aparelho de leitura de fluido corporal da mão do combatente Turak. Ele sai à procura de um local onde tenha uma grande concentração de fluido corporal da Imperatriz.

— É isso o que meu Lorde? — Pergunta o combatente Turak.

— Achei! Jime vem cá. — Chama o Lorde.

— O que posso fazer meu Lorde? — Pergunta o Jime.

— Como você me ajudou a decifrar a mensagem terá a honra de resolver esse mistério. — Disse o Lorde orientando o jovem Jime para o que ele deve fazer. — Primeiro consiga um grande pedaço de tecido preto?

— Tecido preto, certo! — Disse Jime. — Para que? — Pergunta ele.

— Acha o tecido e eu lhe mostro. — Responde o Lorde. Neste momento todos observam curiosos para descobrir o que o Lorde irar fazer. Jime sai em busca de algum tecido mais não demora a encontrar, pois o galpão guarda muitos objetos velhos entre eles mantas negras de impermeabilização do solo.

— Pronto Lorde aqui estar, é uma manta mais vai servir e agora o que posso fazer para ajuda? — Pergunta o Jime ansioso para descobrir o que o Lorde pretende fazer.

— Segura o pano nessa posição Jime! — Disse o Lorde fazendo Jime segura o pano à frente como se esperasse um touro na tourada espanhola. Stiven vem cá. — Chama Lorde Skinay.

— Sim! Em que posso ser útil?

— Liga a lanterna no fundo do pano apontado em minha direção. — Disse o Lorde, que se posiciona na frente do pano preto em um local que foi escolhido por ele mesmo. Usando o rastreador de DNA

Como num passe de mágica surgem símbolos teranianos escritas sobre os raios de luz da lanterna letras do dialeto teraniano, letras que deixam o Stiven e o Jime de boca aberta e o agente Jack com seus homens sem entender nada.

— Aí está uma mensagem, olhe para frente e veja ao invisível o que ela quis dizer. Uma mensagem no ar. — explica Lorde Skinay.

— Cara! Isso é incrível! Como ela conseguiu fazer isso?

— Nosso povo aprendeu a controlar a gravidade do seu mundo, por ser tão leve para o nosso povo, mas isso não é hora para explicações. O que a mensagem diz é que eles vão entrar em contato com o Presidente em uma hora para fazer as exigências do que vão querer além de nossa tecnologia. Quanto a mim eu estou bem, mas fico como se estivesse desacordada para não levantar suspeita. Não se preocupe estou bem, eles estão mim levando para outro local, um local chamado sítio, fora da cidade, mas o que você precisa saber é que existe um traidor entre os terráqueos. Avise ao senhor Stiven e a subsecretária Delaine, não sei por que, mas o responsável pelo que está acontecendo comigo tem muito ódio dela, o contato desses terráqueos está na Casa Branca.

— Bem foi isso que ela escreveu. — Após ler a mensagem o Lorde observa que os presentes o observam com expressão de dúvida. — Não precisa me olhar assim, eu li a mensagem completa agora. — Disse Lorde Skinay vendo ainda alguns olhares de duvidas direcionados a ele.

— Mas era isso que eu ia falar, lá fora, quando fui interrompido. — Disse Jime.

— Sim Jime o que você ia falar mesmo, lá fora, quando eu o interrompi? — Pergunta o agente Jack.

— Deixa para lá o que eu iria nos dizer, a Imperatriz já falou, era sobre o traidor. — Responde Jime.

— Era sobre o traidor? — Pergunta Lorde Skinay ao pequeno Jime.

— Sim. Imaginei que sempre que chegávamos no local os malditos já tinha abandonado como se soubessem o que íamos fazer, como se pudessem prever o nosso próximo passo, só pude presumir que tinha algum traidor passando informação sobre as operações aos sequestradores. — Disse o Jime.

— Ok! Vamos para Casa Branca agora, temos que esperar o contato dos sequestradores. Homens vocês fazem uma varredura em toda área e se encontrarem alguma coisa me avisem, vou estar na Casa Branca. Já que essa mensagem não terá nenhum aproveitamento, pois existem mais de 30 mil sítios aos arredores da cidade.

Já na nave Stiven tem uma ideia que poderá ajudá-lo e muito na procura da Imperatriz.

— Agente Jack. — Disse Stiven.

— Sim Stiven! — Responde o agente.

— A mensagem diz que eles a levariam para um sítio fora da cidade? — Pergunta o Stiven.

— Sim e prossiga.

— Podemos pesquisar sobre todos os sítios aos arredores da cidade para saber a quem pertence, assim podemos ter chance de encontrá-la antes da hora marcada. — Disse Stiven.

— Olha! Eu concordo com o Stiven, e acho que poderíamos começar com o nome do secretário Robert. — Disse o Marcos.

— Eu vou me reportar ao meu Imperador e vocês tratem dessas pesquisas, isso que o Stiven falou. Qualquer coisa mim informe, mas lembrem que isso tem que ficar em sigilo só entre nós, pois essa informação não pode vazar, ou então teremos mais uma vez um local vazio com fluido corporal da Imperatriz. — Disse Lorde Skinay.

Continua então uma corrida contra o tempo para encontrar a Imperatriz teraniana antes que o dia amanheça, pois se isso acontecer será inevitável um confronto entre os governos. O Conselho Teraniano irá exigir uma ação efetiva para encontrar a Imperatriz teraniana e com isso irá dá início a um conflito político que poderá iniciar uma guerra. Então todos se esforçam o máximo possível para conseguir um resultado positivo antes que seja tarde.

******

— Senhor Presidente.

— Sim! — Responde ele.

— Tem uma ligação para o senhor na linha três. — Informa a secretária presidencial.

— Sim, é o Presidente Ronald Hushis Keney quem deseja falar?

— Aqui é aquele que será o seu maior pesadelo. — Disse a voz ao telefone deixando o Presidente extremamente tenso.

— É ele, o sequestrador da Imperatriz. — Disse o Presidente apontando para o telefone.

— O senhor tem que prolongar a ligação para que possamos rastreá-la. — Orienta a subsecretária Delaine.

— Do que está falando? Quem é você e como conseguiu essa linha que é exclusiva do Presidente?

— Isso não importa. O que importa é que tenho algo que vocês querem e vocês têm algo que eu quero, então pode deixar de enrolação e vamos direto ao assunto. Temos que negociar e o senhor, senhor Presidente, terá que me oferecer algo muito valioso, pois o que eu tenho pode valer a paz ou a guerra entre dois povos que afetariam o mundo inteiro. — Disse o sequestrador ao telefone com tom de ameaça.

— Olha você não tem ideia do que está fazendo e do mal que pode provocar ao mundo com esse ato absurdo, isso é um ato de loucura. — Disse o Presidente.

— Cala a boca e me escuta! Onde está o maldito Imperador dos aliens? Ele pensa que pode chegar aqui e roubar nosso planeta? Quero que ele também ouça o que eu vou dizer por que ele também tem algo que eu quero e não adianta tentar rastrear está ligação, pois é impossível me localizar, eu também conheço alguns truques. Agora quero que entendam ou vocês farão o que eu mandar ou receberão sua amiguinha alien em vários pedacinhos, uns para cada minuto que me fizerem esperar entenderam? Aguardem que volto a ligar. — Disse a voz ao telefone na Casa Branca deixando todos muito assustados. Em seguida desliga.

— E então conseguiram pegar alguma coisa? — Pergunta o Presidente Ronald Hushis Keney.

— Nada senhor Presidente, não podemos rastrear, pois eles possuem um bloqueador de satélite.

— Ok subsecretária Delaine já era de se esperar, eles não estão brincando. — Disse o Presidente Ronald Hushis Keney.

******

— Alô! Senhor Robert.

— Sim capitão. Pode falar.

— Já estamos no esconderijo e fizemos o primeiro contato como o senhor instruiu. Eles devem estar em pânico agora.

— Ok capitão. Após a primeira hora você volta a ligar e fala o que realmente queremos. Agora vai e trata dos ferimentos da maldita alien, pois eles podem rastreá-la pelo sangue que ela está deixando por onde passa eles têm um equipamento que pode rastrear o sangue dessa maldita foi assim que eles encontraram os locais dos últimos cativeiros.

— Mas senhor, ela não está ferida e nem acordada. — Disse o capitão Victor.

— Seu idiota! — Disse o secretário Robert indignado com a falta de profissionalismo do capitão Victor. — Como você acha que eles estão encontrando vocês? Ela está deixando um rastro de sangue alienígena que os outros malditos estão seguindo, então quando eu falo não duvide e siga minhas ordens sem contestar, entendeu?

— Sim senhor! Já entendi. — Responde o capitão Victor.

— Uma dica para vocês. — Disse o secretário repassando as informações que conseguiu com o seu informante de dentro da Casa Branca. — Use uma luz de néon azul, pois está luz revela o local do ferimento, entende? Não sei como um grupo de elite como vocês que capturou tantos ditadores e terroristas através do mundo inteiro não pôde ver que a maldita esteve fingindo tempo todo! Seus idiotas. Espero não ter que ajudar mais uma vez. Agora vão e façam o que tem de ser feito. — Disse o secretário Robert revoltado.

— Sim senhor. Já entendi. — Responde mais uma vez o capitão Victor desligando o telefone com a cabeça baixa e um grande sentimento de ódio da Imperatriz.

— Tenho uma dúvida, senhor! — Disse o soldado Sombra.

— Fala Sombra! Qual a sua dúvida? — Pergunta o capitão.

— Perdão senhor, mas eu concordo com o que o secretário Robert acaba de falar, como um plano que parecia tão fácil se tornou tão difícil e perigoso? — Comenta o soldado Sombra sentado em uma cadeira no canto da sala onde a Imperatriz está deitada em uma maca e visivelmente desacordada. — Cara, isso não é normal. Tiramos essa coisa feia de dentro da Casa Branca sem o menor problema, mas estamos fugindo o tempo todo já mudamos de esconderijo três vezes e quase fomos pegos.

— Nos descuidamos muito por ser tão fácil. Isso é o que a tornou essa missão tão perigosa, nós relaxarmos um pouco confiamos de mais. Esse foi o nosso erro. Agora vamos deixar de papo furado e vamos ver os ferimentos dessa maldita alien que quase nos ferra. — Disse o capitão Victor retirando uma faca milita da bainha da farda em seguida se aproxima da imperatriz.

— Mas capitão! Não podemos fazer mal a ela, pois ela é a chave que abre a porta para o sucesso da nossa maior missão. — Disse o soldado de nome Neblina já sentando em outro canto da sala que mais parece um necrotério com seu ar mórbido e silêncio assustador.

— Eu sei soldado, só vou dar um susto nessa maldita que quase nos ferrou. — Disse o capitão Victor que nesse

348

momento está ao lado da Imperatriz olhando-a com uma revolta que domina seu coração.

— Cuidado, senhor, para não a ferir! — Disse o soldado sombra tentando acalmá-lo.

— Abra o olho sua maldita eu sei que você está fingindo, então abre o olho coisa feia. Eu vou fazer você se arrepender por nos dar tanto trabalho.

— Fique calmo capitão! — Disse o soldado Neblina tentando acalmá-lo junto com o soldado Sombra. — Não faz isso, não chuta esse aparelho.

— Sai daqui soldado eu sou o capitão, eu digo o que pode e o que não pode fazer, entendeu!? — Disse o capitão que no momento está consumido pelo ódio, transtornado por ter sido repreendido pelo secretário Robert.

— Capitão desculpa, mas o senhor não poderia ter quebrado aquele aparelho, era ele que nos deixava invisíveis ao satélite. — Disse o soldado Sombra que é responsável pela parte técnica da operação.

— E porque não?! O que você pensa que são para querem me dizer o que posso ou não posso fazer ou como agir? Saiam daqui e me deixa fazer meu trabalho. — Grita o capitão Victor. Seus homens tentam segurá-lo, mas é tarde o pior já tinha acontecido, um erro de capitão Victor, um segundo de fúria o fez cometer uma ação que seria decisiva para a localização do cativeiro da imperatriz. — Sua maldita alien levanta, eu sei que você está acordada. — Disse o capitão Victor que olha a Imperatriz segura-a pelos braços em seguida a sacoleja. Ele demonstra toda sua revolta por ouvir tantos desaforos do seu superior. O capitão Victor está descontrolado, pois em mais de 20 anos de carreira militar nunca haverá sofrido qualquer recriminação por seu trabalho, só elogios. A bronca que o secretário Robert lhe proferiu o deixou totalmente transtornado. Ele se põe sobra à maca a qual a imperatriz está deitada e amarrada.

A Imperatriz teraniana se vê em meio a um grande perigo ao ver aquele humano, revoltado e enlouquecido em cima dela com um olhar de pura maldade.

— Fique calmo capitão! Largue-a! O senhor não pode machucá-la. — Disse o soldado Sombra.

— carrsvekeb,dbbqdhoqodqd qnnddqdowoddn.!vVv!JVgcH!!!!BGUvkbk?????,miHUH. — Disse a Imperatriz na linguagem teraniana; era só o que ela conseguia falar, seu aparelho de tradução fora quebrado pelo capitão Victor.

— Não fala na sua língua, sua maldita. Fala no meu idioma! Eu sei que você fala meu idioma. — Disse o capitão com as mãos no pescoço da Imperatriz.

— Ela não pode falar mais o nosso idioma capitão. — Disse os soldados tentando tirar o capitão de cima da Imperatriz.

— E porque não? — Pergunta o capitão.

— O senhor quebrou o tradutor que a permitia falar o nosso idioma. — Disse o soldado.

— Eu quebrei! Quando? — Pergunta o capitão Victor que nesse momento já está mais calmo e controlado.

— Quando o senhor arrancou o aparelho do pescoço dela enquanto a estava estrangulando. — Responde o soldado Sombra.

— Mas como você sabe que aquele aparelho era o tradutor desses seres malditos? — Pergunta o capitão.

— Nos vimos quando eles fizeram o primeiro pronunciamento na rede nacional. — Responde o soldado Sombra.

— Agora é tarde! Mas não vamos precisar que ela fale nada só a presença dela viva será suficiente para o nosso plano ter êxito, pois com a presença dela convenceremos os aliens e o Presidente. Agora vamos deixar de papo e vamos achar o ferimento que ela fez para ser rastreada. — Disse o capitão Victor.

— Como vamos achar esse ferimento senhor? Pois não estou vendo nenhum sinal de sangue nela se é que essa coisa feia sangra.

— É claro que ela sangra, mas ela conseguiu limpar o ferimento quando a gente não estava olhando. É só usar uma luz de néon azul que aparece o sangue dela. — Disse o capitão Victor.

Então os soldados pegam as lanternas, diminuem ainda mais a luz do ambiente, que já é bastante escuro, e apontam para o corpo da Imperatriz a procura de ferimentos.

— Olha senhor achei um brilho estranho nos dedos dela. — Disse o soldado Neblina apontando a lanterna na direção da mão da Imperatriz teraniana.

— Olha só essa maldita feriu os próprios dedos para servi de tinta. Realmente esses aliens são uns malditos. Vá soldado, limpe esse sangue e faça um curativo para que não chame mais os outros aliens e todos os amiguinhos. Amiguinhos como aquele idiota do Stiven Gámbor. — Disse o capitão Victor.

— Capitão! Quem vai tocar nela? Já que ninguém entende o que ela fala? — Pergunta o saldado Sombra.

— É senhor, e se ela estiver dizendo que vai arrancar a nossa cabeça se encostarmos a mão nela? — Pergunta o soldado Neblina que também está apreensivo junto com os outros soldados.

— Ora soldado não seja idiota, ela não vai fazer mal a vocês, afinal ela está amarrada e sabe que se fizer alguma gracinha vai ser o fim dela. Por isso não vai fazer nada de errado não é, sua maldita? — Disse o capitão olhando nos olhos da imperatriz. — Pode me olhar com vontade de arrancar minha cabeça, mas vai fica aí quietinha.

— Capitão! Ela fez um sinal com a cabeça dizendo que sim?! Ela entendeu o que o senhor falou, ela entende a nossa língua. — Disse o soldado Sombra.

— Sombra! Eu vou entrar em contato com o Falcão azul para ele realizar mais um contato com a Casa Branca. Vocês cuidem desses ferimentos e fique de olho nessa coisa feia.

******

Casa Branca 02h15min da madrugada. Todos estão apreensivos a espera de um novo telefonema.

— Senhor Presidente, temos que descobrir um jeito de encontrar a Imperatriz. O tempo estar passando. — Disse Lorde Skinay.

— Sim meu Lorde eu sei, estamos fazendo tudo que podemos para encontrá-la, o senhor sabe que não há ninguém mais interessado do que eu, ou melhor, só o Imperador Dánturia, mas sem pistas estamos de mãos atadas.

— Senhorita Delaine, senhores Presidente venham ver uma coisa estranha que eu achei. — Disse Stiven sentado à frente do computador.

— O que foi senhor Stiven? O que descobriu? — Pergunta o Presidente.

— Olha essa área! — Disse Stiven.

— Eu conheço este lugar! — Disse o Presidente e continua. — É um dos sítios que ficam a alguns quilômetros do meu rancho.

— Senhor Presidente! Esse sítio é familiar? — Pergunta o Stiven.

— Sim! Sempre que posso dou uma fugidinha para o meu rancho que fica fora da cidade na rodovia 53 e esse sítio fica próximo do meu rancho. Eu sempre o observo quando passo por ele porque vive fechado, muitas vezes pensei em comprá-lo, mas o que ele tem de especial? — Pergunta o Presidente.

— Pensem comigo: esse sítio está em nome de uma pessoa morta a mais de 25 anos.

— Sim e daí o que tem demais? — Pergunta a subsecretária Delaine.

— E daí! É que as contas foram pagas nos últimos 23 anos por um homem chamado de Nathan Frankli Hosney que é marido de Elizabet Nixon Hosney que é nada menos do que irmã do Secretário de Segurança Nacional Robert Nixon. Irmã está que mora na Califórnia. Então eu pergunto. Por que o cunhado do secretário Robert que mora na Califórnia paga as contas de um sítio nos arredores de Washington? — Pergunta Stiven com uma expressão de dever cumprido.

— Eu entendi senhor Stiven! O nome usado é só uma fachada para manter um local secreto para ele poder realizar seus planos mirabolantes. — Comenta o Presidente.

— É claro ele precisava de um lugar para realizar todas as suas atividades fora da Casa Branca, mas não podia ser um lugar qualquer, tinha que ser um lugar livre de suspeitas a qualquer custo, mas que não fosse longe do centro, ou seja, da Casa Branca. Então esse é o lugar perfeito para ele praticar todos os negócios exclusos que ele vinha praticando. Ninguém suspeita do secretário de segurança nacional, pois ele é o secretário de segurança dos Estados Unidos da América. Mas ele só não contava que ia se envolver com as pessoas erradas. — Disse Stiven.

— Olha senhor Stiven quando isso tudo acabar, temos que ter uma conversa, pois o governo americano precisa de pessoas como o senhor, mas agora temos que ter uma conversar com o secretário Robert. — Disse o Presidente caminhado em direção ao telefone.

— Não senhor Presidente! — Disse Lorde Skinay correndo em direção ao presidente e segurando o telefone o impedido de fazer a ligação.

— Mas porque não? Lorde Skinay. Temos as provas, temos a localização do cativeiro, o que devemos esperar? — Pergunta o Presidente.

— Enquanto a Imperatriz estiver nas mãos desses loucos o senhor não pode fazer nada contra ele. — Disse Lorde Skinay.

— É verdade! O senhor tem razão Lorde Skinay, me desculpa. A dor da traição de alguém que trabalha na Casa Branca há quase trinta anos foi um forte impacto, mas vou me controlar não se preocupe. Quando isso tudo acabar eu me encarrego do secretário Robert. — Disse o Presidente expressando toda sua decepção.

— Agente Jack.

— Sim meu Lorde! O que deseja? — Pergunta o agente Jack.

— Agora precisamos descobrir quem é o traidor que está entre seus homens.

— Esse problema é fácil de resolver, vou descobrir o traidor agora mesmo, meu Lorde.

— Mas como o senhor vai conseguir isso agente Jack? — Pergunta o Jime.

— Usando a tática mais velha do mundo, vamos fazer ele se entregar. — Responde Jack.

— Mas como vamos fazer isso? — Pergunta Lorde Skinay.

— Sargento Pablo! Você está na escuta? — Pergunta agente Jack no rádio de comunicação de segurança da Casa Branca.

— Sim agente Jack estou na escuta o que o senhor ordena? — Pergunta o sargento Pablo.

— Tenho uma missão para você. — Responde o oficial.

— Pode ordenar senhor!

— Quero que reúna todos os homens que estavam nas operações nas últimas horas, e os mandem para o campo de treinamento na ala sul em 5 minutos. — Ordena o agente Jack.

— Sim senhor assim será feito. — Responde o sargento Pablo.

— Também quero que espalhe a notícia que temos um traidor entre nós, mas esse traidor já foi descoberto e que não sairá impune. O traidor será punido severamente para servir de exemplo. — Disse o agente Jack.

— Mas senhor ele ficará sabendo disso e tentará fugir. — Disse o sargento Pablo já em um canal de rádio diferente dos demais soldados e cooperadores da missão de resgate da imperatriz.

— Sim sargento Pablo! Esse é o objetivo, quando ele tentar fugir o pegaremos. — Responde o agente Jack.

— Entendi senhor, pode deixar que eu vou espalhar o boato entre os homens.

— Eu sei que posso confiar em você, sargento Pablo. — Comenta o agente Jack.

— Sim senhor e obrigado. — Disse o sargento Pablo desligando o rádio de comunicação.

— Entendeu Jime como funciona a captura do traidor?

— Sim agente Jack! Entendi! O jeito mais fácil de capturar um culpado é fazendo ele se entregar sem saber que estar se entregando.

— Então vamos nos preparar para estourarmos o cativeiro da Imperatriz teraniana e dessa vez não teremos surpresas. — Disse o agente Jack com toda convicção de que não será, mas uma ação atrasada ou perdida.

— Senhora Delaine!

— Sim meu jovem?

— Posso te fazer uma pergunta um pouco íntima? — Perguntou Jime.

— Sim pode! — Responde a subsecretaria Delaine.

— A senhora está arrastando uma asinha para o Stiven, não é?

— Jime! Eu sou a subsecretária de segurança nacional dos Estados Unidos da América, um oficial de alta patente no governo americano, você não pode mim fazer uma pergunta dessa.

— Desculpa senhora! Não devia ter perguntado. — Responde Jime preocupado com a resposta que acabara de ouvir da subsecretaria Delaine.

— Mas porque está me perguntando isso? — Pergunta ela deixando surgir um leve sorriso. — Ele comentou alguma coisa sobre com você?

— Não! Não! Não! — Responde Jime tentando disfarçar.

— Mas então porque essa pergunta?

— Porque toda vez que eu falo da senhorita ele fica nervoso assim como à senhorita ficou agora. — Responde Jime ao ver a subsecretaria meio sem jeito.

— Ele fica nervoso é?

— E fica nervoso e corado, assim! Como à senhora está agora.

— Hum, é bom saber, mas deixa isso para outra hora, agora vamos ver o que ele descobriu. — Disse a subsecretaria Delaine que fica tentando imaginar o que se passa na cabeça do Stiven quando ele a vê.

Mas, nesse instante os pensamentos românticos da subsecretaria Delaine são interrompidos por um toque do telefone presidencial, linha 3, quebrando o silêncio que imperava no recinto as 03h25min.

— Espera senhor Presidente. — Disse o agente Jack ajustando os rastreadores junto a sua equipe.

E então faz o sinal de positivo para o Presidente fale.

— Aqui é o Presidente Ronald Hushis Keney, pode falar.

— Alô senhor Presidente vou ser breve e objetivo! Para entregar a maldita alien com vida, quero cinco bilhões de dólares em uma conta que darei em seguida e o valor tem que está depositado até as cinco da manhã. Agora do Imperador eu quero a tecnologia de ante gravidade que eles usam nas naves junto com a dos tradutores, tudo até as cinco da manhã ou então receberão a alien maldita em partes, uma parte para cada dia da semana. — Disse o Falcão Azul. — Estão entendendo?

— Tudo bem! Até ás cinco eu consigo o dinheiro, mas os itens dos teranianos eu não sei. — Disse o Presidente que no mesmo instante é interrompido pelo Imperador teraniano

— Sim. Nós te daremos o que pede, mas até às cinco da manhã como você pede não dá, é pouco tempo. Temos que resolver isso em até três dias, pois não e tão fácil assim, teremos que passar tudo explicado passo a passo para vocês. — Disse o Imperador aflito pela segurança da Imperatriz sobre o domínio daquele terrorista.

— Eu não disse um, nem dois dias, eu falei até ás cinco da manhã do dia de hoje ou vocês receberão a sua amiga em pedacinhos, entenderam? Agora depositem o dinheiro na conta que estou mandando até as cinco da manhã e sobre as armas elas deverão ser deixadas na área sul do metrô, na estação Golden Guete sem rastreador, sem vigias e sem novidades, porque se eu suspeitar de qualquer movimento errado o trato estará desfeito e a alien morta, vocês entenderam? — Pergunta o capitão Falcão Azul.

— Entendemos! Mas como vamos saber se ela está bem? Não vamos negociar se não tivermos a certeza de que ela está bem, queremos uma garantia de que ela está viva.

— Vocês não precisam de garantia porque aqui eu dou as ordens e vocês obedecem, entenderam? — Pergunta o Falcão Azul.

— Olha! Sem ter certeza de que ela está bem não haverá acordo. — Disse o Presidente.

— Mas senhor Presidente o senhor não pode falar assim, eles irão matá-la. — Disse Lorde Skinay.

— Calma Lorde Skinay! Ele sabe o que está fazendo. —
Disse o Stiven.

— Mas!!!

— Calma Lorde Skinay ele sabe como se comporta e como
deve agir entre eles. — Disse o Imperador Dánturia.

— Sim meu Imperador. — Responde o Lorde.

Então o sequestrador para, e fica mudo por alguns
segundos vendo que não tem outra saída terá que fazer a
Imperatriz falar com o Imperador ou não terá mais
negociação. Com outro celular o Falcão Azul entra em
contato com o capitão Victor.

— Droga! Capitão Victor, eles querem ouvir a voz da alien
ou não farão mais acordos. — Disse o Falcão Azul no rádio
de comunicação.

— Faça uma conexão entre esse celular e o seu. Ela vai
falar por alguns segundos, ou melhor, vai pedir socorro a
esses idiotas. — Disse o capitão Victor.

Retornando a ligação para a Casa Branca o Falcão Azul
passa a ligação que fará o contato entre a imperatriz e o
imperador.

— Ela vai falar com vocês somente duas palavras
entenderam?

Então após uma conexão entre dois celulares o Presidente
consegue falar com a Imperatriz.

— Olá Imperatriz! A senhora está bem? Como à senhora
está? Eles a machucaram? — Pergunta o Presidente.

— Kinjunter retores olak moitnahe r raí ddone. — Disse a Imperatriz em uma linguagem que o Presidente não entende nada.

— Acho melhor o senhor falar com ela Imperador, pois não estou entendendo nada do que ela está falando.

Então o Imperador pega o telefone e escuta tudo que a Imperatriz falar no idioma teraniano, ela o diz: que está bem, mas foi maltratada e seu tradutor foi destruído, pede socorro, mas é interrompida pelo capitão Victor.

— Já falou demais! — Disse o capitão Victor tomando o telefone celular da mão da Imperatriz.

— Me deixar ouvir mais um pouco a voz dela. — Pede o Imperador desesperado ao telefone.

— Chega! Agora façam a parte de vocês se quiserem ouvir mais uma vez a voz de sua amiga. — Disse o capitão que desligando o telefone logo em seguida deixando todos preocupados e revoltados ao mesmo tempo.

— Senhor Presidente ele desligou dizendo que agora é para fazermos a nossa parte se quisemos ver ou ouvir ela outra vez. — Disse o Imperador totalmente abatido e triste por ter exposto a sua companheira aquela situação de perigo extremo.

— Mas o que a Imperatriz disse e por que ela estava falando em seu idioma? — Pergunta o Presidente.

— Sim! Eles quebraram o tradutor dela, bateram nela, mas não para machucar só para assustar, pois ela os ouviu dizendo que ela é um pacote muito valioso por isso não pode ser danificada. O que isso quer dizer Senhor Stiven? — Pergunta o Imperador Dánturia.

— Quer dizer que por hora a vida da Imperatriz está salva. Vossa majestade. — Responde Stiven.

— Malditos sejam esses terráqueos. — Fala o Imperador Dánturia que fica descontrolado quando ouve dizer ao lembrar que a Imperatriz foi maltratada.

— Calma meu Imperador, nem todos os terráqueos são assim, temos que ter fé e confiar nos homens que estão do nosso lado, isso foi o que a Imperatriz me pediu para lhe falar na mensagem que ela deixou, lembre-se. — disse Lorde Skinay.

— Peço desculpas a todos, não devia ter me excedido assim. — Disse o Imperador.

— Não se desculpe Imperador, pois nós sabemos o que vossa alteza está sentindo. Mas saiba que isso vai acabar logo. — Disse o Presidente tentando acalmar o Imperador Dánturia.

— E vai acabar tudo bem mesmo senhor Presidente diz o Stiven que está ao lado do agente responsável pelo rastreamento das ligações dos sequestradores.

— Porque diz isso senhor Stiven? — Pergunta Lorde Skinay.

— Enquanto o Imperador falava com a Imperatriz em uma linha cruzada, podemos rastrear um telefone móvel, e adivinhe onde estar esse telefone móvel? — Pergunta o Stiven que nesse momento está sendo preenchido mais uma vez com uma satisfação de dever cumprido.

— Não me diga que é do sítio que iríamos investigar?! — Pergunta a subsecretária Delaine.

— É sim senhora. É do sítio que pertence ao cunhado do secretário Robert.

— Mas que filho da mãe. — Disse o Presidente.

Nesse momento todos param e olham o Presidente que fica sem graça e pede desculpas.

— Desculpa senhores é que esse secretário Robert está me tirando do sério, como posso ser traído por meu secretário mais confiável: ele é o secretário de segurança nacional, isso é uma afronta a minha autoridade presidencial.

— Fique calmo senhor! Temos que armar um plano para capturamos esses malditos sequestradores e resgatarmos a Imperatriz.

De repente o telefone chama a atenção do agente Jack.

— Agente Jack!

— Sim! — Responde o oficial.

— Aqui é o sargento Pablo.

— Prossiga sargento Pablo! Conseguiu identificar o traidor? — Pergunta o oficial.

— Não oficial. Todos os homens estão reunidos aqui e são todos fiéis as suas ordens. — Responde o sargento Pablo.

— Mas se não é um deles então quem pode ser? — Pergunta o oficial pensando alto.

— Oficial! Você falou dessa operação a mais alguém? — Pergunta a subsecretária Delaine.

— Não senhora só meus homens sabem, eles são confiáveis.

— Bom só quem tinha essas informações era o seu grupo, todos que estão aqui na sala redonda. Nesse momento a subsecretária para e pensa em um possível suspeito em seguida pede desculpas e sai da sala onde estão todos. — Espera só um minuto. — Disse a subsecretaria caminhado até o canto da sala em seguida faz uma ligação.

— Senhora aonde vai? — Pergunta o Stiven.

— Tenho que confirmar uma suspeita. — Responde ela pegando um rádio comunicador e contatando o sargento Pablo. — Alô, sargento Pablo? Vai até a sala de satélite. Não deixe ninguém entrar nem sair da sala até eu chegar lá.

— Sim senhora! — Responde o sargento Pablo.

A subsecretaria sai em direção à sala de comunicações via satélite. Já na sala a subsecretária e o sargento Pablo têm uma surpresa.

— Senhora Delaine a sala está vazia!

O cerco está se fechando

— Como vazia? — Pergunta ela.

— O senhor Holkins não está aqui, mas achei um rádio que estava faltando no arsenal das armas. O mais curioso é que o rádio estar no canal que estamos usando para as operações. — Informa o sargento Pablo.

Após as notícias do sargento Pablo a subsecretária Delaine volta à sala redonda com sua suspeita confirmada.

— Como eu suspeitava! Só uma pessoa poderia ter acesso a essas informações, o senhor Holkins. — Disse a subsecretária.

— Quem? O agente de trânsito? — Pergunta Stiven.

— Sim ele mesmo! Mas eu só queria entender por quê? — Pergunta a subsecretária se perguntando.

— Onde ele está agora? — Pergunta o agente Jack.

— Fugiu! Só encontramos esse rádio que estava faltando no arsenal de armas.

— Ele estava nos ouvindo pelo rádio o tempo todo! — Disse Jime.

— Sim meu jovem Jime, ele fugiu quando pedi que reunissem os homens para descobrir o traidor.

— Agente Jack.

— Sim senhor Presidente.

— Está na hora de agir! Temos menos de 03h00min horas para conseguir resgatar a Imperatriz ou estaremos com um grande problema, uma crise a nível mundial. — Disse o Presidente.

— Agente Jack! Sei que posso confiar em você, então vá e traga a minha Imperatriz com vida, pois ela é muito importante para o meu povo e para mim, do sucesso desta operação depende o futuro do planeta! — Disse o Imperador.

— Sim Imperador! Darei a minha vida se for preciso para resgatá-la, mas a trarei com vida.

Então começa uma corrida contra o tempo para resgatar a Imperatriz do povo teraniano. Trazê-la com vida para evitar um confronto entre os povos e a única solução. Todos correm para o jardim da Casa Branca onde está à nave do Império teraniano. Ao lado dela está a nave que será usada para a aproximação do local do possível cativeiro da Imperatriz.

E já reunidos próximos à nave...

— Bem pessoal! Esse é o último momento que teremos para uma operação perfeita e sem erros, pois um erro poderá ser fatal não só para o grupo, mas principalmente para a Imperatriz e para o mundo, então ajustem seus relógios respirem fundo e vamos à missão mais importante da minha e das suas vidas. — Disse o agente Jack que se encaminha para um dos helicópteros.

— Agente Jack! — Chamando Lorde Skinay.

— Sim Lorde Skinay.

— Você não acha melhor irmos todos na nave Imperial? É mais rápido e não faz barulho, pois os seus transportes fazem muito barulho e serão detectados a distância. Se é para termos o elemento surpresa, teremos que chegar sem sermos vistos, teremos que ir em minha nave, o senhor não acha? — Pergunta Lorde Skinay.

— Ele tem razão agente Jack, com a nave deles teremos o elemento surpresa que irá nos dar o sucesso da missão. — Concorda o soldado Gansley.

— Ok! Vamos à nave do Lorde Skinay e que Deus nos abençoe. — Disse o agente Jack com um certo medo de adentrar na nave teraniana.

— Vamos combatente Turak, vamos partir, temos que ser rápidos e invisíveis.

— Ok meu Lorde.

******

Nesse momento o celular do secretário Robert toca.

— Alô!

— Senhor Robert.

— Sim é ele, quem fala?

— Aqui é o Artur Lins.

— O que foi agora? Eu não disse que só ligasse se fosse uma emergência?

— Mas, é uma emergência senhor Robert.

— O que aconteceu, eles lhe pegaram?

— Não senhor! Mas, já sabem que eu era o informante. O cerco está se fechando para nós.

— Então saia daí agora.

— Eu já fugi senhor, tem mais uma coisa meu nome não é Artur Lins e sim Holkins Evanoash, sou agente defluxos de veículos internacionais.

— Holkins Evanoash! Você é o homem dos satélites? — Pergunta o secretário Robert.

— Sim, sou eu!

— Então era por isso que você tinha tantas informações.

— Sim senhor, não poderia revelar minha identidade, pois não tinha certeza que era o senhor no telefone, mas agora tenho certeza que posso confiar no senhor e dizer que preciso muito da sua ajuda.

— Precisa? Como? — Pergunta o secretário Robert.

— Eu fui descoberto pela subsecretária Delaine e ela agora está em minha cola.

— Não podemos deixar que eles te encontrem afinal o senhor sabe demais, não é senhor Artur, ou melhor, senhor Holkins?

— Sim senhor e ainda bem que o senhor pensa assim, agora o que vamos fazer?

— Onde o senhor está senhor Holkins? — Pergunta o secretário Robert.

— Estou no aeroporto! Tenho que sair da cidade o mais rápido possível. — Responde o traidor Holkins.

— Que coincidência eu também estou no aeroporto, me encontre no banheiro do segundo piso em 5 minutos. — Disse o secretário Robert.

— Sim! Senhor Robert.

******

— Agente Jack!

— Sim! Lorde Skinay.

— O senhor está bem?

— Sim, estou só me sentindo um pouco apavorado, pois nunca viajei em uma nave espacial, mas estou bem. — Disse o agente Jack demonstrando está um pouco enjoado e muito apavorado por estar em veículo de transporte de outro planeta, ou seja, uma nave espacial.

— Então! É melhor o senhor ir acostumando oficial.

— Porque diz isso meu Lorde?

— Porque em breve seu governo vai está testando naves como essa em sua frota aérea.

Queima de arquivo!

E no banheiro do aeroporto o secretário Robert encontra o traidor Holkins.

— Secretário Robert. — Disse o traidor Holkins demonstrando estar muito assustado

— Sim senhor Artur Lins, ou melhor, senhor Holkins. — Disse o secretário Robert olhando para seu aliado com um só pensamento, se desfazer daquela testemunha que pode acabar com seus planos. — Quem mais sabe sobre nossos contatos, e tudo que realizamos senhor Holkins?

— Ninguém mais senhor, fui leal ao senhor e é por isso que estou aqui para pedir a sua ajuda.

— Em que posso ajudar o senhor?

— A fugir do país, senhor! Também quero que saiba que foi uma honra servi-lo e poder ajudá-lo a expulsar esses malditos aliens do nosso planeta.

— Que pena eu não poder dizer o mesmo senhor Holkins.

— Porque diz isso senhor Robert? O que está acontecendo? Porque está apontando essa arma para mim?

— Porque você sabe demais! E está se tornou um perigo para mim.

— Não senhor Robert, eu sou fiel ao senhor e jamais revelarei o que o senhor fez.

— Eu tenho certeza que você jamais revelará nada sobre mim. Sabe por que tenho tanta certeza? — Pergunta o secretário Robert sorrindo e apontando uma pistola 9 milímetros na direção do seu aliado Holkins. — Porque você não estará mais aqui. — Um tiro abafado por um silenciador ecoa no banheiro do aeroporto, após o som do tiro o secretário Robert foge deixando apenas o corpo sem vida do senhor Holkins no chão do banheiro. Como era de se esperar o secretário Robert começa a fazer a sua queima de arquivo. — Agora tenho certeza que você jamais revelará nada a ninguém.

— Secretário Robert. — Chama o piloto do jatinho particular ao celular.

— Sim!

— O jato já está pronto.

— Já estou indo agora mesmo. Não posso ficar aqui nem mais um minuto.

— E assim que a troca for feita, vou tratar de eliminar os meus outros problemas e junto com eles o idiota do capitão Victor. — Disse o secretário Robert que planeja não deixar nenhuma testemunha que o ligue aquela ação contra seu governo.

O secretário Robert se dirige para seu jatinho que está a sua espera numa pista reservada para auto representantes do governo americano, pois mesmo afastado e sendo perseguido o secretário continuava a usufruir das regalias que sua posição lhe oferece.

******

— E então alien maldita o que você falou a seu amigo Presidente? — Pergunta o capitão Victor num tom de ironia.

— Será que ela disse alguma coisa para nos entregar capitão?

— Não deu tempo! O Presidente não entende o que ela falou! Agora vai se preparar para ir buscar as armas que eles vão deixar no local marcado.

— Capitão quem vai com o Sombra para o local onde serão colocadas as armas?

— Vai o soldado Sombra, e você Lobo, ambos vão e encontrem o Falcão Azul no metrô daqui a meia hora, mas cuidado. Com certeza eles irão colocar policiais de campana. Então tenham cuidado e só entrem se tiverem certeza que a barra está limpa.

— Sim senhor! Estaremos prontos e apostos. — Disse o soldado de nome Sombra.

— Eu espero que sim. Agora vão!

E já no avião o secretário Robert liga para o capitão Victor

— Alô capitão Victor!

— Sim senhor Robert.

— Como foi o contato com o Presidente? — Pergunta o secretário Robert.

— Correu tudo como o senhor ordenou, marcamos o local para a entrega das armas e o número da conta onde o dinheiro deverá ser depositado até as cinco da manhã, como o senhor ordenou. — Disse o capitão Victor.

— Ok! Agora é só esperar e colher os frutos da glória.

— Onde devemos deixar a maldita alien após a entrega do pacote senhor?

— Eu não disse que íamos liberá-la! Quando receber o que foi exigido dê um jeito de sumir com ela, essa é a ordem. Assim que o governo desses malditos aliens se der conta que não serão bem-vindos nesse planeta se revelará uma guerra que será iniciada, teremos muitas baixas, mas expulsaremos esses malditos aliens do nosso planeta e teremos a tecnologia deles para nós tornamos um país soberano. — Disse o secretário Robert no alto do seu delírio confundido entre a ganância e o poder.

******

— Olha lá, é o nosso alvo agente Jack, pois as leituras indicam que os fluidos corporais estão vindo de lá! — Disse Stiven observando à aproximação de uma área rural próximo a cidade de *Washington*.

— Então teremos que pousar aqui para não chamarmos a atenção e perder o elemento surpresa. — Disse o agente Jack.

— Não se preocupe oficial! Podemos chegar mais perto, pois estamos invisíveis a qualquer rastreador ou satélite. — Responde Lorde Skinay. — Vamos combatente Turak nos aproxime mais daquela casa para olharmos de perto a situação.

— Olha senhor! — Disse o combatente Turak registrando a movimentação de um veículo no radar da nave imperial. — Tem um veículo saindo dos fundos da casa com dois homens.

— Têm mesmo. Eu estou vendo! — Confirma Jime olhando por uma das janelas da nave, Jime está observando com um binóculo de uso militar.

— Jime! Deixe-me ver esses homens! — Disse o agente Jack pegando o binóculo das mãos do jovem Jime.

— O que você acha? Pode identificá-los? — Pergunta Lorde Skinay.

— Sem dúvida são os homens do capitão Victor. — Responde o agente Jack.

— Mas aonde eles vão? Será que vão para o local marcado onde vai ser entregue as armas? — Pergunta Stiven.

— Olha tem mais um saindo da casa! — Disse Jime apontando para um velho casebre aparentemente abandonado.

— Estou vendo, ele correu para entrar no carro. — Disse Stiven que também está olhando por uma outra janela da nave.

— Sim, devem estar indo para o local, mas não podemos deixá-los chegar até lá ou vão descobrir que estávamos blefando e não vamos cumprir o acordo. — Disse o agente Jack.

— Combatente Turak!

— Sim, meu Lorde!

— Siga aquele carro até sair do alcance da casa e então o paralise.

— Sim meu Lorde.

Então a nave teraniana sobrevoa o carro, o acompanhado até que saíssem do alcance do casebre e então lança um raio de luz fazendo o carro parar deixando os homens paralisado, imobilizados.

— O que está acontecendo com a gente, Sombra? — Disse o soldado de nome Lobo tentando se mexer sem êxito.

— Não sei o que é, mas não consigo me mexer. — Responde um dos soldados Sombra também paralisado.

— Estão paralisados como o senhor ordenou meu Lorde.

— Agora os traga para cima para os interrogarmos.

— O que estar acontecendo? Não consigo me mexer! — Se pergunta o soldado Sombra já aflito.

— Eu também não consigo! Acho que eles nos pegaram. — Disse o soldado Lobo olhando para cima. — Esses malditos aliens.

— Deve ser essa luz que eles lançaram sobre agente, mas como nos acharam? — Pergunta o soldado Jerno.

— Temos que avisar ao capitão. — Disse o soldado Sombra tentando pegar o rádio comunicador não consegue, pois está paralisado.

— O que estar acontecendo? Estamos voando! — Grita o soldado Lobo olhando para baixo vendo o carro se afastando.

— Sim Sombra! Estamos voando. Cara! Estou me sentido em um filme sendo levado por aliens.

— Olha agente Jack o que pescamos. — Disse Stiven observado o carro adentrando numa grande área de carga da nave teraniana.

— Não nos matem! Não nos matem. — Disse o soldado Reybol.

— Calem a boca seus malditos.

— Calma Lorde Skinay, deixe que eu fale com eles! — Disse o agente Jack.

— Ok oficial! — Responde Lorde Skinay.

— Olhem esse é Lorde Skinay, primeiro no comando do exército teraniano. — Disse o agente Jack apontando Lorde Skinay com uma expressão de puro ódio.

— Sabemos disso seu nojento amiguinho dos aliens, e não nos interessa o que eles são ou o que vocês querem, só obedecemos às ordens do nosso capitão e só falamos com ele. — Disse o soldado Sombra.

— Bem vocês podem escolher em falar comigo ou podem falar com Lorde Skinay. Vocês escolhem. — Os prisioneiros ficaram calados como resposta.

— Tudo bem meu Lorde eles escolheram. Pode falar com Lorde Skinay, vocês têm esse direito.

— Não pode fazer isso com agente, não pode nos entregar a essa alien pálido e nojento, e as leis americanas não permitem isso e os direitos humanos onde ficam? — Pergunta um dos soldados. — Somos prisioneiros de guerra não pode nos fazer mal.

— Direitos humanos! Eu ouvi bem? Eu não sou do seu planeta, mas nasci aqui, tenho 94 anos terrestres e sei bem o que esses direitos humanos representam e vou ter o maior prazer em exercer, afinal estou louco para arrancar algumas cabeças. E quem vai ser o primeiro?

— Vamos Jime, Stiven, devemos deixar o Lorde com seus prisioneiros. — Disse o agente Jack que vai se afastando dos homens do capitão Victor os deixando apavorados com a expressão de ódio do Lorde Skinay.

— Não oficial! Eu falo o que o senhor quiser, mas, por favor, não me deixa aqui com esse alienígena louco, por favor, não me deixa aqui. — Disse o soldado Reybol.

— Seu idiota cala essa boca, o capitão vai matar você se falar alguma coisa. — Disse o soldado Sombra tentando calar a boca do soldado Reybol para que ele não fale nada.

— Olha soldado eu sou o agente Jack, segunda pessoa no comando das forças especiais da Casa Branca. Já sabemos que o secretário Robert está por trás de tudo o que está acontecendo, agora você escolhe que lado vai ficar.

— Tudo bem eu falo! Mas vou querer ajuda e proteção do governo. — Disse o soldado Reybol.

— Esses malditos! Sequestraram e maltrataram uma Imperatriz e ainda quer ajuda do seu governo, não acredito, em meu planeta ele seria eliminado.

— Calma Lorde Skinay às vezes temos que ceder para garantir o sucesso de uma batalha. — Disse o agente Jack demonstrando muita sabedoria.

— Desculpa interromper agente Jack. Só me exaltei um pouco! Pode continuar. — Disse Lorde Skinay.

— Então soldado vai abrindo o jogo? — Pergunta o oficial com grande autoridade em sua voz.

— Não fala nada seu idiota, eles vão lhe matar, você não pode trair o capitão Victor. — Disse o soldado Sombra.

— Quantos homens têm lá dentro? — Pergunta o agente Jack.

— Tem 27 homens. — Responde Reybol de cabeça baixa sentindo que estava em um beco sem saída.

— Como pode ter tantos homens naquela casinha? — Pergunta Jime espantado pela quantidade de soldados em uma casa tão pequena.

— A casa tem porão? — Responde ele.

— Sim agente Jack. Tem. Ela não é tão pequena quanto parece.

— Porque você está falando isso? O que mais devemos saber? — Pergunta o agente Jack.

— Cala a boca seu idiota não fala do porão.

— O que tem o porão de anormal? E quantos homens ficam lá? — Pergunta o oficial.

— Soldado! O que estar acontecendo? — Pergunta Stiven vendo o soldado Reybol apertando os olhos no movimento de abrir e fechar como se estivesse perdendo a noção e o equilíbrio. De repente o soldado Reybol solta um grito de dor em seguida alguns gemidos muito alto. A partir daí começa a se debater tendo uma espécie de convulsão morrendo em poucos segundos.

— O que houve? — Pergunta o agente Jack olhando Stiven examinado o soldado morto.

— Ele está morto! — Responde Stiven com os dois dedos no pescoço tentando sentir o pulsar da jugular do já sem vida Reybol.

— Como pode estar morto?! O que aconteceu? — Pergunta Lorde Skinay.

— Olha Stiven foi ele! — Disse Jime apontando para o outro soldado.

— Como pode? Ele está paralisado. — Disse Lorde Skinay.

— Não está mais! Não sei como, mas ele conseguiu injetar algo no outro soldado. — Disse o agente Jack.

Então o agente Jack revista o outro soldado aprisionado de nome e encontra uma pequena seringa na sua mão.

— O que é isso? — Pergunta o Stiven arrancando a seringa da mão do soldado. — Aqui deve haver algo que ele injetou no outro soldado, fala logo o quer é isso ou vou injetar em você também seu maldito.

— Pode me matar que não vão arrancar nada de mim seus idiotas. Eu jamais trairei, o meu capitão.

— Bem que eu gostaria, mas não vai ser preciso lhe matar, pois seu amigo já o fez. Leve-o daqui deixem-no paralisado até o fim da missão. — Disse Lorde Skinay.

— Oficial! Prepare seus homens vamos invadir. — Disse Lorde Skinay.

— Os homens estão prontos, Lorde Skinay.

— Jime, você fica aqui. — Disse o agente Jack preocupado com a segurança do jovem assistente de ufólogo.

— Mais...

— Não tem mais nem menos, Jime, você fica. — Confirma Stiven.

— Vamos combatente Turak nos deixe o mais próximo possível da casa. — Ordena Lorde Skinay.

A nave se aproxima cerca de 200 metros deixando os homens, do agente Jack os mais próximos da casa onde eles irão tentar se aproximar com o elemento surpresa, com a ajuda da tecnologia dos teranianos os homens do serviço secreto junto com os militares envolvidos são tele portados para o chão onde existe uma área onde a grama está bem alta, facilitando assim a camuflagem de todos.

— Cuidado homens! Temos sensores em toda área da casa. — Disse o agente Jack rastejando na grama alta que envolve toda área externa da casa.

— Agente Jack, tem sentinelas na varanda da casa! — Disse um dos homens do agente Jack que neste momento está mais próximo da casa tendo assim uma visão mais privilegiada da área almejada.

— Quantos são? Você pode ver todos? — Pergunta o agente Jack.

— Agente Jack, tem seis homens! Dois na frente da casa e dois em cada lado. Podemos acertá-los e imobilizá-los sem piscar. — Informa o soldado.

— Espera os outros homens se posicionarem, então todos atiram ao mesmo tempo. — Disse o agente Jack.

E cinco soldados vão se rastejando entre o mato que nasceu ao redor da casa, mato este que não é cortado para não chamar a atenção dos vizinhos. Então eles rastejam pelo jardim para ficarem numa posição que possam acertar todas as sentinelas da casa ao mesmo tempo sem que sejam vistos.

— Senhor as sentinelas estão apostas e prontas. — Informa o agente Byllei um perito em aproximação de áreas de risco.

— Agora que temos os alvos na mira pode atirar, pode disparar ao seu comando soldado, pois você está com toda visão do campo e da casa. — Disse o agente Jack.

Então os seis soldados disparam ao mesmo tempo, e acertam as sentinelas os deixando imobilizados.

— Oficial os alvos estão imobilizados, vamos avançar. — Ordena o agente Byllei.

— Tenham cautela soldados, pois a área está cheia de sensores. — Disse o agente Jack.

Os homens avançam e em questão de segundos estão na varanda da casa.

— Senhor! Já estamos na varanda da casa. — Informa o agente Byllei.

— Cuidado soldado, pois o interior da casa está com a segurança redobrada então esperem chegarmos aí para dar um apoio. — Disse o agente Jack.

— Ok senhor já entendi, homens fiquem alerta. — Disse o Byllei.

— Senhores, tenham muito cuidado, pois tem sensores por todo o jardim.

— Não dá para passarmos por aqui teremos que dar a volta na casa e tentar encontra outra entrada. — Disse Stiven.

— Não vai dar tempo senhor Stiven, os malditos vão perceber logo a falta dos guardas, droga o que vamos fazer? Como vamos entrar? — Pergunta o agente Jack.

— Agora é comigo! — Responde Lorde Skinay.

— O que o senhor vai fazer Lorde Skinay? — Pergunta o agente Jack.

— Vem que eu lhe mostro do que um teraniano é capaz! — Responde Lorde Skinay segurando Stiven pela cintura.

— O senhor não está pensando em pular daqui até a varanda da casa! Está? Lorde Skinay.

— Não se preocupe. — Responde o Lorde.

— O senhor não pode pular tão longe mesmo para um ser habilidoso como o senhor, é muito longe, são mais de 30 metros de distância daqui até a varanda da casa. — Informa o agente Jack.

— Stiven, vem e deixa que eu te mostre o que posso fazer.

— Responde Lorde Skinay que num salto espetacular o general do exército teraniano atinge a varanda da casa deixando o ufólogo Stiven e o agente Jack de boca aberta.

— Não acredito que ele pulou tão longe, isso é impossível.

— Disse o agente Jack ainda sem acreditar.

— Agora posso desativar os sensores, pois daqui posso achar a fonte. — Lorde Skinay encontra a caixa de metal embaixo de uma cadeira encostada na parede caixa essa que é a fonte dos sensores externos, com sua habilidade e conhecimento em tecnologia ele desliga facilmente todos os sensores de movimento que estão ao redor da casa.

— Agente Ryan o que pôde descobrir enquanto esperava? Quantos homens estão na sala? — Pergunta o agente Jack se aproximando dos demais soldados que paralisaram os vigias de velha casa do sitio.

— Observei e pude descobrir que só tem três homens na sala senhor. Só estamos aguardando suas ordens para imobilizá-los senhor. — Informa o agente Ryan.

— Então pode disparar! Mas os disparos têm que ser perfeitos. — Orienta o agente Jack.

Nesse mesmo instante o prisioneiro que está na nave consegue se mover e acionar um bip que alerta só capitão Victor e seus homens sobre a invasão casa.

— Capitão Victor! Temos companhia! — Grita um dos soldados que estava sentando em uma cadeira vigiando a Imperatriz.

— Como assim soldado? E as sentinelas lá fora?

— Não sei o que aconteceu senhor, eles não respondem. O perímetro da casa foi invadido. — Informa o soldado.

— Mas! E o trio caçador que estava de sentinela, na sala lá fora, onde estão? E porque não avisaram da invasão? — Pergunta o capitão.

— Porque eles estão imobilizados senhor. Os invasores já estão dentro da casa. — Responde o soldado.

— Homens todos aos seus postos! Temos que eliminar todos, não podemos deixar ninguém entrar aqui. Soldado quem disparou o bip?

— Esse é o sinal do bip do soldado Sombra, senhor. Com certeza ele deve estar preso em algum lugar. —Responde um dos soldados.

— Droga! Maldição! Homens não deixem ninguém entrar aqui, matem todos. — O capitão Victor está furioso ver seus homens sendo abatido, neutralizados como se fossem amadores. — Você e você! — Disse ele apontando para dois dos soldados que ali estavam presentes. — Venham comigo, vamos ver se tem uma saída de emergência para sairmos daqui com essa maldita alien. — Disse o capitão Victor pretendendo fugir com a Imperatriz.

******

— Olha meu Lorde tem uma entrada aqui. — Disse Stiven.

— Calma Stiven deixa que eu abra. — Disse o Lorde segurando à porta com as duas mãos para arrancá-la fora.

— Não abram!!! — Grita o agente Jack que vai correndo impedi-los de abrir aquela passagem.

— Porque não oficial o que houve? — Pergunta o Stiven.

— Essa não é a entrada é uma armadilha que ativará alguma bomba ou outras armadilhas. — Disse o agente Jack.

— Como o senhor sabe disso? — Pergunta o Stiven.

— Esse é o tipo de truque que eu ensinei ao soldado Falcão Azul.

— Olha aquela é a verdadeira entrada, mas não podemos entrar por lá com certeza deve ter algum alarme por trás dela.

— Meu Lorde! Tenho que lhe avisar!

Perdemos o elemento surpresa!

— Prossiga combatente Turak.

— O prisioneiro conseguiu avisar aos terráqueos que estão na casa, tenham cuidado, pois eles já sabem do ataque.

— Mas como pôde, ele estava paralisado? Como ele pôde se libertar?

— Não sei meu Lorde, mas ele conseguiu mover a mão e acionar o aparelho de mensagem que avisou os sequestradores da Imperatriz. Agora sabem da presença de todos na casa. — Disse o Turak, guarda teraniano que está na nave para um apoio. — Outra coisa que aconteceu, o jovem Jime está indo até aí tentei impedi-lo, mas não consegui.

— Obrigado Turak sua informação foi muito importante para nossa missão. — Responde Lorde Skinay.

— Bem senhores! Perdemos o elemento surpresa, eles sabem que estamos aqui! — Disse Lorde Skinay.

— Como assim perdemos o elemento surpresa? — Pergunta o agente Jack.

— O combatente Turak acabou de avisar que o prisioneiro conseguiu mandar um aviso para informar que estamos aqui. — Disse Lorde Skinay.

— Droga! Agora é tudo ou nada! Homens! Vamos invadir, temos que abrir a passagem. — Disse o agente Jack que sinaliza para que os homens se posicionem ao lado da possível porta de acesso, para invadirem o porão da casa.

— Ok senhor, estamos prontos. — Grita um dos soldados.

— Lorde Skinay! Será que consegue arrancar essa porta? — Pergunta o agente Jack.

— Acho que sim, vou tentar. — Responde o Lorde.

Então Lorde Skinay colocasse em frente à porta que separa a sala da casa do porão, apoia as mãos nas laterais da porta arrancando-a de uma vez só da parede.

— Droga! — Esbraveja o agente Jack. — Porta de madeira é só fachada.

— Oficial! Achamos um duto de ventilação nos fundos da cabana, mas não dá para passar um homem. — Informa o soldado Ryan que está investigando do lado de fora da velha casa.

— Tudo bem soldado! Esquece essa entrada. Deixe alguns homens de vigia no lado de fora da casa e vem para cá, porque vou precisar de todos vocês agora. — Disse o agente Jack chamando todos seus homens para reforçar a investida dentro da casa.

— Não acredito! Tem mais uma porta. Como vamos passa por essa porta?

— Capitão a porta não é problema! Afaste-se um pouco. — Disse Lorde Skinay retirando um aparelho do bolso de suas vestes um objeto semelhante a uma colher de mesa ele encosta o estranho objeto na porta e o objeto emana uma luz vermelha que desativa as travas automáticas da porta.

— Não acredito! — Disse o agente Jack ao ver a porta se abrir sem nenhum esforço. — Eu não acredito.

— Mas pode acreditar oficial a porta está aberta. — Disse Lorde Skinay. — A porta está aberta.

Numa ligeira distração do agente Jack, Lorde Skinay invade o porão da velha cabana sem que o agente Jack e seus homens possam impedi-lo e assim coloca sua vida e a vida de todos em risco.

— Cuidado Lorde! O senhor não pode entrar assim. Espera!

— Porque esperar? A Imperatriz está aqui dentro e está correndo risco de vida. — Grita Lorde Skinay que sai saltando entre algumas caixas e objetos empilhados que existe no porão, porão este que não é tão simples como parece.

— Sim, mas lá também tem várias sentinelas que estão prontas para matar qualquer um que entre aí. — Grita o agente Jack. — Então fica onde está que já vamos entrar para ajudá-lo.

— Ok! Já entendi oficial. — Responde Lorde Skinay.

— Então vamos homens, temos que invadir. Atividade, atividade. — Grita o agente Jack orientando seus homens com as mãos para que os mesmos invadam o suposto porão onde o capitão Victor está mantendo a Imperatriz em cativeiro.

Então o agente Jack invade o porão onde se imagina que esteja a Imperatriz em cativeiro.

— Vamos levanta! — Fala o soldado apontando a arma para um dos homens do capitão Victor, este caído em um canto do porão.

— Não atira! Eu me entrego. — Disse um dos homens do capitão Victor que está mesmo caído no chão ferido e apavorado.

— O que está fazendo aqui? — Pergunta o soldado que encontra o homem do capitão caído e tremendo em um canto do porão. Porão este que se mostra surpreendentemente grande.

— Foi o maldito alien! Parecia um monstro, me agarrou pela cabeça arremessou-me na parede, e depois sumiu! Por favor, me tira daqui não deixa ele mim pegar outra vez.

— Oficial esse homem está ferido e apavorado só pode ter sido Lorde Skinay. — Disse o soldado que o achou.

— Achamos outro homem que diz não ser um sequestrador, só trabalha na casa e estava preso por que viu os homens chegarem com a Imperatriz sequestrada.

— Tira esse homem daqui e investigue-no. — ordena o agente Jack.

— Espera! Onde está a Imperatriz? — Pergunta o Stiven ao prisioneiro.

— Se querem saber da alien, ela está no quarto isolado, mas tem muitos homens armados lá embaixo. — Disse o homem que foi encontrado escondido.

— Então tem mais outro porão embaixo desse? — Pergunta o agente Jack.

— O senhor vai ter uma enorme surpresa com o que vai encontrar! — Disse o homem que é levado para fora da casa.

— Parem! De que surpresa você estar falando? — Pergunta o agente Jack tentando saber de que surpresa o homem estava falando. — Mas é tarde, pois o homem já está desmaiado.

— Vamos homens temos que entrar nesse segundo piso agora ou será tarde demais. — Orienta o agente Jack.

No momento em que os homens do agente Jack invadem o segundo piso que para eles era um local inexistente, os mesmos são recebidos a bala pelos homens do capitão Victor que disparam tiros para todos os lados.

— Cuidados senhores estão atirando, tem homens em todos os lados. — Grita um dos soldados abaixando atrás do que parece ser um grande armário de aço.

— Senhor o sargento Pablo foi atingido. — Grita o soldado Ryan em meio ao tiroteio tentando proteger o sargento Pablo.

— Estou bem! Vá pegar esses malditos. — Disse o sargento Pablo caído com uma bala alojado no ombro esquerdo.

— Senhor! Peguei um deles! — Grita o soldado Ryan.

— Homens, cuidado para não atingir a Imperatriz, só atirem no que puder ver. — grita o agente Jack.

— Major, tem alguém fugindo por uma escada que está ao seu lado. — Grita o sargento Pablo está caído no chão em um canto protegido das balas por uma barreira de caixas de metal.

— Já o vi! Soldado Kelvins vai atrás dele, e os outros venham comigo temos que encurralá-los. Homens do grupo C avancem pelos cantos para ganharmos terreno.

— Jime! O que faz aqui? — Pergunta o Stiven que está ainda fora do segundo porão abaixado observando.

— Você acha que eu ia ficar na nave esperando?

— Você não pode ficar aqui é muito perigoso, volta para a sala, lá em cima agora. — Disse Stiven.

— Não dá Stiven, eu quero ver também esses malditos se ferrarem. — Disse Jime.

— Tudo bem, mas fica abaixado e não tenta fazer nenhuma gracinha, não tenta ser herói, entendeu?

— Sim Stiven, pode deixar que não vou sair daqui.

Em meio ao tiroteio os homens do agente Jack vão ganhado terreno.

— Major tem um homem entrando por uma passagem secreta lá no canto da parede no final da sala, fique alerta, ele está tentando fugir e ninguém sabe onde ele vai sair. — Disse um dos soldados que já está à frente dos outros na sala em um lugar estratégico que pode ver toda a sala.

— Ok sargento Pablo! — Responde Stiven. — Pessoal fiquem alerta, tem um dos homens do capitão Victor vindo em nossa direção por uma passagem secreta ninguém sabe onde ele vai sair. — Disse Stiven que também está com um rádio de comunicação.

Nesse momento uma porta se abre na parede atrás do Lorde Skinay que estar próximo a Stiven e Jime.

— Lorde Skinay! Cuidado. — Grita Jime que vê o homem apontando a arma para Lorde Skinay.

Mas, o soldado do capitão Victor não hesitar e atira no Lorde, nesse mesmo instante o Jime pula para tentar livrar o Lorde do tiro que vem em sua direção.

— Lorde Skinay o senhor está bem? — Pergunta o Stiven.

— Eu estou, não fui atingido. O pequeno Jime me avisou a tempo.

Um guerreiro imbatível!

Quando Lorde Skinay responde para o Stiven que está bem e virasse para agradecer ao Jime vê que ele está caído no chão baleado atingido por um tiro que seria para ele, Lorde Skinay fica totalmente descontrolado.

— Jime! Você está ferido? — Pergunta o Stiven desesperado ao ver sua mão suja de sangue, sangue do Jime, o desespero aumenta ainda mais quando escuta alguns gemidos do jovem Jime.

— O senhor está bem meu Lorde? — Pergunta Jime com a voz fraca e a vista quase se fechando.

— Não fala nada Jime vamos tirar você daqui. — Disse Stiven.

— Ai! Ai! Ai! — Geme Jime. — Está doendo muito, acho que minha parte na missão foi mal interpretada, agora não vou viver para ver a Imperatriz ser salva e o mundo em paz com os teranianos.

— Não fala isso Jime, você vai ficar bem, eu vou cuida de você. — Disse o Lorde que deixa cair uma lagrima sobre o corpo do jovem Jime.

— Meu Lorde o senhor está chorando?

— Acho que sim meu pequeno terráqueo! — Disse Lorde Skinay.

— Mas os teranianos não choram. — Disse Jime com a voz fraca.

— Meu jovem Jime hoje você deu a sua vida pela minha, isso eu não vou esquecer nunca. Agora descansa e não pensa em mais nada.

— Está tudo ficando escuro, acho que vou dormir agora, a dor estar me deixando com sono. — Disse Jime que vai se apagando até que o som dos gemidos para e o jovem Jime fecha os olhos.

— Não Jime não feche os olhos não durma. Fique comigo Jime. — Disse Stiven segurando a cabeça do jovem Jime para ele não dormir.

— Ele não pode morrer! — Disse Lorde Skinay que fica extremamente furioso.

— Calma Lorde ele não está morto só está desacordado.

Lorde Skinay não acredita e mostra sua verdadeira face de guerreiro teraniano quando vê aquele que deu a vida por ele está ameaçado de morte.

— Eles não podem fazer isso! Porque tanta maldade no coração? Porque esse desejo de ser o mais forte, essa ganância? Homens estão sendo mortos pelo poder e ganância, porque o melhor amigo que eu encontrei entre vocês humanos está à beira da morte isso tem que terminar agora.

Então Lorde Skinay invade a área onde estar acontecendo o confronto entre os homens do agente Jack, e os homens do capitão Victor.

— Não entra aí! Eles estão em uma posição melhor que a nossa, temos que os deixar ficarem sem munição.

— Fique calmo senhor Stiven, eu vou avisar ao major que Lorde Skinay invadiu a área de confronto. — Disse um dos soldados que fazia a proteção da parte externa do porão.

— Ok soldado! Faça isso. — Disse o Stiven.

— Agente Jack o jovem Jime foi ferido e Lorde Skinay ficou enfurecido, invadiu a área do confronto e está indo para seu lado, mas não sabemos aonde! — Disse o soldado que está dando socorro ao jovem Jime.

— Mas o que ele vem fazer aqui? Essa área é uma área de confronto.

— Ele está enfurecido. O Jime foi ferido tentando salvar a vida dele e isso deixou Lorde Skinay totalmente transtornado, uma verdadeira fera incontrolável. — Disse o soldado.

— Você tem que segurar Lorde Skinay ele não pode passar. — Disse Stiven.

— Não dá para segurá-lo senhor Stiven, pois ele tem a força de cinco homens e pula até trinta metros de distância.

— Agente Jack, o Lorde passou por nós e está no meio do fogo cruzado. — Informa um dos soldados. Que está assustado com a ferocidade do Lorde teraniano.

— Fica de olho nele e dá o máximo de cobertura possível. — Disse o agente Jack.

— Sim oficial! Mas acho que não vai ser preciso protegê-lo.

— Porque diz isso soldado? — Pergunta o agente Jack.

— Olha! Parece que está possuído, é incrível senhor, ele arremessou um armário que pesa cerca de 100 quilos como se fosse uma bola de papel e está gritando como louco no idioma dele, já abateu 5 homens do capitão Victor.

Então Lorde Skinay se aproxima de uma porta onde pode estar a Imperatriz escondida e segura um homem pelo pescoço e pergunta pausadamente.

— Onde está minha Imperatriz? Eu quero a minha Imperatriz. O que vocês fizeram com ela? — Pergunta Lorde Skinay que esse momento vê uma luz vermelha percorrendo seu corpo até a sua cabeça; ele está na mira do capitão Victor.

— Olha sargento, Pablo! — Disse um dos soldados apontando. — É o capitão Victor, e ele vai acertar Lorde Skinay.

— Não vai não. Você não vai deixar, manda os homens avançar, pois o Lorde ajudou a limpar o caminho. — Disse o sargento Pablo que faz um grande esforço contra a dor do ferimento a bala e levanta-se tentando chamar a atenção do capitão Victor.

— Homens, temos que avançar, o sargento está ferido e o Lorde está em perigo, então temos que ter o controle da situação agora se quisermos concluir a missão com sucesso.

— Malditos vou acabar com todos vocês. — Disse Lorde Skinay.

— Você vai virar história seu alien maldito. — Disse o capitão Victor que aponta uma arma para a cabeça do Lorde Skinay.

— Homens atirem no capitão Victor, temos que tirar a atenção dele que está voltada para Lorde Skinay.

— Onde está o capitão Victor e Lorde Skinay? Eu não os vejo? — Pergunta o agente Jack que nesse momento está com quase toda área controlada e quase todos os homens do capitão Victor sobre seu domínio.

— Ambos entraram naquela porta que existe lá ao fundo, o capitão Victor fugiu por lá e o Lorde Skinay foi atrás dele. Eu não queria estar na pele do capitão Victor se o Lorde a pega. — Disse um dos soldados.

— Stiven pode entrar, pois a área está sobe controle, só falta achar a Imperatriz e Lorde Skinay que foi atrás do capitão Victor.

— Agente Jack! — Chama o soldado Ryan no rádio.

— Prossiga soldado. — Responde o agente Jack

— Encontramos a Imperatriz! Ela está viva, mas desacordada. — Informa o soldado Ryan pelo rádio.

— Calma já estamos indo para onde vocês estão. — Disse o agente Jack.

— Seu maldito traidor, você não vai escapar de mim! — Grita Lorde Skinay.

— Pode vir seu maldito alien estou esperando você aparecer para eu ver onde eu vou atirar.

— Se ele pensa que vai me pegar de surpresa está muito enganado. — Disse Lorde Skinay.

— Vamos seu maldito alien apareça, apareça para que eu possa lhe mostrar o que um humano de verdade pode fazer a sua raça de aliens malditos. — Lorde Skinay aparece, mas não será atingido tão fácil como o capitão Victor pensa, pois Lorde Skinay é um ser com habilidades quase desconhecidas pela humanidade. — Para com isso, que droga, fica parado seu maldito desgraçado para de pular. — Disse o capitão Victor.

Então tiros são disparados e uma desses tiros acerta Lorde Skinay que não se abala, um segundo tiro atinge o seu corpo pálido e em seguida um terceiro, mesmo assim ele resiste, pois a sua ira e sede de vingança são os maiores aliados do Lorde Skinay.

— Não posso acreditar que depois de três tiros ele ainda está de pé. — Disse o capitão Victor assustado por ver Lorde Skinay ainda tentando capturá-lo.

Nesse momento Lorde Skinay surpreende o capitão Victor aparecendo por atrás dele e o segurando pelo pescoço e imobilizando suas mãos.

— Não toque em mim seu maldito desgraçado, vai me contaminar com seus vírus alienígenas, me solte. Você não tem o direito de me tocar. — Grita o capitão Victor que nesse momento está nas mãos do Lorde Skinay.

— Onde está a Imperatriz? — Pergunta Lorde Skinay aplicando uma gravata no capitão Victor o deixando quase sem ar.

— Ela está morta! Seu idiota! Vocês chegaram tarde demais.

E Lorde Skinay solta um rugido que é ouvido fora da casa, abalando o clima de alegria e comemoração por uma missão bem-sucedida entre os soldados.

******

— Oh não! Esquecemos de avisar Lorde Skinay. Temos que informá-lo sobra à liberdade da Imperatriz está livre.

— Mas Stiven, onde está Lorde Skinay? — Pergunta o agente Jack.

— Não sei oficial, mas tenho que descobrir antes que ele faça uma besteira. — Disse Stiven.

******

— Maldito. Você vai pagar por ter matado a Imperatriz do povo teraniano e provocar a quebra da aliança entre os nossos povos. — Disse Lorde Skinay consumido pelo ódio e revolta.

— Isso mesmo seu maldito alien! Mate-me logo! Começa uma guerra, pois é isso que vai acontecer quando o mundo souber que um alienígena matou um capitão do exército americano. Não vai importar o que eu fiz. Haverá uma onda de protesto que será impossível de manter um acordo de paz. Só vai importar que você é um alien maldito e vai morrer junto com a sua corja. — Disse o capitão Victor.

— Se é isso que você quer é isso que você vai ter, mas não será uma morte simples você vai sofrer como a Imperatriz sofreu. — Disse Lorde Skinay que está pronto para dá um golpe fatal no capitão Victor.

******

— Olha Stiven! Aquela deve ser a porta que Lorde Skinay entrou para ir atrás do capitão Victor. — Disse o agente Jack que aponta para uma porta estreita na parte de cima do segundo porão.

— Vamos ver onde vai dar. — Disse Stiven.

— Temos que achar logo Lorde Skinay para que ele não faça nenhuma besteira. — Disse o agente Jack.

******

No momento que o Lorde está pronto e decidido a acabar com a vida do capitão Victor o seu rádio de comunicação chama a sua atenção.

— Lorde Skinay fala comigo onde você está? — Pergunta o Stiven gritando no rádio comunicador. Ele está em um corredor longo e meio escuro um local que parece um depósito subterrâneo.

— Senhor Stiven nada mais importa! Está tudo acabado, a Imperatriz está morta e o pequeno Jime vai morrer, não vai resistir. — Disse Lorde Skinay expressando toda sua decepção. — E eu falhei com o meu povo, a aliança vai ser desfeita, foi tudo em vão, todo sacrifício que tivemos, toda esperança de paz não valeu de nada, tudo graças a esse maldito e ao secretário Robert. Agora vou dá um fim a esse capitão e começar a caçar o senhor Robert por todo o mundo até que o mesmo esteja morto. — Disse Lorde Skinay.

— Fique calmo Lorde Skinay não faça isso.

— Desculpa meu amigo Stiven, mas não posso parar. Tenho que fazer isso! — Disse Lorde Skinay.

— Não meu Lorde você não entendeu, a Imperatriz está viva, não morta. — Disse Stiven.

— Como disse? — Pergunta Lorde Skinay.

— Não dê ouvidos a ele. Seu alien estúpido. Mata-me logo. — Grita o capitão Victor que tenta fazer o Lorde o matar para que eles não façam à aliança.

— Não faça isso meu Lorde ela está viva, a sua Imperatriz está viva. — Disse Stiven.

— Você está falando sério, ela está viva? — Pergunta Lorde Skinay que nesse momento fica mais calmo e escuta Stiven.

— Sim! A Imperatriz está viva. Só está desacordada, mas está viva e muito bem. — Confirma o agente Jack.

— É mentira deles! Eu a matei pessoalmente e vou matar você e toda sua raça de aliens feios e malditos que estão tentando dominar o nosso planeta. — Disse o capitão Victor.

Então Lorde Skinay larga o capitão Victor e o acerta um grande soco que o lança a quase dois metros de distância deixando-o desacordado.

— Cala a boca seu maldito. — Disse Lorde Skinay olhando o capitão Victor caído próximo a alguns tones.

— O que você fez Lorde Skinay? Porque o capitão Victor se calou? — Pergunta o Stiven.

— Não o matei. — Responde Lorde Skinay. — Só o fiz calar a boca!

—E onde ele está? Onde você está Lorde Skinay? — Pergunta o agente Jack.

— Estou em uma grande área abaixo do local onde os homens do capitão Victor estão e só entra por uma porta que tem no canto acima e por onde você irá descer por um corredor longo. — Disse Lorde Skinay.

— Sim já estamos no corredor, mas para que lado vamos, pois tem duas entradas? — Pergunta o Stiven.

— À esquerda no final do piso. — Disse Lorde Skinay que só agora se dá conta do local onde está. — Vêm rápido. Vocês têm de ver que isso. Tem que ver o que eu achei! — Disse Lorde Skinay com uma revolta ainda maior do secretário Robert.

— Oficial temos que ser rápidos, o Lorde está nos chamando! Mas o que será que ele fez? Será que o capitão Victor está morto? — Pergunta o Stiven. — Eu não gostei do jeito que ele falava.

— Não sei, mas temos que descobrir seja lá o que for. — Disse o agente Jack.

— Bem ele estava louco para ver a Imperatriz e agora quer que a gente vá ao encontro dele. Deve ter achado algo muito importante. — Disse Stiven.

— Mas onde ele está senhor Stiven? — Pergunta o agente Jack.

— Ele disse no final do corredor a esquerda, deve ser essa porta disse Stiven chegando ao final do corredor onde existem duas portas! Então vamos logo.

— Então onde você está Lorde Skinay? Já estamos aqui!

Quando o senhor Stiven e o agente Jack chegam ao local, onde Lorde Skinay está já com o capitão Victor desacordado, ambos têm uma grande surpresa.

— Minha nossa. — Disse Stiven olhando a sua volta. — O que é isso? — Pergunta ele olhando área a sua volta. — Isso aqui é gigantesco!

— O que vocês acham que é isso aqui? — Pergunta Lorde Skinay que vem se aproximando deles arrastando o capitão Victor que está desacordado.

— Nossa mãe do céu! O que será que o secretário Robert estava fazendo aqui? — Pergunta o Stiven. — Será que ele é um terrorista?

— Não senhor Stiven. Isso aqui é bem maior do que o senhor imagina, tenho que comunicar a subsecretária Delaine e ao Presidente imediatamente. — Disse o agente Jack que no mesmo momento pega um celular no bolso e liga para Casa Branca:

— Senhora subsecretária, aqui é o agente Jack.

— O que houve oficial? Como está a missão? — Pergunta a subsecretária Delaine.

— A Imperatriz está salva e os homens do capitão Victor estão todos presos. — O agente Jack. — Mas não é só isso.

— Não!? — Pergunta a subsecretaria Delaine.

— Não senhora! — Responde o agente Jack. — Descobrimos uma coisa muito grave sobre o secretário Robert, a senhora tem que ver isso, pois é difícil de explicar.

— Estou indo para ai agora mesmo! — A subsecretária Delaine não tem noção do que vai encontrar na área do conflito.

— Senhora! De imediato solicite o afastamento e a prisão preventiva do secretário Robert. — Orienta o agente Jack muito confiante no que diz.

— Mas oficial! Ele é o secretário de defesa e segurança nacional dos Estados Unidos da América não posso pedir a prisão preventiva dele sem provas, nem fundamentos. — Explica a subsecretária.

— Mas é por isso que eu estou informado à senhora, pois o que ele está fazendo aqui é um ato de traição ao nosso país, é um crime contra o povo americano.

— Mas o que ele está fazendo nesse sítio? É tão sério assim? O que senhor pode me dizer?

— É melhor a senhora ver com seus próprios olhos. É difícil de acreditar e mais difícil ainda de explicar.

— Agente Jack, onde está Lorde Skinay, não o estou vendo? — Pergunta Stiven se aproximando do agente Jack.

— Com certeza foi ao encontro da Imperatriz.

******

— Minha Imperatriz! Porque não nos preparamos para um acontecimento desses?! Poderíamos ter previsto que isso poderia acontecer; o senhor Stiven, o pequeno Jime e a senhorita Marry nos avisou tanto! — Disse Lorde Skinay ajoelhado ao lado da Imperatriz que está deitada em uma maca flutuante já a salva dentro da nave teraniana.

— Meu Lorde, não se preocupe, ela vai ficar bem, só está adormecida. — Disse o combatente Turak.

— Temos que trazer todos os feridos para a nave agora, combatente Turak. — Ordena Lorde Skinay. — Vai até a frente da casa agora, isso é uma emergência.

— Sim meu Lorde! Já estou indo. — Responde o combatente Turak pegando alguns objetos de uso medicinal teraniano dirigindo-se à frente da nave que estar aterrissada na frente da velha casa que serve de fachada para o sitio dos horrores do secretário Robert.

— Vamos homens, me ajudem a levar os feridos para fora da casa. A equipe médica já está chegando. — Disse o sargento Pablo.

— Vamos! Temos que levar todos os feridos para nave. — Disse o combatente Turak.

— Mas senhor, os médicos já estão chegando. — Reafirme o sargento Pablo temendo pôr a vida dos seus homens em risco.

— Você não está entendendo sargento Pablo? Se os homens não forem levados para dentro da nave agora vai ser tarde demais para alguns deles, pois, seus médicos vão demorar de chegar e na nave imperial tem tudo que eles precisam. — Insiste o combatente Turak tentando salvar a vida de alguns homens feridos.

— Ok senhor Turak, é o senhor quem manda! — Responde o sargento Pablo ordenando que os homens que não estão feridos ajudem a carregar os feridos para dentro da nave teraniana.

— Não sargento Pablo! Eu não mando, trabalhamos juntos, pois esse é o propósito dessa missão e do acordo de paz e cooperação entre os povos. — Disse o Turak. Nesse instante sargento Pablo olha nos olhos do combatente Turak por alguns segundos em seguida deixa surgir um leve e maroto sorriso.

— Homens! Vamos, carreguem logo esses feridos para a nave teraniana agora. — Disse o sargento Pablo.

Mas ao retornar para a nave o combatente Turak ver Lorde Skinay caído no chão quase apagado ao lado da maca da Imperatriz Kerania.

— Meu Lorde o que o senhor tem?

— Não é nada. Cuide dos feridos. Eles precisam mais de sua ajuda. — Disse Lorde Skinay.

— Oh não! O senhor está ferido, muito ferido. — Disse o combatente Turak segurando-o pelo braço e o ajuda a levantar.

— Não se preocupe comigo, cuide deles, eu resisto. Coloque o pequeno Jime no regenerador primeiro, antes que seja tarde demais para ele. — Disse Lorde Skinay.

Então Lorde Skinay se levanta do chão e vai até a ponte da nave para entrar em contato com o Imperador Dánturia para lhe dar as boas notícias.

— Meu Imperador! — Disse Lorde Skinay ao comunicador.

— Estou aqui Lorde Skinay! Quais as novidades? — Pergunta o Imperador aflito por notícias.

— A Imperatriz já está salva na nave imperial teraniana. — Responde Lorde Skinay com a sensação de dever cumprido.

— Obrigado Lorde Skinay! Eu sabia que poderia confiar plenamente em você! — Disse o Imperador que sente um grande alívio em seu coração.

— Meu Imperador sabe que minha vida e a minha honra é servi-lo, nem que para isso tenha que sacrificar a minha vida, então, não fiz mais do que a minha obrigação.

— Não Lorde Skinay! Você não fez isso por obrigação e sim porque ama o seu povo, e por isso todos irão saber o que aconteceu e seu nome será lembrado como o teraniano que foi a base fundamental para a união dos povos teranianos e terráqueos. — Disse o Imperador.

— Obrigado senhor, agora eu vou.... — nesse momento Lorde Skinay desmaia deixando o Imperador aflito.

— Lorde Skinay! O que houve? Skinay! O que houve? — Pergunta Imperador aflito ao comunicador. — Fale comigo Lorde Skinay.

— Calma meu Imperador, ele só desmaiou, mas vai ficar bem. — Responde o combatente Turak ao comunicador.

— Como assim desmaiou? Quem está falando? — Pergunta o Imperador.

— Aqui é o combatente Turak! O Lorde foi ferido, mas vai ficar bem, já estão o levando para ser tratado e logo estaremos aí, meu Imperador.

— Ok! Então traga todos para cá combatente, Turak. Estarei esperando ansioso.

— Sim meu Imperador. — Disse o combatente. Turak.

******

— Stiven! Você está ferido e sangrando.

— Não foi nada é só um arranhão. — Disse o Stiven olhando o ferimento no braço esquerdo.

— Arranhão ou não, temos que cuidar desse ferimento. — Disse o agente Jack.

— Oficial! Não se preocupe, eu estou bem. — Disse Stiven.

— Agente Jack. — Chama um dos soldados ao rádio comunicador.

— Pode falar soldado! Jack na escuta.

— O que vamos fazer com os homens do capitão Victor? — Pergunta o soldado.

— Os coloque na varanda e mantenha vigia até o comando chegar para levá-los. — Responde o agente.

— Sim senhor, e o capitão Victor? O que vamos fazer com ele?

— Ele deve ser separado dos homens e vigiado, os mortos devem ser colocados em sacos! — Orienta o agente Jack.

Mas nem tudo está resolvido, pois o secretário Robert está desaparecido e ainda existem homens do capitão Victor soltos pela cidade de Washington.

— Alô! Agente Jack?

— Sim é ele!

— Aqui é o Agente Dimas líder do grupo B. Estamos no metrô onde foi marcada a entrega das armas para os sequestradores.

— Sim, tem alguma novidade?

— Acabamos de prender um dos homens do GRT conhecido como Falcão Azul, ele estava próximo ao local da entrega. — Disse o oficial Dimas.

— Ok pode conduzi-lo a seção de segurança da Casa Branca, onde ele irá encontrar os amigos. — Disse o agente Jack.

— Ok!

— Alô! Agente Jack?

— Sim é ele pode falar!

— Aqui é a subsecretária Delaine. Estou indo com o Presidente, pois ele fez questão de participar pessoalmente do final das operações, ele quer estar presente para o transporte da Imperatriz conselheira. Logo estaremos chegando aí com o grupo de apoio, pois se o que encontraram é mesmo tão grave ele deverá ser informado pessoalmente. — Disse a subsecretária.

— Ok! Estarei esperado por vocês. — Responde o agente Jack.

— Vamos Stiven! A subsecretária está chegando e junto com ela o Presidente. Eles estarão aqui em 10 minutos. — Disse o agente Jack olhando o pequeno relógio de borracha em seu pulso.

Já fora da casa o agente Jack observa o capitão Victor seus homens presos.

— Olá capitão Victor! Como você está? Vejo que está preso. Como são as coisas da vida hein!? — Pergunta o Stiven.

— Seu maldito ufólogo de merda, quando eu sair dessa vou cuidar de você pessoalmente. — Disse o capitão Victor ameaçando a todos que contribuíram para sua prisão.

— Vejo que acordou, e está mal-humorado? — Pergunta o agente Jack com um tom de ironia.

— E quanto a você, seu soldadinho de patente rasa. Vou fazer você lamentar por ter atravessado meu caminho.

— Cala a boca seu maldito traidor. — Disse Stiven.

— Quem é você seu ufólogo de merda para me mandar calar a boca. Eu sou o capitão Victor Bradem, comandante do grupo de elite GRT= "Grupo de repressão ao terrorismo", o comando mais condecorado de exército americano. — Grita o capitão Victor estampando um falso orgulho na face, face que está marcada por um grande hematoma deixado pelo Lorde Skinay.

— Mas agora você capitão, é o condecorado mais sujo do país. — Disse o agente Jack olhando fixamente nos olhos do capitão Victor. — Soldados calem esse traidor, eu não tenho estômago para ouvir tanta asneira.

— Agente Jack! Temos um problema. — Disse o soldado.

— O que houve soldado?

— O sargento Pablo não resistiu aos ferimentos! Eu sinto muito senhor.

— Onde ele está? — Pergunta o agente Jack.

— Na nave dos teranianos senhor!

— Vamos vê-lo agora, Stiven.

— Sim oficial! Vamos vê-lo, pois ele será uma grande perda para a segurança da Casa Branca. — Disse Stiven.

Então quando o Stiven e o agente Jack vão em direção a porta da nave teraniana, têm uma surpresa.

— Jime! Não acredito! Como pode estar andando? Você estava ferido, estava quase morto. — Disse o agente Jack.

Nesse momento de nostalgia Stiven, para, olha o jovem Jime de pé com os olhos lacrimejados vai em direção ao Jime e lhe dá um abraço como o de um pai em um filho.

— Jime! Eu pensei que iria te perder. — Disse Stiven abraçando seu jovem assistente com os olhos lacrimejados.

— Não chefe! O senhor só vai me perder, quando me despedir. Mas não aperta tanto ou vai pegar mal a gente se abraçando. — Disse o jovem Jime sorrindo.

— Mas como ficou bem tão rápido? Não consigo entender!? — Pergunta o agente Jack.

— Calma oficial! Graças à tecnologia dos teranianos. — Responde Jime. — Eles têm uma espécie de máquina regenerativa de tecido e é graças a ela que a bala foi retirada e o ferimento curado em menos de 10 minutos.

— Olha agente Jack! Todos os homens feridos estão bem, até os homens do capitão Victor estão curados. — Disse Stiven apontando para a porta da nave de onde os homens saem caminhando juntos com os homens do capitão Victor que saem algemados.

— Todos foram salvos menos o sargento Pablo! — Disse o agente Jack com expressão de tristeza.

— Sim oficial! Quando os teranianos o pegaram era tarde demais, ele já estava morto. — Confirma o jovem Jime.

— Jime tem razão, agente Jack, quando eu o peguei para tratá-lo era tarde demais, pois ele pediu que tratasse os homens antes dele, ele disse que ele estava bem. — Disse o combatente Turak.

— Ok senhor Turak, eu agradeço pelo que pôde fazer pelos meus homens e entendo o sargento Pablo, pois eu teria feito o mesmo se fosso preciso. — Disse o agente Jack olhando o corpo sem vida de um dos seus melhores homens.

— E eu serei eternamente grato por libertarem a nossa Imperatriz, senhor agente Jack. — Disse o combatente Turak.

Quinze minutos depois chega o Presidente Ronald Hushis Keney e a subsecretária Delaine acompanhados do Imperador Dánturia.

Zona de horrores!

— Sejam todos bem-vindos! Senhor Presidente, subsecretária. — Disse o agente Jack cumprimentando a todos.

— Vamos logo agente Jack! Nos leve até ao local que o senhor relatou pelo telefone e nos deixou tão curiosos aponto de pedir a prisão do secretário Robert, além de acusá-lo de sequestro e traição. — Disse a subsecretária.

— Senhorita Delaine, senhor Presidente, as acusações não serão nada comparadas ao que achamos aqui. — Diz o agente Jack conduzindo a subsecretária e o Presidente a dois porões abaixo da casa onde irão descobrir que o secretário não é só um sequestrador ambicioso. Seus planos cruéis vão muito mais além do que se pode imaginar.

— Aqui estamos senhor Presidente, senhora Delaine, esse é o sítio do secretário Robert. — Disse o agente Jack em pé ao lado do Presidente, e da senhora Delaine, ali ele observando o circo dos horrores do secretário Robert. — Quando chegamos estava abandonado. Acho que nem o capitão Victor sabia desse lugar, foi Lorde Skinay que achou perseguindo o capitão Victor. — Disse o agente Jack sendo confirmado por Stiven.

— Meu Deus! Isto é uma base subterrânea na cidade de Washington não dá para acreditar que nunca descobriram isso aqui. Mas o que o secretário Robert pretendia fazer aqui? — Pergunta a subsecretária ainda boquiaberta com tudo que ver.

— Isto aqui é uma Zona de horrores.

— O que ele pretendia fazer aqui? Conspirar para uma guerra mundial ou o quê? — Pergunta o Presidente que vai adentrado na base subterrânea, descobrindo cada vez mais sobre a verdadeira vida do secretário Robert Nixon.

Mas a cada passo que dão base adentro, descobrem que aquela não é só uma base de pesquisa ou um laboratório e sim uma área de monstruosidades que o secretário Robert mantinha com verbas desviadas do governo americano.

— Oh não! Senhor Presidente olha isso! — Disse a subsecretária Delaine assustada e totalmente decepcionada com o que ver.

— Isso são pessoas nesses tubos? E que armas são essas? Nunca vi nada parecido na minha vida. — Comenta o Presidente Ronald Hushis Keney.

— Olha aqui senhor! São teranianos? — Pergunta a subsecretária Delaine.

— Sim senhorita Delaine! Devem ser cerca de 30 deles, que desgraça! Como ele pôde fazer isso!?

— Olha Major, são naves teraniana, mas como veio parar aqui embaixo? — Pergunta Stiven.

— Sim! São naves teraniana que desapareceram a mais de cinco luas terrestre. — Disse Lorde Skinay adentrando na base subterrânea olhando os da sua espécie que a muito estavam desaparecidos, eles foram encontrados em uma lamentável cena de horrores.

— Desculpa Lorde Skinay! — Disse o Presidente com a voz tremula por tamanha a tristeza que o consome. — Eu, o Presidente dos Estados Unidos da América, Ronald Hushis Keney desde já peço desculpa em nome do meu país, pois aquele que cometeu essa barbaria não será mais considerado um cidadão americano e sim um terrorista, desgraçado que vai pagar pelos crimes que cometeu.

— Eu sei que o senhor não tem culpa disso senhor Presidente, nem o seu povo, pois se trata de um caso isolado.

— Ninguém sabia dessa base secreta que aquele desgraçado do secretário Robert mantinha, nem sabemos como ele dirigia essa área secreta sem o conhecimento do governo. — Disse o Presidente.

— Há muito tempo estávamos à procura desses pesquisadores que saíram para analisar o grau de pureza dos campos em todas as partes do planeta. Todos voltaram exceto esse grupo que fora designado para o seu país, não sabemos como eles foram capturados e o sinal de localização bloqueado, mas agora encontramos todos os que estavam desaparecidos e vamos poder conduzi-los a um funeral de honra para seus. — Lorde Skinay olha horrorizado para aqueles corpos. Aqueles seres teranianos conservados em grandes tubos de estudos com aspectos de que foram autopsiados era realmente uma cena triste de se ver.

— Mais uma vez peço desculpa ao seu povo em nome do meu país e do meu povo, sobre esse lamentável acontecimento.

— Eu aceito sua desculpa senhor Presidente e as vou reportar ao meu Imperador. — Responde Lorde Skinay. — Agora tenho que ir vê-lo e informá-lo de tudo que aconteceu. Encontramos todos os teranianos que estavam perdidos devo informá-lo para que todos os humanos que estão na nossa ilha possam voltar para suas casas. — Disse Lorde Skinay.

— Ainda existem mais humanos em sua ilha? — Pergunta o Marcos.

— Sim! Existe cerca de 60 mil humanos em nossa ilha. — Responde Lorde Skinay.

— Nossa, é muita gente! — Comenta o agente Jack imaginado todas aquelas pessoas convivendo em harmonia com os teranianos. Sem dúvidas, era realmente uma coisa maravilhosa de se imaginar humanos e extraterrestres conviverem em harmonia.

— Subsecretaria Delaine! Não temos tempo para isso agora, tenho que acionar o FBI, a Interpol, a SWAT, é preciso capturar o maldito secretário Robert. Temos que achá-lo e puni-lo como deve ser feito. — Ordena o Presidente.

— Sim senhor Presidente. — Responde a subsecretária.

— Chame toda equipe necessária para investigar a fundo esse circo de horrores. Tudo aqui deve ser desmontado e destruído, não quero que fique nenhum vestígio desse lugar.

— Sim senhor Presidente. — Confirma as ordens, o Agente Jack.

Nesse momento a subsecretaria Delaine caminha por uma grande passarela localizada no centro das instalações subterrâneas conhecidas como "O Sitio".

— Eu só não entendo como o secretário conseguiu construir uma base com está estrutura tão próxima da cidade, sem que chame a atenção da vizinhança? — Pergunta-se a subsecretaria.

— Olha essa placa, subsecretaria Delaine. — Disse um dos soldados que ali estavam fazendo o primeiro levantamento do circo dos horrores. — Essas instalações foram construídas a mais de 25 anos.

— Nessa época não era difícil esconder grandes obras do governo. — Responde o Presidente.

— Mas senhor isso aqui tem mais de 1 milhão de metros quadrados, como escavar tanto sem chamar a atenção? — Pergunta o agente Jack.

— Não importa o tamanho oficial, o que realmente importa é que este lugar deve ter feito mal a muita gente.

— Ok senhor! — Responde o agente Jack que logo em seguida repassa suas ordens para seus homens. — Soldados mandem todos entrarem, façam uma varredura em toda base e preparem um relatório sobre tudo que encontrar. Esse relatório deverá estar pronto até as duas da tarde do dia de hoje. — Ordena o agente Jack.

— Vamos senhor Presidente! Temos que levar a Imperatriz para e o Imperador Dánturia, temos uma aliança para confirmar. Não podemos deixar que esses acontecimentos interfiram em um tratado de paz, pois isso será fundamental para o bem dos povos e acima de tudo para a sobrevivência do planeta. — Disse Lorde Skinay.

O Presidente americano junto com Lorde Skinay e outros membros do congresso americano apresentam-se ao Imperador Dánturia.

******

Casa Branca 05h00min da manhã.

— Saudações meu Imperador! — Cumprimenta um dos membros do Conselho teraniano.

— Saudações! Lorde Toian!

— Todo Conselho está reunido e pronto para seu pronunciamento sobre os acontecimentos no mundo dos terráqueos. — Informa Lorde Toian.

— É com muita satisfação e alegria que informo **"o acordo está confirmado. Aliança entre os povos foi concretizada e reconhecida pelos principais líderes do planeta terra".** Agora mesmo um grupo de líderes de vários países está se organizado para tratar dos acertos sobre a nossa entrada na sociedade dos terráqueos e como vamos ajudar para salvar este planeta, salvando assim a nossa própria espécie da extinção. Também mais uma ótima notícia. — Disse o Imperador tomado por um inexplicável sentimento de emoção. — A grande porção de terra que habitamos, conhecida como ilha, é definitivamente o nosso lar, agora é verdadeiramente nosso lar, é um império reconhecido pelo mundo inteiro e será incluída como uma nova nação nos mapas terráqueos e tudo isso graças ao nosso amigo Stiven

Gámbor e seus assistentes Jime e Marry, que serão sempre lembrados pelo nosso povo como os enviados de Sued, para unir nossos povos, nos transformando em um só povo um só mundo.

******

— Senhorita Delaine, sei que não é um momento propicio, mas tenho que lhe falar. — Disse o Stiven com uma voz meio tremula.

— O que está acontecendo senhor Stiven? — Pergunta a subsecretaria Delaine observando a estranha expressão de Stiven.

— Não é nada grave, eu só queria dizer que... — no momento em que Stiven ia se declara para a senhorita Delaine, quando ele conseguiu coragem para abrir seu coração e expressar tudo o que sente, o celular da subsecretária toca quebrando o clima daquele momento romântico.

— Senhora Delaine! — Disse uma voz ao telefone.

— Sim! Prossiga. — Responde ela.

— Estamos no aeroporto à procura do secretário Robert como à senhora nos ordenou. — Informa o agente Donald.

— E o que descobriram? Encontraram o secretário Robert? — Pergunta ela.

— Acabamos de descobrir que o secretário está em um voo particular indo em direção ao Brasil. — Reponde o agente.

— Mas porque não mandaram o avião voltar, ou o ameaçaram derrubá-lo?

— Não pudemos fazer isso senhora, pois o avião já estava fora do espaço aéreo americano. — Responde o agente Donald.

— Envie um comunicado de prisão preventiva às autoridades brasileiras, ele não pode escapar deste voo.

— Sim senhora! — Responde o agente Donald. — Mas temos outra informação. — Disse ele. — Achamos o senhor Holkins Evanoash, morto no banheiro do mesmo aeroporto. Tudo indica que ele fora assassinado.

— Ok, agente Donald, estou indo para aí agora. — Disse a subsecretaria Delaine desligando o celular, voltando então a dar atenção ao Stiven. — Desculpa Stiven, depois nos falamos. — Disse ela correndo para o helicóptero.

— Ok senhorita! O que eu tinha para lhe falar pode esperar! — Responde Stiven com os olhos direcionados para o chão.

— E Stiven! Vejo que essa relação não vai ser fácil. — Comentou Jime que até o presente momento estava calado.

— Que relação Jime? Não tem relação nenhuma, do que você está falando? — Pergunta o Stiven tentando disfarça a tristeza do amor não correspondido.

— Será mesmo Stiven. — Disse o Jime.

Mas antes de o helicóptero levantar voo à senhorita Delaine para na porta da aeronave olha para Stiven deixa surgir um leve sorriso em seguida lhe dar uma notícia que o deixaria feliz e ao mesmo tempo atordoado.

— Ah Stiven! — Disse a senhorita Delaine e continua: — Desculpa não ter te avisado antes, mas tomei a liberdade de marcar um jantar para conversamos um pouco e nos conhecermos melhor, as reservas foram feitas no restaurante l'pity hoje às 21h00, não se atrase, te vejo lá. — Suavemente ela coloca a mão sobre a boca em seguida retira-a lançando um beijo para o Stiven o deixando paralisado.

— Jime você viu isso? — Pergunta o Stiven atordoado e eufórico.

— Vi sim! E acho que essa relação ainda vai dar muito que falar. — Disse ele sorrindo.

— Cara eu passei mais de 10 horas tentando falar com ela, pensando em como convidá-la para jantar e ela já está com o jantar marcado!

— Vá se acostumando meu amigo! Pelo jeito essa é uma mulher decidida. — Comenta o jovem Jime sorrindo.

******

Quatro dias após os últimos acontecimentos, no salão oval da Casa Branca, acontece o grande encontro entre vários líderes mundiais. Um acontecimento que ficará registrado para sempre na história da humanidade. Ali será firmado um acorde de paz e cooperação que leva a humanidade a um nível a mais da sua evolução, cultural, social, ambiental, e acima de tudo irar fazer surgir o verdadeiro humanismo a nível global.

— Nossa Jime! Como você está tão elegante.

— Você também não fica atrás Stiven! Olha a Marry, ela está linda. — Comenta Jime com um sorriso de orelha a orelha vendo à amiga se aproximando.

— É linda mesmo, mas como sempre está só, como ela consegue ser tão linda e ao mesmo tempo tão rígida com os homens?

— Mas Stiven.

— Fica quieto Jime. Não fala nada o que comentamos, ela está se aproximando.

— Oi gente! Oi Stiven! Oi amor! — Disse Marry cumprimentando os presentes e dando um leve selinho nos lábios do jovem Jime.

— Espera ai! Amor? Como assim! Vocês estão juntos? Jime você não me falou nada! — Disse Stiven demonstrando estar totalmente surpreso com aquela descoberta.

— Ora Stiven! Você não mim perguntou nada. Eu tentei lhe falar, mas você me mandou ficar quieto. — Responde Jime sorrindo.

— Ora sua pilantrinha vem cá. — Disse Stiven dando uma leve gravata do jovem assistente em seguida passa a mão sobre a cabeça, bagunçado todo seu cabelo. — Você hein?! Sempre me surpreendendo.

— Olha Stiven! É a subsecretária Delaine. — Disse a Marry.

— Eu estou vendo! — Responde Stiven — Ela está linda! Está radiante.

— Boa noite a todos que vieram e a todos que estão nos assistindo nesse momento. — Disse o Presidente Ronald Hushis Keney cercado por centenas de repórteres, representantes e líderes de inúmeros países, dando início aquele que é o evento mais importante do século. — É com grande prazer que apresento ao planeta terra, "**O Imperador Dánturia**", líder do povo teraniano, ao seu lado está o Conselho Teraniano formado por 5 Lordes, os principais líderes do seu império na ilha Terania, ilha está localizada no Triângulo das Bermudas, um ligar antes conhecida como triangulo das bermudas ou, Triângulo do Diabo, um local sem registro nos mapas. Mas a partir de hoje todos os mapas a serem impressos constaram esta ilha que será conhecida como "Terania" em homenagem ao planeta de origem de onde vieram os teranianos. Que essa união entre nossos povos possa gerar muitos benefícios para ambas as partes, transformando o planeta num lugar mais seguro e saudável para se viver. Sem mais demora chamo aqui o responsável pelo ato de coragem e ousadia de servir de intermediário dessa negociação que está mudando o rumo da história da humanidade. Peço humildemente que dêem uma salva de palmas para o senhor Stiven Gámbor, o maior ufólogo que o mundo já conheceu. — Nesse momento todos se põem de pé e aplaudem admirável Stiven Gámbor. — Mas também não podemos esquecer seus ajudantes Jime Histon e Marry d'lokchã. Foram eles que provaram à existência de vida fora da terra. Hoje eles estão sendo condecorados com a medalha de honra ao mérito por seu desempenho fundamental nessa união. Sua bravura e dedicação para com o seu país e para com o mundo; também estão sendo homenageados com o prêmio Nobel de Relação Pública Mundial, um prêmio que foi criado exclusivamente para homenageá-los, pois as suas descobertas e interferência direta nas negociações de paz mudaram a história do planeta Terra.

As homenagens seguem e a noite e recheada de surpresas entre os presentes. Propostas são colocadas em pauta, o tema principal e a transformação para conservação do meio ambiente e suas adversidades.

— Parece verdade, a terra estar salva —. Esse é o pensamento que se faz presente nas cabeças de todos os presentes.

******

28 de abril 2011 10h45min da manhã. Avenida Brasil, Rio de Janeiro.

— Estamos aqui mais uma vez no meio de um tiroteio na rodovia conhecida como "Linha Vermelha". — O repórter apresenta uma matéria de jornal que há muito tempo faz parte do cotidiano dos brasileiros. — Estamos próximos a entrada da favela da Linha Vermelha, onde bandidos trocam tiros com policiais e fazem mais uma vítima por bala perdida em meio ao tiroteio.

29 de abril 2011 07h35min

— Bom dia! Começa agora mais um "RJ Noticia"! Hoje temos mais uma triste notícia, continua o confronto entre policiais e traficantes na favela da Linha Vermelha, onde foram registradas sete vítimas de bala perdida. Desde a manhã de ontem 28 de abril 2011, três das vítimas tiveram o azar de estar no local errado na hora errada. Também já foram confirmadas outras quatros que estão internadas em estado grave. Uma das vítimas que fora ferida por bala perdida e entrou em óbito nesta última hora foi reconhecida há pouco. Trata-se do ex-secretário de segurança nacional do Estado Unidos da América, Robert Nixon. Este considerado um homem perigoso. Ele estava sendo procurado no mundo inteiro por terrorismo e conspiração mundial. Ele estava passando na Linha Vermelha, próximo a comunidade "Parque Alegria" quando acontecia mais um confronto entre traficantes e policiais, o mesmo estava dirigindo um Audi A3 quando foi atingido com um tiro fatal. Segundo o acordo de cooperação entre países o corpo será extraditado para os Estados Unidos ainda hoje como manda a lei.

******

— Senhor Presidente! — Disse a subsecretaria Delaine adentrando no salão oval da Casa Branca aonde o Presidente assina alguns papéis enquanto observa um noticiário internacional que lhe chama a atenção.

— Sim, senhorita Delaine!

— O senhor já soube das notícias que os jornais brasileiros estão apresentando!?

— Estou acabando de ser informado. Senhorita Delaine. — Disse o Presidente observando a TV. — Enfim poderemos respirar aliviados.

— Ok senhor Presidente! Vou tratar de informar aos teranianos, que ainda estão à procura do traidor Robert Nixon, que podem parar de procurar, pois o traidor já foi encontrado.

******

35 anos depois. **Ano de 2046 D. C.**

A Terra não é mais a mesma. O ar está mais puro, as florestas mais verdes, as águas menos poluídas, há alimento para todos e a criminalidade foi reduzida em mais de 80% em todo o mundo.

— Olá, Cadete Denys!

— Olá, Marloriak!

— Você não cansa de ler esse livro? — Pergunta o Cadete Denys.

— Não canso não, meu amigo! Já li esse livro seis vezes e não me canso de ler. Esses homens foram muito corajosos e inteligentes em acreditar no seu povo. Realmente os teranianos fizeram a diferencia na evolução tecnológica e comportamental da humanidade

— É graças ao senhor Stiven e ao seu fiel assistente Jime os povos foram unidos. Hoje podem dizer que vivemos num paraíso de planeta. Um planeta livre de poluição e com um índice de criminalidade abaixo de 80%. Sem dúvidas a humanidade está a salvo.

******

O planeta terra estar em paz. O planeta está salvo.

Será mesmo?

Como Stiven Gámbor pode provar. Realmente não estamos sós no universo.

******

— Atenção todas as estações, atenção todas as estações, atenção todas as estações de segurança da Terra! Aqui é o capitão do alto posto de observação lunar. Repito... aqui e o capitão do alto posto de observação lunar. Detectamos milhares objetos vindo em direção ao planeta Terra. Repito, milhares de objetos estão vindo em direção do planeta Terra, às leituras indicam que são naves Baronia nas, repito as leituras indicam que são naves Baronia nas. Todos em alerta. Devemos acionar a força de defesa da Terra, respondam, estamos sendo atacados.

Continua...